브라운 신부의 실제 모델은 그의 친구인 존 오코너 신부로
알려져 있는데, 브라운 신부의 역설적이고도 기지 넘치는 발언들은
1922년 로마 가톨릭으로 개종한 작가 자신의 모습과
종종 겹치기도 한다.
늘 우산을 들고 다니는 브라운 신부의 이미지가 워낙 유명해져서,
우산을 탐정의 상징으로 사용하던 기존의 출판사들이
모두 이를 바꾸어야 했을 정도로 그 당시 영국 추리소설계에
체스터튼과 브라운 신부가 미친 영향은 컸다.
체스터튼은 그 밖에도 저널리스트로서 4천 편이 넘는 신문 칼럼을
기고하는 한편, 『G. K.' s Weekly』라는 주간지를 직접 편집 발행하기도
했다.
특히 그는 그 당시의 지성인들인 조지 버나드 쇼, H. G. 웰스,
버트란드 러셀 등과 논쟁을 벌인 것으로 유명하다.
당시의 기록에 따르면, 체스터튼이야말로 그 모든 논쟁들의
승자였음에도 불구하고 세상은 그를 잊고 패자들만을
칭송하고 있는 것이다. 조지 버나드 쇼는 '세상이 체스터튼에 대한
감사의 말에 인색하다' 는 말로 체스터튼의 업적을 인정하였다.
T. S. 엘리엇은 체스터튼을 일컬어 '영원토록 후대의 존경을
받아야 마땅한 사람' 이라고 말했다.
더불어 후대의 대표적인 문인들, 가령 어니스트 헤밍웨이,
그레이엄 그린, 호르헤 루이스 보르헤스, 가브리엘 가르시아 마르케스,
마셜 맥루한, 애거서 크리스티 등은 체스터튼의 작품에 큰 영향을
받았음을 고백하고 있다.

표지 디자인 이승욱

의심

브라운 신부 전집 3

의심

G.K. 체스터튼 지음 | 장유미 옮김

북하우스

| 차례 |

패트리시아 버크에게

브라운 신부의 부활

나는 죽음을 맞이할 준비가 되어 있다.

다시 살아나는 것이 최상의 방법이라면

셜록 홈스처럼 돌아올 것이다.

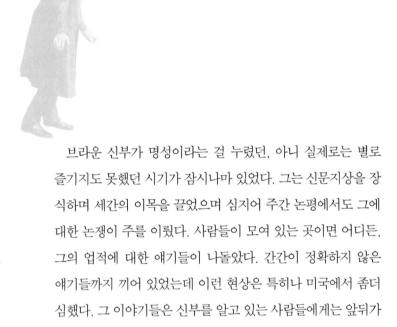

　브라운 신부가 명성이라는 걸 누렸던, 아니 실제로는 별로 즐기지도 못했던 시기가 잠시나마 있었다. 그는 신문지상을 장식하며 세간의 이목을 끌었으며 심지어 주간 논평에서도 그에 대한 논쟁이 주를 이뤘다. 사람들이 모여 있는 곳이면 어디든, 그의 업적에 대한 얘기들이 나돌았다. 간간이 정확하지 않은 얘기들까지 끼어 있었는데 이런 현상은 특히나 미국에서 좀더 심했다. 그 이야기들은 신부를 알고 있는 사람들에게는 앞뒤가 맞지 않아 신빙성이 없어 보이는 것이 사실이었지만, 탐정으로서 겪은 그의 색다른 경험은 여러 잡지의 단편소설 소재로 등장하기도 했다.

　이상한 일이지만, 세상의 이목이 이렇게 갑자기 집중된 것은, 신부가 세상에 알려지지 않은 가장 외진 교구에 있을 때였다. 그는 남미의 북부 해안 지역에 있는 한 교구로 보내져 선교사 겸 본당신부의 직무를 수행하고 있었다. 그곳은 아직도 유럽 국가들의 힘에 불안하게 의존하면서도 한편으로는 먼로 대통령*의 영향력을 등에 업고 끊임없이 독립공화국이 되려고 하는 위협적인 지역이었다. 이 지역 주민은 불그스름한 피부에 붉은 반점이 있는 스페인계 미국인으로, 정확히는 스페인계 아메리카 인디언이었다. 하지만 영국이나 독일과 같은 중북부 유럽계 미국인도 꽤 많았으며 점점 더 많은 수가 유입되고 있었다.

사건은 이런 유입자들 중 한 사람이 가방을 잃어버려 몹시 화가 난 상태로 처음 눈에 띈 건물로 다가가면서 시작되었다. 그 건물은 우연하게도 예배당이 함께 있는 선교센터였다. 건물 앞쪽에는 베란다가 있었고 한 줄로 길게 늘어선 말뚝 위로 검정 포도 덩굴이 뻗어 올라 있었다. 가을이라 잎사귀들이 붉게 물들어 있었다. 말뚝 뒤쪽으로는 검은 옷을 입은 사람들이 말뚝처럼 움직이지도 않고 한 줄로 앉아 있었다. 그들이 쓰고 있는 챙 넓은 모자는 깜박이지도 않는 눈동자처럼 검었고, 대부

---

* 1823년 먼로 대통령이 발표한 먼로주의는 남미 국가들에 대한 유럽 국가들의 간섭을 견제할 수 있는 영향력을 발휘하였다.

분 안색도 어두워 마치 대서양 건너 삼림지대의 검붉은 목재 같았다. 그들 중 상당수가 길고 가는 검은색 시가를 피우고 있었다. 시가의 연기를 빼면 움직이고 있는 것은 아무것도 없었다. 방문객은 그들이 남미 원주민일 거라고 생각했다. 그들 중에는 스페인 혈통임을 매우 자랑스럽게 생각하는 사람들도 있었지만 말이다. 하긴 그는, 스페인 사람과 아메리카 인디언조차 정확히 구별할 줄 모르는 사람이었다. 게다가 모여 있는 사람들이 원주민이라고 일단 생각하면 그 장면조차 싹 잊어버리고 싶어하는 사람이었다.

그 방문객은 캔자스시티에서 온 신문 기자였다. 그는 마른 체형과 연한 갈색 머리에 메러디스*가 모험을 즐기는 코라고 묘사했던, 그런 코를 하고 있었다. 누군가가 그의 코를 본다면 개미핥기의 주둥이처럼 촉각에 의지해 움직일 거라고 상상할지도 모르겠다. 그의 이름은 스나이스였다. 그의 부모는 고민 끝에 그에게 사울**이라는 이름을 지어주었는데, 그 사실을 그는 가능한 한 감추려고 했다. 결국 그는 자신의 이름을 폴이라

---

* Meredith, George(1828~1909). 영국의 시인이자 소설가. 대표작으로는 『에고이스트 Egoist』(1879) 『크로스웨이즈의 다이애나 Diana of the Crossways』(1881~1885) 등이 있다.
** 사도 바울의 개종 전 이름.

고 하는 선에서 적절히 타협했다. 그렇다고 '이방인의 사도'였던 바울에게 영향을 받은 것은 아니었다. 거기에 대해서 말하자면 그에겐 오히려 박해자의 이름이 더 적합할지도 모르겠다. 왜냐하면 그는 볼테르보다는 잉거솔*로부터 더 쉽게 배울 수 있는, 판에 박힌 경멸의 태도로 조직화된 종교를 대했다. 그렇다고 이런 이유로 선교센터 베란다 앞에 앉아 있는 사람들 쪽으로 발길을 돌린 것은 아니었다. 그들의 뻔뻔할 정도의 침착함과 무관심에 깃든 어떤 것이 그의 분노에 불을 지폈다. 그가 질문을 했으나 아무도 대답하지 않자 그는 혼자서 떠들어대기 시작했다.

단정한 옷차림에 파나마 모자를 쓴 아주 말쑥한 차림의 그가, 손에는 여행가방을 꼭 쥔 채로 강렬한 햇빛을 받으며 서서 어둠 속에 앉아 있는 사람들에게 외치기 시작했다. 그들이 왜 게으르고 지저분하며, 왜 짐승처럼 무지하고 사라져간 동물들보다도 못한지를 아주 커다란 목소리로 설명했다. 그의 견해에 따르면, 그들이 비참할 정도로 가난하고 아무런 희망 없이 낙담한 채로 그늘에 앉아 담배나 피워대면서 아무 일도 하지 않

---

* Ingersoll, Robert Green(1833~1899). 미국의 연설가이자 변호사. '위대한 불가지론자'로 유명하다. 성서를 맹렬히 비판하고 인본주의 철학과 과학적 합리주의 사상을 전파시켰다.

게 된 것은 모두 신부들의 악영향 때문이라는 것이다.

"당신들처럼 권위에 쉽게 복종하는 자들은 이런 우쭐대는 우상들에 휘둘리게 마련이오. 그들은 관을 쓰고 화려한 야외복에 코프*까지 걸치고 돌아다니며 모든 사람을 티끌만도 못한 하찮은 존재로 멸시하지요. 무의미한 주문이나 외워대는 오만한 늙은 대제사장이 마치 세계의 제왕인 양 굴기 때문에, 당신들은 팬터마임에 빠진 아이처럼 왕관과 천개(天蓋) 장식에 현혹되는 거란 말이오. 내 말이 틀렸소? 당신들 모습이 어떤 줄 아시오? 이렇게 살다간 평생 미개한 생활에서 벗어나지 못하고, 읽고 쓸 줄도 모르고……."

그때 무의미한 주문이나 외워대는 대제사장이 위엄이라곤 찾아볼 수 없는 모습으로 선교센터 문을 열고 서둘러 나왔다. 그 모습을 보면 세계의 제왕이라고 할 수가 없었다. 그저 작달만한 베개에 낡아빠진 검정 누더기 뭉치를 둘러씌운 듯한 모습의 사람일 뿐이었다. 교황관을 쓰고 있지도 않았으며, 그런 건 있지도 않을 것 같았다. 쓰고 있는 낡고 더러운 모자는 스페인계 인디언들이 쓰고 있는 모자와 다를 게 없었고, 그것마저도 귀찮은 듯 뒤로 꾹 눌러놓았다. 꼼짝 않고 앉아 있는 사람들에

＊cope. 예배용 제의(祭衣). 로마 가톨릭과 성공회의 성직자들이 성찬식을
수행하지 않을 때 입었다.

게 뭔가를 말하려다가 낯선 이방인을 발견하고는 서둘러 인사했다.

"무슨 일이시지요? 안으로 들어가시겠습니까?"

폴 스나이스는 안으로 들어갔고, 그곳에서 새로운 사실을 많이 알게 되었다. 아마도 그에게는, 기자로서의 직관이 자신의 편견들보다는 강했던 모양이었다. 사실 유능한 신문 기자들에게서는 그런 면을 종종 찾아볼 수 있다. 그는 상당히 많은 질문을 던졌는데, 답변을 듣고는 놀라지 않을 수 없었다. 인디언들은 신부에게 글을 배워 모두 읽고 쓸 줄 알지만, 천성적으로 직접 말하는 걸 더 좋아하기 때문에 읽거나 쓸 생각을 하지 않는다는 것과, 손가락 하나 까딱하지 않은 채 베란다에 엉덩이를 처박고 앉아 있는 이 희한한 사람들도 자신들의 땅에서는 아주 열심히 일하는 사람들이며, 이들 중 절반 이상이 스페인 사람이라는 사실을 알게 되었다. 더 놀라운 사실은 이들 모두 자신의 땅을 소유하고 있다는 것이었다. 이런 여러 가지 사실들은, 원주민에게는 당연하고 확고한 전통의 한 부분일 뿐이었다. 이에 대해선 신부도 어느 정도 수완을 발휘했는데, 이를 통해 처음이자 마지막으로 정치적 영향력을 행사했던 것 같다. 물론 지역 정치에 국한되기는 했지만 말이다.

최근 무신론자와 무정부주의적 급진주의 열풍이 이 지역을 휩쓸고 있었다. 이런 움직임은 주로 비밀 단체에서 시작되어 내란이 아니면 아주 작은 소동쯤으로 끝나기 마련인데, 라틴계 국가들에서는 정기적으로 발생하는 편이었다. 이 지역 성상(聖像)파괴당 지도자는 알바레스라고 했다. 그는 포르투갈 국적의 개성이 강한 모험가였지만, 반대파 쪽의 주장에 의하면 흑인 피도 약간 섞여 있었다. 그는 많은 지부와 신전을 총괄하는 지도자였는데, 그런 장소들이야말로 무신론을 신비스러운 것으로 포장하는 경향을 만든 진원지였던 것이다. 이에 비해 보수파의 지도자는 멘도사라는 사람이었는데, 알바레스에 비하면 무척 평범하지만 아주 부자였다. 그는 공장을 많이 소유하고 있었고, 사람들로부터 존경도 받았는데 그렇게 열광적인 성격의 것은 아니었다. 소작농 보호와 같은 대중적인 정책을 채택하지 않았다면 법과 질서의 대의가 완전히 훼손되었을 거라는 게 사람들의 일반적인 생각이었다. 이러한 움직임은 거의가 브라운 신부의 선교센터에서 시작되었다.

　브라운 신부가 신문 기자와 이야기를 나누고 있을 때 보수파 지도자인 멘도사가 들어왔다. 거뭇거뭇한 피부에 좀 뚱뚱한 사람으로, 그의 통통한 배와 대머리를 보면 서양배가 연상되었다. 그는 향이 아주 좋은 시가를 피우다가 신부와 마주치자 마치 신성한 성당에라도 들어온 듯 과장된 동작으로 담배를 던져버리고는, 그처럼 뚱뚱한 사람이 어찌 가능할까 싶을 정도로 허리를 깊이 숙여 인사했다. 그의 예절은 항상 지나칠 정도로 과장되었으며, 특히 종교와 관련되는 경우에는 더욱 심했다. 그는 신부보다 훨씬 더 신부다운 평신도 중 한 사람이었다. 브라운 신부는 사적인 만남에서조차 그가 이런 행동을 취하면 당황스러웠다.

"전 아마도 반성직주의(反聖職主義)*자인가 봅니다. 하지만 만약 사람들이 모든 일들을 성직자들에게 맡겼다면 분명, 성직주의자들은 지금의 반도 남지 않았을 겁니다."

브라운 신부가 미소를 띠며 말했다.

"안녕하세요? 멘도사 씨."

신문 기자가 활기를 되찾았는지 큰 목소리로 인사했다.

"전에 뵌 적이 있는 것 같습니다. 작년에 멕시코에서 열린 통상 회의에 참석하지 않으셨는지요?"

멘도사가 무거워 보이는 눈꺼풀을 천천히 깜박이더니 웃으며 말했다.

---

* anticlericalism. 성직자들이 정치 · 사회 문제에 영향력을 행사하거나 교리주의를 내세우고 특권과 부를 누리는 데 반대하는 주의. 개신교나 성공회가 지나친 보수성과 국가권력에 대한 맹종 때문에 자주 비난당했으나, 주요 적대 대상은 서방에서는 로마 가톨릭 교회였고 동방에서는 러시아 정교회 및 그 밖의 정교회들이었다.

"네, 기억납니다."

"한두 시간 만에 정말 큰 거래가 성사되었었죠. 선생에게도 아주 중요한 거래였던 걸로 생각되는데요."

스나이스가 기분 좋게 말했다.

"네, 아주 운이 좋았지요."

멘도사가 겸손하게 말했다.

"겸손의 말씀! 행운이란 잡아야 할 시기를 아는 사람에게 오는 거지요. 선생은 그 행운을 잡은 거고요. 아, 제가 방해하고 있는 건 아니겠지요?"

스나이스가 열정적인 목소리로 말했다.

"천만에요. 전 신부님과 얘기를 나누러 종종 들른답니다. 특별한 일이 없어도 말이지요."

성공한데다 유명하기까지 한 사업가가 브라운 신부와 친밀하다는 말을 듣자, 실리적인 스나이스는 신부에 대한 믿음도 더욱 커지는 듯했다. 스나이스는 교회의 의식과 일에 대해 새록새록 존경심이 생기는 것을 느꼈다. 예배당이나 사제관을 아주 피할 수는 없었기에 드문드문 나타나는 종교적인 흔적들은 그냥 너그럽게 보아넘길 수 있었다. 그는 신부의 교육 과정들, 특히 종교와 관련이 없는 사회적인 교육 과정들에 대해 각별한 관심을 보였다. 자신이 언제든지 전 세계로 보내는 메시지를 생생하게 전달하는 역할을 수행할 준비가 되어 있다고 말했다. 이쯤 되자 브라운 신부는 이 신문 기자가 성가신 존재가 될 수도 있다는 사실을 깨닫기 시작했다. 자신의 활동에 반대하는 것이 아니라 오히려 지나치게 공감하고 있다는 사실이 부담스러웠다.

폴 스나이스는 열정적으로 브라운 신부의 모습을 담아내기 시작했다. 그가 신부에 대해 쓴 길고 화려한 찬사는 중서부 지역에 있던 소속 신문사를 통하여 미국 전체에 보내졌다. 또한 가장 평범하게 업무를 수행하고 있는 신부의 사진을 찍어 미국의 일요 신문에 대문짝만하게 공개하기도 했다. 신부가 했던 말을 슬로건처럼 내세웠으며, 남미의 거룩한 성직자가 던진 '말씀'을 계속해서 전 세계로 내보냈다. 끈기가 있고 그런 이야기를 잘 받아들이는 경향이 있는 미국인들은, 브라운 신부 이야기를 그나마 지겨워하지 않은 것이다. 사실 브라운 신부는 미국 전역 순회 강연 제의를 받기도 했는데, 존경할 만한 경이로운 인물이라는 평판이 널리 퍼졌다.

스나이스는 셜록 홈스 이야기처럼 브라운 신부에 대한 시리즈를 계획해서 그의 도움과 격려를 바라며 주인공 앞에 턱하니 내놓았다. 이미 일이 시작된 후에야 알아차린 신부가 할 수 있는 일이라곤 중지를 요청하는 일뿐이었다. 그러자 스나이스는 브라운 신부도 왓슨 박사의 주인공처럼 절벽에서 떨어져서 일시적으로 실종된 것으로 얘기를 끌고 나가자고 했다.* 이 모든 요청에 신부는 참을성 있게 글로 답해줬고, 일시적으로 이야기를 중단하는 데 동의했으며, 다시 시작할 때까지 충분한 시간을 가졌으면 좋겠다고 부탁해야 했다. 그의 글은 점점 짧아졌고, 마지막 이야기까지 모두 쓰고는 안도의 한숨을 내쉬었다.

말할 것도 없이 미국에 조성된 이상한 분위기는, 신부가 조용히 망명 생활을 하려던 남미의 작은 지방에도 영향을 미쳤다. 그 지방에 있던 많은 영국계와 미국계 주민들은 그렇게 유명한 사람이 이곳에 왔다는 사실만으로도 자랑스러워하였다. 웨스트민스터 대수도원을 순례하는 것과 비슷한 열정으로, 미국인 관광객들은 브라운 신부를 보려는 강렬한 욕망에 불타 그먼 해안 지역으로 순례를 왔다. 그들은 브라운 신부의 이름을 딴 유람 열차를 운행하는 지경에 이르렀으며, 마치 그가 무슨 기념비라도 되는 양 군중들을 몰고 와 구경시켰다.

브라운 신부는 특히 적극적이고 야심 있는 그 지방의 새로운

---

* 셜록 홈스가 「마지막 사건」에서 절벽에서 떨어져 죽은 것으로 설정되어 있던 것에 빗댄 것이다. 후에 코난 도일은 『셜록 홈스의 귀환』이라는 단편집에서 셜록 홈스가 다시 살아 돌아온 것으로 시리즈를 이어갔다.

상인들로부터 시달림을 받았는데, 끊임없이 상인들의 제품을 사용해보고 그에 대한 추천서를 써주어야 했다. 추천서가 준비되어 있지 않은 경우라 해도 상인들은 그의 자필 서명을 수집할 요량으로 계속해서 편지를 받으려고 했다. 신부가 착하고 너그러운 사람이었기에 상인들은 그에게서 원하는 모든 것을 가져갈 수 있었다. 그 중에 엑스타인이라는 프랑크푸르트의 포도주 상인에게 급하게 써서 보낸 카드 답장은 그의 인생에 큰 전환점이 되는 사건을 일으켰다.

엑스타인은 곱슬머리에 코안경을 쓰고 까탈스럽게 생긴 키작은 남자였다. 그는 약효가 있다고 알려진 유명한 포도주를 신부에게 보내며 포도주 맛을 보는 것만으로는 만족하지 않았고 포도주를 받았다는 걸 확인하는 차원에서 언제 어디서 마셨는지를 자신에게 알려달라고 했다. 신부는 예전에 광고의 광증에 놀란 적이 있기 때문에 이런 요청을 받고 특별히 놀라지는 않았다. 그래서 그저 몇 자 적어 보낸 뒤 좀더 합리적인 일을 시작했다. 그런데 또 다른 일이 업무를 방해했다. 다름 아닌 정적 알바레스로부터 쪽지가 온 것이었다. 급박한 현안에 대한 해결 방안을 함께 찾았으면 좋겠다는 요청이었다. 그날 저녁 이 작은 마을의 울타리 바로 밖에 있는 카페에서 만났으면 한다는 내용이 적혀 있었다. 이번에도 그는, 옆에서 답변을 기다리고 있던 화려한 군복 차림의 전령에게 승낙하는 메시지를 보낸 후 자리에 앉아 남은 한두 시간 동안 원래 하려던 일을 처리했다. 시간이 다 되자 그는 엑스타인의 진기한 포도주 한 잔을 따르고 익살스러운 표정으로 시계를 한번 쳐다보더니 포도주를 들이킨 다음 어둠 속으로 걸어 나갔다.

브라운 신부가 그림처럼 아름다운 마을 입구에 도착했을 때는 환한 달빛이 스페인풍의 작은 마을을 비추고 있었다. 로코코식 아치와 멋진 야자나무가 주변에 그림처럼 서 있어서 마치 스페인 오페라의 한 장면을 보는 것 같았다. 달빛에 그림자 진 야자나무 잎 하나가 아치 한켠을 드리우고 있는 모습은 마치 검은 악마가 입을 벌리고 있는 것 같았다. 이때 무언가가 선천적으로 날카로운 그의 눈을 사로잡지 않았더라면 이러한 공상은 상상력으로 이어지지 못했을 것이다. 주위는 죽은 듯이 조용했고 바람 한점 없었지만 야자나무 잎이 흔들리는 것을 확실히 볼 수 있었다.

브라운 신부는 주위를 둘러보고 나서 혼자라는 사실을 깨달았다. 그는 덧문이 굳게 닫혀 있는 집들을 뒤로 한 채, 크고 보기 흉하지만 평평한 돌들로 주욱 이어지고, 지역 특유의 가시투성이 잡초들이 여기저기 무더기로 나 있는 두 벽 사이의 좁은 길을 걷고 있었다. 벽은 카페 입구까지 계속 평행으로 이어졌다. 지금껏 카페의 불빛을 보지 못한 것은 거리가 너무 멀었던 탓이라 짐작했다. 아치 아래서는 아무것도 볼 수 없었지만 달빛에 비쳐 백색에 가까운 넓디넓은 포장도로에는 넓게 깃발이 꽂혀 있었고 배나무의 삐죽한 가지들이 제멋대로 뻗어 있었다. 그는 악의 기운을 감지했으며 이상하게 몸이 답답해지는 것을 느꼈지만, 걸음을 멈출 생각을 하지는 않았다. 그의 담력도 그의 호기심만큼 강렬하게 그의 일부를 차지하고 있었던 것이다. 그는 평생 아주 사소한 것일지라도 진리에 대한 지적 열망에 이끌려왔다. 종종 균형을 잡으려고 지적 열망을 자제하기도 했지만 그렇다고 그 열망 자체가 수그러든 적은 없었다. 그는 카페의 입구를 지나 안으로 곧장 걸어갔다. 그때 다른 쪽에서 한 남자가 원숭이처럼 나무 꼭대기로 뛰어오르더니 그를 칼로 찔렀다. 같은 순간 또 다른 남자가 벽을 따라 잽싸게 기어와서는 머리 위에서 몽둥이를 휘휘 돌리더니 아래로 내리쳤다. 브라운 신부는 한바퀴 돌아 비틀거리다가 푹 주저앉았다. 그때, 그의 둥근 얼굴에는 희미하지만 아주 놀란 표정이 정지되어 있었다.

그 당시 이 작은 마을에는 스나이스와는 매우 다른 젊은 미국인이 또 한 명 살고 있었다. 그의 이름은 존 애덤스 레이스였고, 전기 엔지니어였으며 멘도사의 회사에 고용되어 낙후된

이 마을에 편리하고 새로운 시설을 설치하고 있었다. 그는 미국인 신문 기자보다 풍자나 국제적 가십거리에 훨씬 무딘 인물이었다. 사실 미국에는 레이스와 비슷한 부류의 사람들이 수도 없이 많이 살고 있고 그 중에 스나이스 같은 사람이 한 명 정도 껴 있을 것이다. 그는 정말 특이한 사람이었다. 자신의 일은 아주 탁월하게 잘 처리했지만 그 외의 모든 분야에서는 매우 평범했다. 그는 서부의 한 마을에서 약사의 조수로 출발했으며 오로지 근면 하나로 그 우수함을 인정받아 승진하였지만 아직도 자신의 고향을 살기 좋은 세상의 중심으로 생각하고 있었다. 그는 어릴 적부터 가정에서 성경 교육을 받아온 복음주의적 기독교 신자였다. 만약 다른 종교를 접하게 되었다면 아마 그것이 그의 종교가 되었으리라. 최근의 어지러울 정도로 눈부시고 맹렬하기까지 한 과학 발전 속에서도 '고향으로 돌아가는 것'이 세상에서 가장 좋은 일임을 한번도 의심한 적이 없었다. 신이 새로운 별과 태양계를 창조하는 것처럼 빛과 소리의 기적을 만들어내는 최첨단 실험을 하면서도 어머니와 집에 있던 성경책과 조용한 고향 마을의 구식 윤리를 그리워했다. 그는 경박한 프랑스인처럼 어머니의 신성함에 대해 진지하고 고귀하게 생각하고 있었다. 그는 복음이 진정 올바르다는 확신이 있었기에 현대적인 생활을 하면서도 복음에 대한 막

연한 그리움을 간직하고 있었다. 그가 가톨릭 국가들의 종교적인 허례에 거부감을 나타내고 주교관과 주교장을 싫어한다는 면에서는 스나이스의 의견과 일치하기도 했다. 그는 멘도사의 공개적인 겉치레 인사나 비열함도 좋아하지 않았으며 무신론자 알바레스가 주창하는 프리메이슨적 신비주의에도 현혹되지 않았다. 아메리카 인디언과 스페인 혈통으로 가득 찬 아열대 기후의 생활은 그에게는 너무 과장되어 보일 뿐이었다. 어쨌든 그가 자기 고향에는 손댈 게 하나 없다고 말할 때는 결코 과장이 아니었다. 실제로 평범하게 꾸밈 없고 감동적인 것이 세상 어딘가에는 존재하고 무엇보다도 그런 것을 존중하고 좋아한다는 의미였으니 말이다. 그렇지만, 남미 사업소에서 그런 정신적 태도를 가지고 지내다보니, 어느 순간 그의 마음속에서는 자신의 모든 편견을 부정하고 자신조차도 설명할 수 없는 호기심이 커가고 있었다. 사실 무슨 연유인지 그가 여행을 하면서 만난 많은 것들 중 유일하게 지난 시절의 나무 더미, 그 지방 특유의 예절, 어머니 품에서 읽었던 성경 등을 생각나게 한 것은 바로 브라운 신부의 둥근 얼굴과 그가 들고 다니는 검고 볼품없는 우산이었던 것이다.

레이스는, 평범하다못해 우습기까지 한 이 검은 형상이 분주히 움직이고 있는 것을 보노라면, 마치 걸어다니는 수수께끼나 모순덩어리라도 되는 것처럼 거의 병적으로 매료되어 무의식적으로 바라보곤 했다. 그는 자신이 싫어하는 모든 것들의 한가운데에서 정말 좋아하지 않을 수 없는 것을 발견했던 것이다. 그것은 마치 조그만 악마들로부터 끔찍하게 시달리다가, 그보다 훨씬 사악한 진짜 악마가 결국엔 평범한 사람이었음을 발견하는 것과도 같았다.

이번 일도 그러했다. 달빛이 아름답게 비치는 밤에 레이스가 창문 밖을 내다보다가, 불가사의하게 청렴결백한 이 악마가 챙 넓은 검은색 모자를 쓰고 역시 검은색의 긴 코트를 입은 채 발을 질질 끌며 길을 따라 출입구로 걸어가는 것을 보았다. 자신도 도저히 이해할 수 없는 호기심으로 그는 그 악마를 주시하고 있었다. 그는 이 신부가 어디로 가는지, 무슨 일인지 궁금해서 그 검고 작은 형상이 지나간 후에도 오랫동안 달빛이 비치는 거리를 바라보고 있었다. 그때 그의 호기심을 끄는 또 다른 형체를 발견했다. 조명이 비추는 무대를 가로지르듯 그의 창문 앞을 지나가는 두 남자를 보았던 것이다. 포도주 판매 상인인 키 작은 엑스타인의 곤두선 텁수룩한 머리카락 위로 파란 달빛이 마치 유령의 후광처럼 비추고 있었다. 엑스타인보다 키가 더 크고 더 검게 보이는 사람은 옆모습이 독수리 같고 윗부분이 큰 구식 검정모자를 쓰고 있어, 전체적인 윤곽이 그림자처럼 한층 더 기이하게 보였다.

　레이스는 달빛 때문에 헛것을 본 거라고 자신을 탓하며 다시 한번 보았는데, 마을의 존경받는 의사인 칼데론 박사의 스페인인 특유의 긴 구레나룻과 강렬한 용모를 알아볼 수 있었다. 레이스가 알기로, 그는 한때 멘도사의 주치의였다. 게다가 그 두 남자는 길을 가다가 서로 귓속말을 나누며 거리를 응시했는데 이 점이 더 이상했다. 돌연한 호기심에 그는 낮은 창턱을 뛰어내려, 모자도 쓰지 않은 채 그들의 뒤를 쫓아갔다. 레이스는 그들이 어두운 아치 길로 사라지는 것을 보았다. 바로 직후 길 너머에서 끔찍한 비명 소리가 들려왔다. 그 소리는 귀청을 찢는 듯했으며, 그가 모르는 언어로 매우 명확하게 뭔가를 말하고 있는 것 같아서 한층 등골이 오싹해졌다.

　바로 다음 순간 서둘러 달려오는 소리와 비명 소리가 들리더니 뒤이어 작은 탑과 커다란 야자나무가 흔들릴 정도로 큰 분노의 울음 소리가 들려왔다. 이내 휘몰아치듯 군중들이 모여들었다.

　잠시 후 어두운 아치 길에서 낯선 목소리가 울려퍼졌다. 이번에는 그가 알아들을 수 있는 말이었고, 마치 최후의 심판 결과를 듣는 것 같았다. 누군가가 입구 안에서 소리쳤다.

　"브라운 신부님이 죽었다!"

레이스는 마음속의 버팀목이 무너진 것 같았다. 아치 입구를 향해 달렸다. 그때, 송장같이 창백한 얼굴로 초조하게 손가락을 물어뜯으며 어두운 입구에서 나오고 있는 신문 기자 스나이스를 만났다.

"사실입니다. 신부님은 돌아가셨습니다. 의사가 살펴보고 진찰을 했지만 가망이 없었어요. 그가 문으로 들어설 때 괘씸한 스페인놈 하나가 몽둥이로 내리친 것 같습니다. 신만이 아시겠죠. 마을로서는 큰 손실이지요."

경의를 표하는 자세로 스나이스가 말했다.

레이스는 대답을 하지 않았고 대답할 수도 없었다. 그는 아치 아래의 현장으로 달려갔다. 여기저기 초록색 가시관목들이 뿌려져 있었고, 널찍한 돌들이 황폐하게 놓인 곳에 작고 검은 형체가 쓰러질 때 모습 그대로 눕혀져 있었다. 모여든 군중들은 앞에 있는 덩치 큰 사람의 단순한 손짓에 따라 뒤로 물러섰다. 그가 마술사라도 되는 양 사람들은 그의 손짓에 따라 사방팔방으로 움직이고 있었다.

절대 권력자이자 선동가인 알바레스는 키가 매우 컸고, 그에게는 좌중을 압도하는 분위기가 있었다. 그는 항상 현란하게 옷을 입고 다녔는데, 이런 상황에서도 선명한 적갈색 리본 훈장을 어깨에 붙이고 은실로 뱀이 기어가는 듯한 자수를 놓은

초록색 제복을 입고 있었다. 짧게 깎은 곱슬머리는 희끗희끗
했으며, 친구들은 올리브색이라고 하고 반대파들은 혼혈이라
고 하는 그의 얼굴색은, 마치 금으로 주조한 듯 말 그대로 누런
황금빛이었다. 다양한 표정을 느낄 수 있는 그의 얼굴에서는
강한 힘이 느껴지기도 하고 우스꽝스럽기도 했는데, 그 순간
에는 엄숙하고 단호했다. 그는 카페에서 브라운 신부를 기다
리고 있다가 바스락거리는 소리와 쿵 떨어지는 소리를 듣고 밖
으로 나왔다가 넓은 돌 위에 쓰러져 있는 시체를 발견했다고
설명했다.

"당신들이 무슨 생각을 하는지 알고 있소. 당신들이 늘 그렇
듯 날 두려워한다면 당신들에게 말할 수 있소. 난 무신론자요.
그러니까 내 말을 곧이듣지 않는 사람들에 맞서 호소할 신도
없단 말이오. 군인이자 남자로서 명예를 걸고 단언컨대, 난 이
일과 무관하오. 이 일을 저지른 자들이 여기 있다면 기꺼이 저
나무에 매달아 교수형에 처할 거요."

알바레스는 거만하게 주위를 둘러보며 말했다.

"물론, 그렇게 말해주니 기쁘군."

늙은 멘도사가, 쓰러져 있는 신부 옆에 서서 뻣뻣하고 진지
하게 말했다.

"이 사태는 너무나 뜻밖이고 끔찍해서 지금 어떤 생각이 드

는지 말로 표현할 수도 없구만. 일단 시체를 적당한 곳으로 옮기고 이 난데없는 집회도 해산하는 게 좋을 것 같군."

멘도사는 엄숙한 태도로 의사에게 덧붙였다.

"안타깝지만, 의심의 여지가 없는 것 같군."

"네, 그렇습니다."

칼데론 박사가 말했다.

레이스는 비탄에 잠겨 공허함만을 안고 하숙집으로 돌아왔다. 전혀 알지 못했던 사람이라 그리워하지도 못할 것 같았다. 내일이면 장례식이 거행될 것이다. 가능하면 빨리 이 위기가 지나가기를 모든 사람이 바라고 있었다. 시간이 지날수록 폭동에 대한 두려움이 현실로 드러날 가능성이 높아지기 때문이었다. 스나이스가 베란다에 한 줄로 앉아 있는 아메리카 인디언을 보았을 때, 그들의 모습은 삼나무에 새겨진 고대 아스텍 족의 조상(彫像) 같았다. 그러나 신부가 죽었다는 소식이 전해진 후에는 베란다에 앉아 있던 사람들이 스나이스에게는 다르게 보였다.

종교적 지도자의 관 앞에서는 공손하게 행동해야 한다고 강제로 즉시 차단하지 않았다면, 그들은 분명 혁명을 일으키고 공화당 지도자를 교수형에 처했을 것이다. 교수형에 처해야 할 진짜 범인은 당연하게도 흔적도 없이 사라져버렸다. 암살자의 이름을 아는 사람은 아무도 없었고, 신부가 죽는 순간에 그의 얼굴을 보았는지 못 보았는지조차 알 수가 없었다. 분명 이승에서 그의 마지막 표정이었을, 무언가에 아주 놀란 듯한 그 묘한 얼굴은 암살자의 얼굴을 보았다는 증거가 될 수도 있었다.

자신이 한 일이 아님을 격렬하게 반복해서 말해오던 알바레스는 눈부신 은 장식의 초록색 제복을 입고 장례식에 참석하여, 경의의 마음을 과장되게 표현하며 관을 뒤따랐다.

베란다 뒤쪽에는 선인장 울타리에 둘러싸인 아주 가파른 초록의 둑을 따라 올라가는 돌계단이 있었다. 사람들은 이 계단을 따라 위쪽까지 힘들게 관을 날랐다. 그리고는 길 위에 우뚝 서서 신성한 땅을 보호하는, 거대하지만 황량한 십자가상 아래에 잠시 내려놓았다. 길 아래쪽에서는 수많은 사람들이 묵주를 굴리면서 신부의 죽음을 애도하는 기도를 하고 있었다. 그들은 마치 아버지를 잃은 고아처럼 보였다. 이 모든 행동이 알바레스를 약올리기에 충분했지만, 그는 애써 자제하며 경건하게 행동했다. 레이스 말마따나 사람들이 그를 그냥 내버려두기만 했어도 아무 탈 없이 일은 잘 진행되었을 것이다.

멘도사는 평소에도 늙은 바보 같아 보였지만, 이번엔 정말 눈에 확 띌 정도로 완벽하게 바보짓을 했던 것이다. 소박한 사회의 공통된 관습에 따라, 관 뚜껑을 열어놓고 신부의 얼굴을 가리지 않아 이 소박한 모든 이들이 느끼는 비애가 고통으로 변하는 지경에 이르게 되었다. 이런 전통에 따른다고 해도 별로 해 될 것은 없지만, 꼭 주제넘게 나서는 사람들이 있기 마련이었다. 여기에는 무덤가에서 연설을 해대는 프랑스 자유사상가들의 관습까지 보태졌다. 멘도사가 연설을 시작했는데, 그 연설이 다소 길어지는 듯했다. 연설이 길어질수록 종교적 의식에 대해 감응하는 경건한 마음은 점점 더 가라앉았다. 신앙심이 깊다는 걸 보여주려는 일련의 행동들은 아주 고루했고, 자리에 앉을 줄 모르는 연설자들은 지루하게 계속 떠들어댔다. 이것만으로도 충분히 최악이었다. 그런데도 멘도사는 말로 표현하기도 어려운 어리석은 행동을 저질렀는데, 이런 장소에서 자신의 정적들에 대해 비난하고 심지어 조롱하기 시작한 것이었다. 단 3분 만에 그는 새로운 소동을, 그것도 아주 보기 드문 소동을 성공적으로 일으켰다.

"이제 몇 가지 좀 물어봅시다."

멘도사가 거드름피우며 주변을 둘러보고는 말했다.

"앞뒤 가리지 않고 하느님 아버지의 교리를 버린 자들은 어디서 그런 덕을 찾을 수 있는지 물어보고 싶군요. 이런 범죄를 통해 악명 높은 사상들이 결실을 맺는 모습을 볼 수 있다면, 그건 바로 우리들 중에 무신론자, 무신론자의 지도자, 아니 무신론자의 통치자가 있을 때입니다. 누가 이 덕망 높은 성직자를 살해했는지 묻는다면, 우리는 반드시 찾아낼……."

순간, 혼혈인 모험가 알바레스의 눈에서 아프리카의 숲이 번득이는 듯했다. 레이스는 결국 그 남자가 자신을 통제할 수 없는 야만인일지도 모른다는 생각이 갑자기 들었다. 그의 이런 초월주의 성향은 부두교의 영향을 받은 것인지도 모른다. 어쨌거나 멘도사는 연설을 계속 할 수 없었다. 알바레스가 벌떡 일어서서 멘도사를 향해 있는 힘껏 소리쳤기 때문이었다.

"누가 그를 죽였단 말이오? 당신들이 말하는 바로 그 하느님 아버지가 브라운 신부를 죽였소! 그가 믿었던 신이 그를 죽였단 말이오! 당신들 말을 빌리자면, 신은 그의 충성스럽고 어리석은 종들도 모두 죽였소. '저 사람'을 죽였듯이 말이지!"

알바레스는 관이 아니라 십자가를 격렬하게 가리켰다. 그는 조금 자제하는 것처럼 보였지만 목소리는 여전히 화가 나 있었고 더 논쟁적이었다.

"난 믿지 않지만 당신들은 믿고 있잖소. 이런 식으로 당신들에게서 빼앗아가는 신이라면 차라리 없는 게 더 낫지 않소? 적어도 나는 아무것도 없다고 당당하게 말할 수 있소. 이 눈멀고 어리석은 우주에 당신들의 기도를 들어주거나 당신들의 친구를 돌려보내줄 신은 없단 말이오. 그를 일으켜 세워달라고 신에게 간청해도 그는 일어나지 못할 것이오. 지금 여기서 시험해볼 것이오. 나는 영원히 잠든 사람을 깨우지 못하는 신은 받아들일 수가 없단 말이오."

갑작스럽게 침묵을 깨는 선동으로 큰 물의가 일었다.

"우리가 알고 있었어야 했소."

멘도사가 우는 듯한 목소리로 소리쳤다.

"당신과 같은 사람을 들어오게 했을 때……."

그때 누군가가 멘도사의 연설을 끊었다. 미국 억양의 매우 높고 날카로운 목소리였다.

"그만! 그만! 모든 게 끝났소! 장담하건대 브라운 신부가 움직이는 걸 내가 봤단 말입니다."

신문 기자인 스나이스였다.

그는 계단을 뛰어 올라 서둘러 관으로 돌진했고, 아래에 있던 군중들은 미친 듯이 격앙되어 동요하기 시작했다. 다음 순간, 그는 놀란 얼굴로 뒤를 돌아보더니, 그와 의논하기 위해 서둘러 앞으로 나서던 칼데론 박사에게 손가락으로 신호를 보냈다. 두 남자가 관에서 한 걸음 뒤로 물러서자 신부의 머리의 위치가 달라져 있는 걸 모든 사람이 확인할 수 있었다. 군중들로부터 흥분된 함성 소리가 울려 퍼지더니 공중에서 잘려나가는 것처럼 갑자기 멈추었다. 관 속에 누워 있던 신부가 신음 소리를 내고 흐릿하게 가물거리는 눈으로 군중들을 보면서 한쪽 팔꿈치로 몸을 받치고 일어섰던 것이다.

지금까지 과학의 기적만 알고 있었던 레이스는 앞으로 며칠 동안 일어날 대혼란에 대해 후년 자신이 직접 설명할 수 있을지에 대해 생각했다. 그는 시공의 세계에서 튕겨나와 불가능의 세계에서 살고 있는 것 같았다. 30분 동안 그 지역 전체는 천년 동안 알려지지 않았던 무언가로 변해버린 것만 같았다. 경이로운 기적을 통해 한 무리의 수도사로 변해버린 중세 사람들, 평범한 중생들 사이로 신이 직접 내려왔던 그리스의 한 도시처럼 말이다. 수천 명의 사람들이 무릎을 꿇고 길에 엎드렸고, 수백 명의 사람들은 그 자리에서 수도회에 가입했으며, 심지어 그곳에 있던 미국인 두 사람도 경이로운 기적이라고 생각하고 말할 수밖에 없었다. 알바레스도 동요했지만, 늘 그렇듯 거만하게 턱을 괴고 주저앉아 있었다.

한바탕 소동이 몰아치는 와중에 신부는 안간힘을 쓰고 있었다. 목소리는 아주 작고 힘이 없었으며, 시끄러운 소리 때문에 더 들리지가 않았다. 신부는 힘없이 약간 움직였는데 아프다는 것 같았다. 그는 군중들 위로 나 있던 난간의 가장자리로 가서는 조용히 해달라는 듯 손을 흔들었다. 그 손짓은 마치 펭귄이 짧은 날개를 퍼덕거리는 것 같았다. 시끄러운 소리가 차츰 잦아들자, 브라운 신부는 처음으로 자신의 어린양에게 극도의 분노를 쏟아부었다.

"오, 이 어리석은 사람들!"

신부는 매우 높지만 떨리는 목소리로 말했다.

"이 어리석은, 정말 어리석은 사람들 같으니······."

신부는 갑자기 몸을 추스리고 평상시의 걸음걸이로 도망치듯 계단을 향해 뛰어가서는 서둘러 내려오기 시작했다.

"신부님, 어디 가세요?"

멘도사가 평상시보다 더 많은 존경심을 보이며 말했다.

"전신국에요."

브라운 신부가 서둘러 말을 이었다.

"뭐라구요? 기적? 아, 이건 절대 기적이 아닙니다. 이런 일에 기적이 왜 있어야 하죠? 기적은 그렇게 시시한 게 아닙니다."

신부는 구르듯 계단을 내려왔고, 앞으로 몸을 던지는 사람들에게 하느님의 자비를 빌어주었다.

"신의 가호가 있기를, 신의 가호가 있기를······."

브라운 신부는 서둘러 걸으며 말했다.

"모두에게 신의 가호가 있기를 바라며, 신께서 분별력을 좀 더 내려주시기를······."

그리고는 허둥지둥 전신국으로 발길을 옮겨 주교의 비서에게 전보를 보냈다.

여기 기적에 대한 정신나간 이야기가 있습니다. 주교의 권위가 아니라 통치권으로 처리해주십시오. 새빨간 거짓말입니다.

할 일을 마치자 무기력해져 약간 비틀거리며 걷고 있을 때, 레이스가 그의 팔을 잡으며 말했다.

"모셔다 드리겠습니다. 신부님은 사람들이 하는 찬사보다 더 많은 찬사를 받아야 마땅한 분이신 것 같습니다."

레이스와 신부는 사제관에 자리를 잡고 앉았다. 탁자 위에는 전날 신부가 씨름하던 서류들이 그대로 쌓여 있었고, 그가 남겨놓은 와인 병과 빈 와인 잔도 그대로 있었다.

"음, 이제야 생각을 좀 할 수 있겠군."

브라운 신부가 단호하게 말했다.

"아직 너무 무리하시면 안 됩니다. 좀더 쉬셔야 해요. 게다가 생각할 것도 없잖아요."

"공교롭게도 난 빈번하게 살인사건을 조사하는 임무를 맡았었네. 이젠 내 살인사건까지 조사하게 됐군."

"제가 신부님이라면, 먼저 와인을 좀 마시겠습니다."

브라운 신부는 일어서서 다른 잔을 채우고 들어올리더니 공허한 눈빛으로 세심하게 바라본 후 다시 잔을 내려놓았다. 그리고는 자리에 앉아 말을 이었다.

"죽었을 때 어떤 느낌을 받았을 것 같은가? 믿지 않겠지만 저항할 수 없는 놀라움을 느꼈네."

"네에, 전 머리를 맞은 충격에 놀란 거라고 생각했습니다."

브라운 신부는 몸을 기울이더니 낮은 목소리로 말했다.

"사실, 난 머리를 맞지 않아서 놀란 거라네."

레이스는 머리를 맞은 충격이 너무 큰 게 아닐까 생각하며 잠시 신부를 쳐다보고 말했다.

"무슨 뜻이십니까?"

"무슨 말이냐 하면, 그 남자가 몽둥이로 힘껏 머리를 내리쳤는데, 내 머리는 건드리지도 않고 바로 앞에서 멈추었단 말이지. 마찬가지로, 다른 사람은 칼로 나를 찌른 것 같았지만 난 긁히지도 않았단 말일세. 그 상황은 마치 연극하는 것 같았고, 나도 그렇다고 생각했네. 그런데 그 다음에 아주 이상한 일이 일어난 걸세."

신부는 잠시 동안 탁자 위의 서류들을 골똘하게 쳐다보더니 말을 이었다.

"칼과 몽둥이는 나를 건드리지도 않았는데, 갑자기 다리가 접히고 목숨이 끊어지는 것 같았네. 뭔가에 두들겨 맞은 거라고 생각했지만 그들이 사용한 칼과 몽둥이는 아니었단 말일세. 그럼 그게 뭐였겠나?"

그러더니 신부는 탁자 위의 와인 잔을 가리켰다.

레이스는 와인 잔을 들어 쳐다보더니 냄새를 맡았다.

"네, 맞습니다. 전 약사로 일했었고 화학도 공부했지요. 분석해보지 않아서 확실히는 말할 수 없지만 좀 이상한 물질이 들어 있는 것 같기는 합니다. 사람이 죽은 것처럼 가장하기 위해 일시적으로 잠들게 하는 약이 들어 있는 것 같군요."

"내 짐작이 맞았군."

신부가 침착하게 말했다.

"무슨 이유인지 모르겠지만 이 기적의 전말은 조작된 게 분명하네. 장례식 장면도 적절한 시기에 거행되도록 연출된 거고. 스나이스도 그런 홍보를 노린 광적인 농간에 사로잡혔던 거라고 생각하지만…… 단순히 그런 이유로 그렇게 심한 일을 저지를 필요가 있었을까. 결국, 내 복제인간을 만들어 가짜 셜록 홈스처럼 꼭두각시짓을 하게 했던 것과는 별개로……"

말을 하다가 신부의 표정이 바뀌어갔다. 갑자기 깜박이던 눈꺼풀을 감더니 숨이 막힌 것처럼 벌떡 일어섰다. 그러더니 손을 더듬어 문 쪽으로 나가는 것처럼 흔들던 한 손을 내려놓았다.

"어디 가시려구요?"

레이스가 놀라 물었다.

"굳이 말하자면, 기도하러 가네. 아니 찬미하러 간다는 게 더 정확하겠구만."

창백해진 브라운 신부가 대답했다.

"무슨 말씀이신지 모르겠습니다. 무슨 일이세요?"

"믿기 어려울 정도로 이상하고 아슬아슬하게 날 구해준 신을 찬미하러 간단 말일세."

"전 신부님과 같은 종교는 아니지만 절 믿어주십시오. 그 정도를 이해할 만한 신앙은 가지고 있습니다. 물론, 죽음으로부터 구해준 신에게 감사해야지요."

"아니, 죽음이 아니라 치욕일세."

레이스가 앉아서 빤히 쳐다보자 신부가 울부짖듯 말했다.

"그게 나의 명예만 잃는 것이었다면 문제가 없네! 하지만 그건 내가 상징하는 모든 것의 명예를 실추시키는 일이었어. 바로 그자들이 완성하려고 했던 신념에 대한 치욕적인 행동이었지. 어떻게 이럴 수가! 최후의 거짓말로 오츠*의 목구멍이 막혀버린 후 우리에게 가장 끔찍하고 불명예스런 일이 발생한 거네."

"도대체 무슨 말씀이신지……."

"그래, 지금 말해주는 게 낫겠군."

신부가 다시 자리에 앉으면서 말했다. 그는 좀더 침착하게 말을 이었다.

"내가 스나이스와 셜록 홈스에 대해 언급할 때 섬광처럼 떠오른 생각이 있네. 전에 스나이스의 불합리한 계획에 대해 글을 썼던 일이 떠올랐네. 그때는 그렇게 쓸 수밖에 없었는데, 생각해보니 그들이 교묘한 책략으로 그런 내용을 쓰도록 만들었던 것 같네. 그 내용이란 게, '나는 죽음을 맞이할 준비가 되어 있다. 다시 살아나는 것이 최상의 방법이라면 셜록 홈스처럼 돌아올 것이다.' 뭐 이런 내용이었지. 이것이 떠오른 순간, 내가 모두 같은 생각을 나타내는 글을 썼다는 걸 깨달았네. 나는 마치 공범자에게 쓰는 것처럼, 특정 시간에 약이 든 와인을 마셨다는 편지도 썼지. 이래도 모르겠나?"

레이스가 계속 신부를 쳐다보더니 벌떡 일어섰다.

---

* Oates, Titus(1649~1705). 영국국교회 사제이며 배교자. 1678년의 '가톨릭 음모사건(Popish Plot)'을 조작한 인물이다. 로마 가톨릭교도들이 정권을 장악하려고 음모를 꾸미고 있다는 주장을 함으로써 런던에 공포정치를 일으켰고, 반(反)가톨릭 정당인 휘그당의 세력을 강화시켰다.

"네! 알 것 같습니다."

"그자들은 기적을 일으키려고 했던 거야. 그런 다음 기적이란 걸 산산조각내려고 했던 거지. 설상가상으로, 내가 공범자라는 걸 입증하려 했고. 그러면 우리 모두가 가짜 기적을 만들어낸 게 됐겠지. 이게 이 사건의 전말이네. 자네나 나나 모두 지옥의 문에 가까워졌단 얘기고."

한숨 돌리고 나서 신부는 아주 부드러운 목소리로 말했다.

"분명 그들은 내 역할을 할 가짜를 많이 만들어놓았을지도 모르네."

레이스는 탁자를 쳐다보며 험악하게 말했다.

"이 짐승 같은 놈들이 얼마나 많이 개입되었을까요?"

브라운 신부가 고개를 저었다.

"내가 생각하는 것보다는 많겠지. 하지만 그들 중 일부만 도구처럼 이용당했길 바라네. 아마 알바레스는 전시에는 모든 게 공평하다고 생각하겠지. 그자는 아주 괴짜거든. 멘도사가 늙은 위선자라는 사실도 걱정되네. 난 그를 신뢰하지 않았고, 그는 산업 문제와 관련된 내 행동을 아주 증오했지. 모든 게 기다리고 있던 일일세. 내가 도망칠 수 있도록 도와준 신께 감사할 일만 남은 것 같네. 주교에게 곧바로 전보를 보낼 수 있도록 도와준 점에 대해선 특히 더 감사해야 될 것 같네."

레이스는 아주 심각하게 생각하더니 마침내 입을 열었다.

"제가 모르고 있던 많은 부분을 알려주시는군요. 신부님이 모르고 있는 사실을 하나 말씀드리고 싶습니다. 그자들의 계산이 어떻게 그렇게 딱 들어맞았는지 알 것 같아요. 관 속에서 깨어난 사람은 성인처럼 신성시된 자신을 발견하게 되고, 모든 사람이 존경하는 걸어다니는 기적이 되겠죠. 그러면 그를 숭배하는 자들을 따라 자기도 들떠서 하늘에서 떨어진 영광의 왕관을 덥석 받아들이려니 하고 생각한 거죠. 또 그자들의 계산은 보통 사람들에게 먹히는 실용적인 심리학을 이용한 것 같아요. 전 다양한 지역에서 다양한 부류의 사람들을 보았어요. 솔직히 말씀드리자면, 저는 그렇게 깨어난 사람 중에 제정신일 수 있는 사람이 천 명 중에 한 명이나 있을까 하는 생각이 듭니다. 잠꼬대를 할 때도, 온건한 정신과 소박한 마음, 겸손한 마음을 갖춘 그런 사람이 있을까 하고 말이지요."

레이스는 자신이 감동하고 있으며, 담담했던 목소리조차 흔들리고 있다는 사실에 매우 놀랐다.

브라운 신부는 멍하니 곁눈질로 탁자 위의 병을 쳐다보며 말했다.

"이보게. 진짜 와인이나 한잔 하겠나?"

기드온 와이즈의 망령

"제가 자백을 했습니다. 왜 제가 당신을 죽였다고
사람들에게 말하지 않는 겁니까?"
거기 모인 사람들은 혼이 소리치는 걸 들었다.
"자네가 그런 게 아니라고 그들에게 말할 걸세."
유령이 혼에게 손을 내밀면서 말했다. 무릎을 꿇고
있던 남자가 날카로운 비명을 지르면서
벌떡 일어섰다. 그 순간 그것이 피와 살을 가진
사람의 손이란 걸 알아차린 것이었다.

　브라운 신부는 이 사건이야말로 알리바이 이론이 가장 묘하게 적용된 경우라고 생각했다. 알리바이 이론이란 아일랜드 신화 속의 새처럼 한 사람이 동시에 다른 두 장소에 있을 수 없다는 사실로 뒷받침되는 이론이다. 아일랜드 신문 기자인 제임스 번은 아일랜드 새에 가장 근접한 인물이었다. 그는 거의 동시에 두 장소에 모습을 드러냈다. 20분 간격을 두고 사회적으로나 정치적으로 상반되는 두 장소에 나타났던 것이다. 첫번째 장소는 아주 큰 호텔의 바빌로니아식 홀이었다. 그 홀에서는 광업계의 거물 세 명이 모여 석탄 공장의 공장폐쇄 사태를 조정하기 위해 회의를 하고 있었다. 그들은 공장폐쇄를 동맹파업이라고 비난하고 있었다. 두번째 장소는 묘한 선술집이었는데,

겉으로 보기에는 식료품점 같았다. 여기서 번은 공장폐쇄가 동맹파업으로 진행되는 것을 매우 긍정적으로 생각하고, 혁명으로 이어지기를 바라는 지하 운동 조직원 세 명을 만났다. 번은 신문 기자였기 때문에 뉴스 전달자와 의견 조율자로서의 면책 특권을 누리며 세 명의 재벌과 세 명의 급진주의 지도자 사이를 오갈 수 있었다.

홀에는 금으로 도금하고 세로로 홈이 파인 화려한 기둥들이 늘어서 있었고 곳곳에 꽃이 활짝 핀 화분들이 가득했다. 광업계 거물 세 명은 그 속에 가려져 있었다. 색칠한 돔형 천장 아래로 야자수들이 나뭇잎을 높게 뻗치고 있었다. 그 가운데에 높이 걸려 있는 도금한 새장 속에는 색색의 새들이 갖가지 소리로 울어대고 있었다. 그렇지만 황야의 새들도 이 홀 안의 새들처럼 무관심 속에 지저귀지는 않았을 것이며, 사막의 꽃들도 이 홀 안의 꽃들처럼 철저히 외면당하지는 않았을 것이다. 이 혈기 왕성한 미국인 사업가들은 얘기를 나누고 홀을 이리저리 오가면서도 새 소리나 꽃 따위엔 귀를 기울이거나 눈길 한 번 주지 않았기 때문이었다. 아무도 쳐다보지 않는 로코코 장식의 요란함과 아무도 듣지 않는 외국 새들의 비싼 재잘거림과 엄청나게 화려한 실내장식과 사치스런 건축 양식이 어우러진 그곳에 앉아 있는 세 사람은 정작, 성공이라는 것이 얼마나 근검과 경제 관념, 가치관과 자제력에 기초를 두고 있는지 얘기하고 있었다. 그 중 한 사람은 다른 사람들처럼 이야기를 많이 하지 않았지만 움직임이 없는 밝은 눈으로 쳐다보고 있어 코안경이 눈을 고정시킨 것 같았다. 그는 짧은 검은 콧수염 아래로 시종일관 미소를 짓고 있었지만 또한 비웃는 것 같기도 했다. 이 사람이 그 유명한 제이콥 스타인이었다. 그는 말할 거리가 없으면 입을 열지 않았다. 반면 그의 옆에 앉아 있는 펜실베이니아 출신의 노인 갤럽은 말이 아주 많았다. 갤럽은 백발이 다 된 머리에 권투 선수 같은 얼굴을 하고 있었으며 엄청나게 뚱뚱했다. 그는 아주 명랑한 기분으로 나머지 한 사람의 백만장자인 기드온 와이즈를 반은 놀리고 반은 협박하듯 이야기를 하고 있었다. 기드온 와이즈는 매몰차고 고집이 센 노인이었다. 그의 고향 사람들은 그를 히코리 나무에 비유했다. 뻣뻣한 회색 턱수염이 나 있고 몸가짐이나 옷차림은 중앙 평원에서 온 늙은 농부 같았기 때문이다. 와이즈와 갤럽은 오래 전부터 연합과 경쟁에 대해 긴 논쟁을 벌여왔다. 와이즈가 시골 노인처럼 구태의연하고 개인주의적인 사고방식을 버리지 못하기 때문이었다. 영국식으로 말하자면 와이즈는 맨체스터학파*에 속하는 사

---

* Manchester School. 19세기 전반 영국의 맨체스터를 근거지로 하여 전개된 자유무역운동의 실천가 그룹.

람이었고, 갤럽은 경쟁을 자제하고 전세계의 자원을 모두 함께 이용해야 한다고 항상 그를 설득하는 쪽이었다.

"이봐, 자네도 조만간 합류해야 한단 말일세."

번이 홀에 들어설 때 갤럽이 상냥하게 말하고 있었다.

"그게 세계의 흐름이네. 개인이 독단으로 사업을 운영하는 시대로 돌아갈 수 없단 말이지. 우리 모두 같은 입장으로 뭉쳐야 한다구."

"제가 한마디 해도 되겠습니까?"

스타인이 차분하게 말했다.

"우리가 상업적으로 뭉치는 일보다 시급한 일이 있습니다. 우린 정치적으로도 같은 입장을 취해야 합니다. 그래서 오늘 번 씨에게 이리로 와달라고 부탁을 한 겁니다. 정치적 문제에 대해 우리는 서로 연합해야 합니다. 이유는 간단합니다. 우리에게 가장 위협적인 경쟁자들이 이미 연합하고 있기 때문입니다."

"아, 정치적 연합이라. 동의하고말고."

기드온 와이즈가 불평하듯 말했다.

"이봐요, 번 씨."

스타인이 기자에게 말했다.

"당신은 은밀한 장소에도 자유롭게 출입할 수 있는 걸로 알고 있소. 그래서 말인데, 비공식적으로 우리 대신 일을 좀 처리해줬으면 합니다. 그자들이 만나는 장소는 당신도 알고 있을 테고…… 두세 명 될 거요. 존 엘리어스와 모든 선동을 도맡아 하는 제이크 홀킷, 그리고 시인인 혼 정도로 알고 있소."

"이봐, 혼은 기드온의 친구였잖아. 아마 성경 공부도 같이 했었지."

갤럽이 놀리듯 말했다.

"그때는 혼도 기독교인이었어."

기드온이 진지하게 말했다.

"그런데 갑자기 무신론에 빠졌지. 아직도 가끔 그를 만나기는 해. 나도 물론 전쟁과 징병 제도를 반대하는 그의 의견은 지지하네. 하지만 골수 볼셰비키 운동에 대한 문제라면……."

"죄송합니다."

스타인이 끼어들었다.

"이 문제가 더 시급합니다. 지금 번 씨 앞에서 이런 얘길 하는 걸 이해해주십시오. 번 씨, 지금부터 내가 하는 말은 비밀이오. 사실대로 말하자면, 최근에 있었던 투쟁을 공모한 것과 관련하여 그자들 중 적어도 둘 이상은 장기간 감옥에 처넣을 수 있는 정보, 아니 증거를 확보하고 있소. 이 증거물을 이용할 생각은 없소. 당신은 그자들에게 말만 전해주면 되오. 태도를 바꾸지 않으면 내일 내가 그 증거를 폭로할 거라고 말이오."

"지금 제의하시는 일은 중죄가 되거나 공갈 협박이 될 수도 있습니다. 위험하다고 생각지 않습니까?"

"오히려 그자들에게 더 위험하겠지요. 그러니까 그자들에게 그렇게 전해주기만 하면 됩니다."

스타인이 서슴없이 대답했다.

"네, 좋습니다. 흔히 있는 일이긴 하지만 만약 문제가 생기면 당신을 걸고 넘어질 겁니다."

번이 일어서면서 익살맞게 한숨 섞인 목소리로 말했다.

"그렇게 하게나."

갤럽이 크게 웃으며 말했다.

당시 미국에는 제퍼슨의 원대한 꿈과 민주주의에의 열망이 상당 부분 남아 있던 터라, 부자들은 폭군처럼 권력을 휘두르려 해도 가난한 사람들은 노예처럼 비굴하게 굴지 않았다. 하지만 억압하는 자와 억압받는 자 사이에는 공평무사한 분위기가 형성되어 있었다.

혁명론자들의 회합 장소는 벽을 희게 칠하여 휑하고 좀 기이한 곳이었다. 벽에는 괴상하고 꼴사나운 흑백 스케치가 한두 개 있었는데, 프롤레타리아 계급의 예술 스타일인 듯했지만 프롤레타리아 백만 명 중에서 단 한 명도 이해할 수 없을 것 같은 그림이었다.

두 회의 장소에서 발견한 한 가지 공통점이 있다면 모두 미국 헌법을 위반하면서 독한 술을 즐기고 있다는 점이었다. 세명의 재벌들도 갖가지 색깔의 칵테일을 즐기고 있었다. 과격파 중에서도 가장 과격한 홀킷은 술이라면 보드카 밖에 모르는 사람이었다. 키도 크고 몸집도 커 위협적으로 보이는 그는 한마디로 불독처럼 생긴 사람이었다. 코와 입은 모두 앞으로 튀어나온 데다가 붉은색 콧수염까지 덥수룩하게 길렀는데 항상 코웃음치는 습관 때문에 콧수염은 밖으로 말려 있었다.

존 엘리어스는 조심성 있는 사람으로 안경을 끼고 검은 턱수염을 삐죽삐죽하게 기르고 있었다. 그는 유럽의 카페를 드나들어 압생트* 맛을 알았다. 번은 그를 처음 보았을 때나 지금이나 그가 제이콥 스타인과 매우 닮았다고 느꼈다. 그 둘은 얼굴이나 생각, 태도까지도 아주 비슷했다. 백만장자 스타인이 바빌론 호텔의 천장에 달린 여닫이 문으로 사라졌다가 혁명론자들의 근거지에 다시 나타난 것 같았다.

세번째 남자도 음료에 남다른 기호를 가지고 있었다. 그 음료는 그를 상징적으로 표현하는 것이었다. 시인 헨리 혼 앞에

---

* absinthe. 향쑥, 살구씨, 회향, 아니스 등을 주된 향료로 써서 만든 리큐어.

는 한 잔의 우유가 놓여 있었다. 우유의 부드러움은 마치 불투명한 무색 음료가 선명하지 않은 초록의 압생트보다 더 유독하기라도 한 것처럼 불길한 무언가를 나타내는 것 같았다. 하지만 실제로 지금까지 그 부드러움에 가식은 없었다. 헨리 혼은 다른 경로를 통해 혁명 운동에 참여해서, 열변을 토하는 선동자인 제이크나 배후 조종자인 엘리어스와는 그 출발점이 다르기 때문이었다. 그는 이른바 철저한 가정 교육을 받았으며, 유년 시절에는 교회도 다녔고, 종교나 결혼 같은 사소한 일을 포기하면서도 평생 절대 금주의 원칙은 흔들리지 않고 지켜왔다. 그는 금발에 얼굴도 아주 미남이었다. 턱 주변에 난 수염으로 뺨이 홀쭉해 보이지만 않았다면 낭만주의 시인 셸리처럼 보였을 것이다. 그 턱수염 때문에 그는 더 여성스러워 보였다. 남자처럼 보이기 위해 그가 할 수 있는 거라고는 그저 금발 수염 몇 가닥을 붙이는 게 전부인 것만 같았다.

기자가 들어섰을 때는 늘 그렇듯이 악명 높은 제이크가 이야기를 하고 있었다. 혼은 "안 돼"와 같은 판에 박힌 말을 아무 생각 없이 내뱉고 있었고, 이 때문에 제이크는 마구 욕설을 퍼부어댔다.

"안 돼라는 말밖에 못하나. 정말 지긋지긋하군."

"하느님도 이것저것 금지하는 것말고는 아무것도 안 하잖나.

파업도 못하게 하고, 싸움도 금지하고 괘씸한 고리 대금업자랑 그들이 어울리는 흡혈귀 같은 놈들을 총으로 쏘는 것도 허락하지 않고. 그러면서 하느님은 왜 그자들에게는 조금도 금지하는 게 없는 거야? 왜 신부나 목사들이 일어나서 세상이 변하도록 이 짐승 같은 놈들의 진실을 밝히지 않는거냐고? 그 위대한 하느님이 왜……."

엘리어스가 좀 피곤한 듯 부드럽게 한숨 지으며 그의 비난을 피해보려고 했다.

"마르크스의 표현에 의하면 신부는 경제 발전의 봉건적 단계의 부산물이라더군. 그래서 더이상 문제가 될 수 없지. 신부가 수행했던 역할을 이제는 자본가가 수행하는 것이네."

"네, 맞습니다."

신문 기자가 단호하면서도 공평하게 끼어들었다.

"그리고 이제는 자본가들이 그런 역할에 아주 능숙하다는 걸 아실 때가 된 것 같습니다."

그는 밝지만 피곤해 보이는 엘리어스의 눈에서 눈을 떼지 않고 스타인의 위협에 대해 이야기했다.

"그런 종류의 위협에 대해서는 준비를 해두었지. 아주 잘 준비되었다고 할 수 있지."

엘리어스가 움직이지 않고 웃으면서 말했다.

"개자식들!"

제이크가 폭발했다.

"가난한 사람이 그런 말을 했으면 벌써 중징역에 처해졌을 거야. 그놈들은 생각보다 훨씬 더 나쁜 데로 보내질 거야. 그놈들이 지옥에 떨어지지 않는다면 대체 그놈들이 어디로 갈지 모르겠지만……."

제이크의 말에 혼이 막 이의를 제기하려던 때 마침 엘리어스가 일침을 가하는 한마디로 이야기를 끊었다.

"서로 협박을 주고받을 필요는 없어."

그는 안경을 통해 계속 번을 쳐다보며 말했다.

"그것과 관련해서는 그 협박이 헛되다는 것을 알려주기만 하면 돼. 대신 우리도 만반의 준비를 해야지. 우리가 실행에 옮기기 전에는 어떤 건지 알 수 없을 거네. 즉각적으로 파멸시킬 수 있는 강력한 힘을 쓰는 것도 주저하지 않을 거란 계획이라고만 말해두지."

엘리어스가 매우 조용하고 위엄 있게 말하자 움직임 없는 황색 얼굴과 커다란 안경에서 느껴지는 무언가가 희미한 두려움으로 기자의 등줄기를 타고 올랐다. 홀킷의 잔인해 보이는 얼굴은 옆에서 볼 때는 으르렁거리는 것처럼 보였지만, 정면으로 보니 윤리적인 문제나 경제적인 문제가 너무 많아 두 눈은 울분으로 이글거리고 있었다. 혼은 걱정과 자기 비판 사이에 빠진 것 같았다. 안경을 낀 엘리어스는 분별 있고 명료하게 말하고는 있어도, 마치 죽은 자가 탁자에 앉아서 말하는 것처럼 기분 나쁜 무언가가 있었다.

과감한 도전장을 가지고 밖으로 나온 번이 식료품점 옆으로 난 좁은 골목을 막 빠져나가려는데 누군가가 반대편에서 걸어오고 있었다. 낯이 익은 모습이었다. 키가 작고 통통한 데다가, 둥근 머리에 챙이 넓은 모자를 써서 어둠 속에서 윤곽만 봤을 때는 좀 이상하게 보였다.

"브라운 신부님! 잘못 들어오신 거죠. 설마 이렇게 시시한 모의에 가담하시려는 건 아니겠지요."

번이 놀라서 소리쳤다.

"내가 가담한 음모는 조금 더 구식이지. 하지만 아주 널리 퍼진 음모이기도 하고……."

브라운 신부가 웃으면서 대답했다.

"여기 있는 사람들은 모두 신부님과는 전혀 상관 없는 사람들인 걸로 알고 있는데요."

번이 대답했다.

"오…… 늘 그렇게 쉽게 말할 수는 없는 법이지. 솔직히 말하자면, 아주 가까운 사람이 하나 있네."

신부가 조용하게 대답했다.

신부는 어두운 출입구 쪽으로 사라졌고 번은 당황해하며 가던 길을 갔다. 그는 자신의 자본가 고객들에게 보고를 하려고 호텔로 들어섰는데 그의 앞에서 벌어진 아주 작은 사건 때문에 더 당황할 수밖에 없었다. 꽃과 새장으로 장식된 실내에 까다로운 노(老) 신사들이 기다리고 있었다. 번은 양 옆을 도금한 님프와 트리톤이 지키고 있는 대리석 계단을 올라 그들에게 다가갔다. 그런데 계단 아래쪽에서 들창코에 머리카락이 검은 젊은 남자가 단추 구멍에 꽃을 꽂은 채 달려와서는 그가 계단을 다 오르기 직전에 그를 잡아 옆으로 끌고 갔다.

"저기, 저는 기드온 씨의 비서인 포터입니다. 우리끼리 하는 이야기인데, 아시겠지만 곧 무시무시한 천둥번개가 몰아칠 것 같습니다."

"저는 키클로페스가 뭔가를 준비하고 있다고 생각하는데요. 키클로페스는 거인이지만 애꾸눈이라는 걸 잊지 마십시오. 제 생각엔 과격파들이……."

번은 조심스럽게 대답했다.

번이 이야기하는 동안 비서는 복장이나 다리의 움직임에서 느껴지는 활기찬 분위기와는 반대로 멍하니 듣고 있었다. 하지만 번이 '과격파'란 말을 했을 때 그 젊은이의 날카로운 눈빛이 흔들리더니 서둘러 말했다.

"그게 뭐더라…… 예, 맞습니다. 그런 종류의 천둥번개가 몰아칠 것 같단 거죠. 아, 죄송합니다. 제가 그만 실수를 했네요. 아이스박스를 말한다는 게 그만 달군 쇠를 두드릴 때 쓰는 모루를 말하고 말았네요."

그 이상한 젊은이가 계단 아래쪽으로 사라지자 번은 계속 계단을 올라갔다. 알 수 없는 느낌으로 마음이 한층 어두워지고 있었다.

번은 밀짚색 머리에 외알 안경을 낀 야위고 뾰족한 얼굴의 사람을 보고 세 명이 네 명으로 늘어난 걸 알았다. 그의 직책이 언급되지 않아 잘은 몰라도, 갤럽의 고문이나 사무 변호사쯤 되는 것 같았다. 그의 이름은 네어스였고, 무슨 이유인지는 모르지만 그는 번에게 혁명 조직에 가입한 사람 수가 몇 명인지 단도직입적으로 물었다. 이와 관련해서는 아는 바가 없었기 때문에 번은 대답을 할 수가 없었다. 결국 네 명 모두 자리에서 일어섰고 지금까지 가장 조용하게 앉아 있던 사람이 마지막으로 한마디 던졌다.

"고맙소, 번 씨."

스타인이 안경을 접어 올리면서 말했다.

"모든 게 준비되었다고 말하는 일만 남은 것 같소. 그 점에서 엘리어스의 의견에 충분히 동의하오. 내일 정오가 되기 전에 경찰이 엘리어스를 체포하러 갈 것이오. 그때까지 내가 증거를 제출할 테고 그 세 놈은 밤이 되기 전에 감옥 신세를 지게 될 테지. 알겠지만 이 일만은 피하려고 했다오. 이제 모든 일은 끝났습니다, 신사분들."

하지만 제이콥 스타인은 그 다음날 공식적으로 증거를 제출하지 못했다. 그런 부지런한 사람의 움직임을 막을 수 있는 건 단 하나뿐이었다. 그는 살해당한 것이다. 물론 나머지 계획도 실행되지 못했다. 조간 신문을 펼쳤을 때 '끔찍한 세 건의 살인 사건, 하룻밤에 세 명의 백만장자 살해되다' 라는 대문짝만한 헤드라인이 보였다. 번은 신문을 보고서야 그 사실을 알았다. 후속 기사는 그보다 작게 씌어 있었지만 일반 기사의 활자 크기보다 네 배 이상 컸다. 이 불가사의한 사건의 특징 몇 가지에 관한 기사였다. 세 남자가 동시에 살해되었는데 그것도 거리상으로 멀리 떨어진 곳에서 살해되었다는 사실이었다. 스타인은 백 킬로미터 정도 떨어진 내륙에 위치한 그의 예술적이고 화려한 시골풍의 저택에서, 와이즈는 바닷바람을 즐기면서 소박하게 살았던 해변의 작은 방갈로 밖에서, 갤럽은 그 지역의 다른 편 끝 쪽에 있는 자신의 저택 출입문 바로 밖에 있는 관목 숲에서 발견되었다.

세 경우 모두 분명한 것은 살해 전 폭행의 흔적이 없다는 것이었다. 다만 갤럽의 시체는 그 다음날이 되어서야 발견되었다. 그의 거대하고 처참한 시체는 그의 무게를 이기지 못해 부서진 듯한 나뭇가지에 걸려 있어 마치 창에 찔려 매달린 들소 같았다. 와이즈는 분명 벼랑 너머로 바다에 던져진 것 같았다. 벼랑 가장자리까지 질질 끌리고 미끄러진 발자국이 남아 있는 것으로 보아 그가 저항했음을 알 수 있었다. 이 비극적인 사건의 첫번째 증거는 그의 축 늘어진 밀짚모자였다. 밀짚모자가 파도에 쓸려 바다 멀리에서 떠다니고 있었는데 벼랑 위에서는 쉽게 보였다. 스타인의 시체도 처음에는 찾을 수 없었다. 조사관들은 아주 희미한 혈흔을 따라 정원에 만들어놓은 고대 로마 양식의 수영장에 이르러서야 겨우 발견할 수 있었다. 스타인은 고대 유물에 대해 관심을 갖기 시작했었다.

번은 아무리 생각해봐도 누군가를 살인자로 몰아 넣을 법적 증거가 없다는 것을 인정해야 했다. 살해 동기가 충분하지 않았으며, 심지어 살해의 도덕적 성향도 충분하지 않았다. 젊은 평화주의자 헨리 혼이 잔인한 폭력을 사용해서 다른 사람을 죽였다고는 생각할 수도 없었다. 하지만 불손한 언사를 일삼는 제이크나 저 냉소적인 유대인이라면 그럴 수도 있겠다는 생각이 들었다. 경찰들과 그들을 돕던 남자도 신문 기자처럼 명확하게 그 상황을 파악했다. 경찰을 보조하던 남자는 다름이 아니라 외알 안경을 낀 수수께끼의 인물, 네어스였다. 그들은 급진주의 공모자들이 기소되어 유죄 선고를 받을 수 없다는 사실을 즉시 깨달았다. 공모자들이 기소되어 무죄 판결을 받는다 해도 세상을 들끓게 할 뿐, 공모자들을 처벌할 수 없을 거라는 점도 잘 알고 있었다. 기술적으로 공정한 태도를 취하여, 모두 협의회로 불러 비공개 회의를 소집했고, 인류를 위해 자유롭게 견해를 제시하도록 요청했다. 그는 이 비극적인 사건 발생 장소와 가장 가까운 해변가 방갈로에서부터 조사를 시작했다. 번은 이 흥미로운 장소에 참석해도 된다는 허락를 받았다. 그 장소에서는 외교관들의 평화로운 회담이나 베일에 가려진 조사와 용의자들에 심문이 동시에 이루어졌다. 번은 놀랍게도 해변가 방갈로의 탁자 주위에 앉아 있는 사람들 중에서 다른 동석자들과 조화되지 않는 한 사람을 발견했다. 땅딸막한 체격에 올빼미같이 얼굴이 둥글고 눈이 큰 브라운 신부였다. 브라운 신부가 이 사건과 관련이 있다는 사실은 나중에야 드러났다. 죽은 기드온의 비서인 젊은 포터의 참석은 오히려 당연해 보였지만, 웬일인지 그의 처신은 사뭇 부자연스러웠다. 그는 유일하게 그 회의 장소에 아주 익숙했고, 엄격한 의미에서 보면 그 장소의 주인인 셈이었다. 하지만 그는 거의 도움을 주거나 정보를 제공하지 않았다. 그의 둥근 들창코 얼굴은 슬퍼한다기보다는 부루퉁한 표정이었다.

제이크 홀킷은 늘 그렇듯 말을 가장 많이 했다. 그는 자신과 주위의 친구들이 기소되지 않았다는 사실에 정중하게 품위를 지킬 줄 아는 그런 사람이 못 되었다. 젊은 혼은 홀킷이 살해된 남자들을 비방할 때 좀더 품위 있는 자세로 자제하려고 애썼다. 하지만 제이크는 언제든 적에게 하듯 친구에게 소리를 질러 아무 말 못하게 할 준비가 되어 있었다. 그는 고인이 된 기드온의 비공식적인 사망통보를 듣고 보니 자기 마음이 한결 놓인다는 둥 욕지거리를 해댔다. 엘리어스는 여전히 조용하게 앉아 있었고, 그의 눈을 가린 안경 너머로 무관심이 드러나 보였다.

"지금 한 말이 예의에 어긋난다고 말해봤자 소용 없겠지요. 하지만 경솔한 언동이었다고 한다면 조금 다르겠지. 당신은 결국 고인을 증오했다는 사실을 인정하는 셈이니까요."

네어스가 차갑게 말했다.

"그런 이유로 절 교도소에 집어넣으실 겁니까? 네, 좋습니다. 기드온 와이즈를 좋아하지 않았다는 이유로 가난한 사람들을 모두 교도소에 넣는다면 백만 명 정도는 수용할 수 있는 교도소를 지어야 할 겁니다. 그게 하느님의 진리라는 건 저만큼이나 잘 아실 테지요."

선동자 자질이 넘치는 홀킷이 비웃었다.

네어스가 조용해졌다. 그리고 나서 엘리어스가 혀 짧은 소리로 느리지만 명확하게 중재에 나설 때까지 아무도 말을 하지 않았다.

"이런 식의 대화는 쌍방에게 무익한 걸로 생각됩니다. 우리를 소환할 때는 도움이 되는 정보를 얻거나 반대 심문을 하려던 의도가 아니었나요? 우리를 믿는다면 우린 어떤 정보도 갖고 있지 않다는 사실을 알려드리고 싶습니다. 하지만 우리를 믿지 않으신다면 우리가 어떤 죄목으로 기소되었는지 반드시 말씀해주셔야 합니다. 그렇지 않을 거라면 정중하게 속으로만 생각해주시든가요. 아무도 이 사건과 우리를 연결시킬 수 있을 만한 희미한 증거의 흔적도 제시하지 못했습니다. 우린 줄리어스 시저의 살인사건만큼이나 이 사건과 관계가 없습니다. 당신들은 감히 우리를 체포할 용기도 없을 테고, 우리를 믿지도 않을 텐데, 우리가 여기에 계속 남아 있어야 할 이유가 있나요?"

그리고는 일어서서 침착하게 코트의 단추를 채웠다. 그의 친구들 역시 일어섰다. 그들이 문 쪽으로 걸어갈 때 혼이 돌아서서 창백하고 광신적인 표정으로 잠시 동안 조사관을 쳐다보았다.

"전쟁중에도 저는 한 사람이라도 죽이는 일에 동의하지 않았기 때문에 결국 불결한 감옥 신세를 져야 했다는 이야기를 하고 싶군요."

혼의 말이 끝나자 그들은 나갔고 남은 사람들은 매섭게 서로를 쳐다보았다.

"그들이 후퇴했는데도 우리가 완전히 승리했다는 생각이 안 드는군요."

브라운 신부가 말했다.

"불손한 불한당 같은 홀킷이 공갈 협박한 것밖에는 생각나질 않습니다. 아무튼 혼 씨는 좀 신사다워 보입니다. 그들이 뭐라고 했건 전 그들이 뭔가를 알고 있다는 확신이 듭니다. 적어도 사건과 연루되어 있는 게 분명합니다. 그들도 거의 인정한 거고요. 그들은 우리가 틀려서가 아니라 우리가 맞다는 걸 증명할 수 없다는 사실로 우리를 비웃은 겁니다. 브라운 신부님, 어떻게 생각하시는지요?"

네어스가 말했다.

맞은편에서 뚫어지게 네어스를 쳐다보고 있던 브라운 신부는 당황한 듯하면서도 생각에 잠긴 부드러운 말투로 말했다.

"맞는 말입니다. 실제로 말한 것보다 더 많은 사실을 알고 있는 사람이 하나 있다고 생각하고 있었어요. 하지만 아직까지 그 사람 이름을 언급하지 않아도 잘 해결될 거라 생각합니다만……."

네어스가 외알 안경을 벗더니 재빨리 위를 쳐다보았다.

"지금까지는 비공식적이었습니다. 정보를 제공하지 않으면 나중에 알게 되겠지만 신부님 처지도 위험해질 수 있습니다."

네어스가 말했다.

"제 처지야 간단하지요. 저는 제 친구인 홀킷의 정당한 권리를 지켜주려고 여기에 왔습니다. 이런 상황이라면 그가 머지않아 조직에서 탈퇴하고 사회주의자로서의 활동을 그만두게 될 거라고 말하는 게 그를 위한 일이겠군요. 저는 모든 면에서 볼 때 그가 결국 가톨릭교도가 될 거라고 믿고 있답니다."

"홀킷이 말입니까?"

네어스는 믿을 수 없다는 듯이 소리쳤다.

"이런, 그는 아침부터 밤까지 신부님들에게 악담을 퍼붓는 사람이라구요."

"그런 부류의 사람을 잘 모르고 있는 것 같군요. 그는 신부들이 정의를 위해 세상에 맞서지 않는다고 생각하기 때문에 신부들을 비난하는 것이지요. 그가 있는 그대로의 신부들을 인정하지 않으면서 신부들이 정의를 위해 전 세계에 맞서기를 기대하는 이유는 뭘까요? 하지만 사람이 개종하게 되는 심리를 논하러 여기에 온 건 아니니, 이 정도만 하지요. 수사 범위를 좁혀

일을 좀 간단하게 만들려고 말한 것뿐입니다."

브라운 신부가 온화하게 말했다.

"그게 사실이라면 야윈 얼굴의 악당 엘리어스로 좁혀가야겠군요. 그 사람이 한 짓이라고 해도 하나도 놀랍지 않습니다. 이제껏 그런 소름 끼치고, 피도 눈물도 없는, 냉소적인 악마는 본 적이 없어요."

브라운 신부가 한숨을 쉬며 말했다.

"그를 보면 항상 불쌍한 스타인이 생각납니다. 사실 난 그가 사건에 관련이 있을 거라고 생각해요."

"아, 잠깐만요."

네어스가 말을 시작했을 때 문이 활짝 열리는 짧은 소리가 들려 이야기가 중단되었다. 축 늘어지고 창백한 얼굴의 혼이 다시 모습을 드러냈다. 그런데 꾸밈없는 본래의 모습이 아니라 낯선, 어쩐지 부자연스러워 보일 정도로 안색이 좋지 않았다.

"이런…… 왜 다시 돌아왔죠?"

네어스가 외알 안경을 다시 쓰면서 소리쳤다.

혼은 한마디도 하지 않고 떨면서 방을 가로질러 가서는 의자에 무겁게 앉았다. 그러더니 어리벙벙한 상태로 말을 시작했다.

"다른 사람들을 놓쳤어요…… 제가 길을 잃은 거죠. 그래서 다시 돌아오는 게 낫겠다는 생각이 들었어요."

탁자에는 간단한 저녁 다과상이 남아 있었는데 평생 금주 당원이었던 헨리 혼이 브랜디를 와인 잔에 가득 부어 단숨에 마셔버렸다.

"뭔가 심란한 일이 있군요."

브라운 신부가 말했다.

혼은 이마에 손을 갖다 대고 그 그림자로 얼굴을 가린 채 말하기 시작했다. 아주 작은 목소리로 신부에게만 말하려는 것 같았다.

"말씀드리는 게 좋을 것 같아서요. 유령을 보았어요."

"유령! 무슨 유령?"

놀란 네어스가 반복해서 말했다.

"이 집의 주인 기드온 와이즈의 망령이었어요. 그가 떨어졌던 심연 위에 서 있었어요."

혼이 확고하게 말했다.

"말도 안 돼! 지각 있는 사람이 어떻게 유령을 믿을 수 있습니까?"

네어스가 말했다.

"꼭 그런 것은 아닙니다. 실제로 대부분의 범죄에 증거가 있는 것처럼 유령의 경우에도 아주 정확한 증거가 있지요."

브라운 신부가 미소를 지으며 말했다.

"글쎄요, 범인을 쫓는 게 제 일이기는 합니다만…… 유령으로부터 도망가는 일은 다른 사람에게 넘기도록 하겠습니다. 하루 중 이런 시간에 유령 보고 놀라는 사람이 있다면 그건 그의 일이지요."

네어스가 다소 거칠게 말했다.

"난 유령을 보고 놀랐다고 말하지 않았습니다. 놀랄 수도 있겠지만요."

"아무도 당해보기 전엔 모릅니다. 어쨌든 난 유령을 믿는다고 말했으니 이 이야기를 더 들어봐야 하겠습니다. 혼 씨, 정확하게 뭘 보셨나요?"

브라운 신부가 말했다.

"전 무너져가는 절벽 끝에 있었어요. 그를 던져버린 그 지점 주위에 갈라진 틈이 있는 거 아시죠. 다른 사람들이 앞에 가고 있었고 저는 황야를 가로질러 절벽을 따라 난 길을 향해 가고 있었어요. 종종 그 길을 따라 걸었거든요. 전 울퉁불퉁하게 높이 솟은 바위에 세차게 부딪치는 높은 파도를 보는 것을 좋아합니다. 오늘 밤에는, 이렇게 환하게 달빛이 비치는 밤에도 바다가 저렇게 거칠 수 있구나 생각하느라 이번 사건에 대해서는 생각지도 못했습니다. 거대한 파도가 곶을 뛰어넘을 때 생기는 물보라의 꼭대기가 나타났다가 사라지는 게 보였어요. 세번째 볼 때 달빛 속에서 물거품이 순간적으로 반짝하는 걸 보았죠. 그 다음에 알아볼 수 없는 신비한 뭔가를 보았습니다. 네번째 볼 때는 은빛 물거품의 반짝임이 하늘에서 고정되는 것 같더니 떨어지지 않더군요. 전 미친 듯이 집중해서 물거품이 떨어지길 기다렸습니다. 제가 미쳤다는 생각도 들더군요. 그때 정말 알 수 없는 일이 제 시선을 끌었고 눈을 뗄 수가 없었습니다. 순간 가까이 끌려가는 느낌이 들었고 저도 모르게 큰 소리로 비명을 질렀던 것도 같아요. 떨어지지 않는 눈송이처럼 공중에 매달려 있던 물거품들이 합쳐지더니 얼굴과 형체를 만들더군요. 전설에나 나오는 나병 환자처럼 하얗고, 그 자리에 정지해버린 번개처럼 무시무시했습니다."

"그게 기드온 와이즈였단 말이지요?"

혼은 말없이 고개만 끄덕였다. 네어스가 자리에서 벌떡 일어서는 소리에 별안간 침묵이 깨졌다. 너무 갑작스러워서 의자까지 넘어뜨렸다.

"정말, 말도 안 되는 소립니다. 하지만 가서 확인해보는 게 좋겠군요."

네어스가 말했다.

"전 가지 않겠습니다. 전 다시는 그 길을 걷지 않을 겁니다."

혼이 아주 강하게 말했다.

"내 생각엔, 오늘 밤에 우리 모두 같이 그 길을 걸어야 할 것 같습니다. 여러 사람이 함께 가도 위험한 길이라는 걸 부인하지는 않겠습니다만……."

신부가 진지하게 말했다.

"전 못 갑니다…… 아, 모두들 저를 몰아세우시는군요."

혼이 소리치더니 이상하게 눈을 굴리기 시작했다. 그는 다른 사람들과 함께 일어서기는 했지만 문을 향해 움직이지는 않았다.

"혼 씨, 전 경찰관입니다. 당신은 잘 모를 수도 있겠지만 이 집 사방에 경찰이 포위하고 있습니다. 전 아주 우호적인 방식으로 조사를 하려고 했는데 이젠 모든 걸 조사해야겠습니다. 유령처럼 말도 안 되는 것까지도요. 당신이 말한 그 현장으로 절 안내할 것을 정식으로 요청하는 바입니다."

네어스가 단호하게 말했다.

혼은 일어서기는 했지만 설명할 수 없는 두려움으로 숨을 거칠게 내쉬었다. 그러는 동안 또 한 번의 침묵이 흘렀다. 혼은 그러다 갑자기 의자에 다시 앉더니 전연 새롭고 훨씬 더 침착한 목소리로 말했다.

"그럴 수 없습니다. 제가 이러는 이유를 말하는 게 좋겠군요. 조만간 알게 될 겁니다. 사실은 제가 그를 죽였어요."

한순간 이 집이 벼락이라도 맞은 듯 완전히 활기를 잃은 정적이 흘렀다. 그때 이 엄청난 침묵을 깨고 생쥐가 찍찍거리는 소리처럼 작게 브라운 신부의 목소리가 들렸다.

"계획된 살인이었나요?"

"그렇게 물어보시면 어떻게 대답을 할 수 있겠습니까?"

의자에 앉은 혼은 우울하게 손톱을 물어뜯으면서 대답했다.

"저는 제정신이 아니었습니다. 그는 정말 참을 수 없을 정도로 오만한 사람이었어요. 제가 그의 땅에 들어갔고 그가 먼저 저를 한 대 쳤습니다. 그러다가 둘이 맞붙어 한바탕 싸우다가 결국 그가 벼랑 끝으로 떨어졌어요. 그 현장에서 아주 멀리 달아났을 때 내가 다른 사람의 목숨을 빼앗는 범죄를 저질렀다는 생각이 갑자기 밀려오더군요. 카인의 낙인을 생각하니 눈썹과 머리끝까지 떨렸지요. 좀더 빨리 자백했어야 했는데……."

혼이 갑자기 의자에서 벌떡 일어섰다.

"하지만 다른 사람들에 대해선 아무것도 말하지 않을 겁니다. 음모나 공범자에 대해서는 물어봐도 소용 없을 겁니다. 절대 말하지 않을 겁니다."

"다른 살인사건에 비추어볼 때, 그 싸움이 그렇게 우발적이었다는 건 믿을 수가 없군요. 다른 누군가가 당신을 그리로 보낸 게 틀림없어요."

네어스가 말했다.

"저와 관련된 다른 사람에 대해서는 절대 말하지 않을 겁니다. 전 살인자이긴 하지만 배신자는 되고 싶지 않습니다."

혼이 단호하게 말했다.

네어스는 혼과 문 사이로 걸어가서 밖에 있는 누군가를 공식적인 어투로 불렀다.

"우리 모두 현장으로 갈 걸세. 하지만 이 사람은 감금해야 하네."

그가 비서에게 매우 작은 목소리로 말했다.

일행의 대부분은 살인자에게서 자백을 받아낸 지금 바닷가 절벽으로 유령 사냥을 간다는 것이 용두사미와도 같은 형국이라고 생각했다. 하지만 유령에 대해 가장 회의적인 태도를 보이며 비웃던 네어스는 가능한 모든 수단을 다 써보는 게 자신의 의무라고 생각하고 있었다. 누군가 말한 것처럼 묘비까지도 뒤집어볼 요량이었다. 결국, 불쌍한 기드온 와이즈의 물 속 무덤에 세울 수 있는 유일한 묘비는 무너져가는 절벽이었으니 절벽을 조사하는 일은 당연했다.

네어스는 마지막으로 집을 나와 문을 잠갔고 나머지 일행을 따라 황야를 건너 절벽으로 향했다. 그때 비서인 포터가 서둘러 돌아오는 걸 보고 그는 놀라지 않을 수 없었다. 비서의 얼굴은 달빛에 비쳐 달처럼 하얗게 보였다.

"오 하느님!"

그날 밤 그가 처음으로 하는 말이었다.

"정말 뭔가가 있습니다. 정말 그 사람 같았어요."

"이런, 자네 정신이 나갔군. 모두들 정신이 나간 게야."

형사는 놀라서 숨도 못 쉴 정도였다.

"제가 그를 못 알아본다고 생각하시는 건가요? 그럴 만한 이유가 있다니까요."

비서가 유례 없이 원성이 섞인 말투로 소리쳤다.

"어쩌면, 자네도 홀킷이 말했듯이 그를 싫어한 사람 중의 한 사람인가 보군."

형사가 날카롭게 말했다.

"그럴지도 모르지요. 어쨌든 전 그를 압니다. 그리고 이 소름 끼치는 달빛 아래서 빳빳하게 굳어진 채로 노려보면서 거기 서 있는 걸 봤단 말입니다."

비서가 말했다. 그리고는 벼랑 사이의 갈라진 틈을 가리켰다. 거기에는 달빛이나 물거품 같은 게 있었는데, 서서히 어떤 형체를 갖춰가는 것 같았다. 그들은 살금살금 가까이 다가갔지만 그 물체는 여전히 움직이지 않았다. 마치 은으로 만든 조상처럼 보였다.

네어스의 얼굴빛도 좀 창백하게 보였고 무엇을 해야 할까 갈등하면서 서 있는 것 같았다. 솔직히 포터는 혼만큼이나 많이 놀랐고, 단련된 신문 기자 번조차도 더 가까이 가는 게 내키지 않는 것 같았다. 그도 이상하다고 생각하지 않을 수 없었다. 결국 유령을 보고도 놀라지 않은 것처럼 보이는 유일한 사람은 놀랄 수도 있다고 솔직하게 말했던 브라운 신부뿐이었다. 브라운 신부만이 게시판의 공고를 보러 가듯 터벅터벅 걸어서 계속 앞으로 나아가고 있었다.

"두렵지 않으신가 봐요. 게다가 신부님은 유령의 존재를 믿었던 유일한 사람이지 않습니까?"

번이 신부에게 물었다.

"그렇게 말하면 자네는 유령을 믿지 않았던 사람 중에 하나가 되겠군. 하지만 일반적으로 유령의 존재를 믿는다는 것과 어떤 특정한 유령의 존재를 믿는다는 것은 전혀 다른 문제라네."

번은 자신의 모습을 좀 부끄럽게 느끼면서 유령이 출몰한다는 다 무너져가는 곳을 차가운 달빛 아래서 살짝 쳐다보았다.

"어쨌든 제 눈으로 볼 때까지는 못 믿겠어요."

번이 말했다.

"오, 그건 나도 마찬가지일세. 일단 봐야 믿을 수 있겠지."

브라운 신부가 거들었다.

신문 기자는 언덕의 경사진 부분이 두 개로 나뉜 것처럼 갈라진 곳을 향해 솟아오른 황야를 가로질러 뚜벅뚜벅 걸으면서 계속 그를 빤히 쳐다보았다. 빛 바랜 달 아래에서 잔디는 바람에 한쪽 방향으로 빗어 넘긴 회색 머리칼처럼 보였으며, 갈라진 절벽 사이로 회록색의 표층에 석회암이 희미하게 빛나는 곳을 가리키는 것 같았다. 바로 그곳에는 핏기 없는 사람인지 빛나는 그림자인지 알 수 없는 뭔가가 서 있었다. 아직까지는 네모난 검은 형체와 그 형체를 향해 다가가는 브라운 신부의 실제 모습을 제외하고는 아무것도 없는 텅 빈 황량한 경관을 그 희미한 형체가 압도하고 있었다. 그때 갑자기 갇혀 있던 혼이 날카로운 비명을 지르며 경찰을 뿌리치고 뛰쳐나와 신부님 앞으로 달려오더니 유령 앞에 무릎을 꿇었다.

"제가 자백을 했습니다. 왜 제가 당신을 죽였다고 사람들에게 말하지 않는 겁니까?"

거기 모인 사람들은 혼이 소리치는 걸 들었다.

"자네가 그런 게 아니라고 그들에게 말할 걸세."

유령이 혼에게 손을 내밀면서 말했다. 무릎을 꿇고 있던 남자가 날카로운 비명을 지르면서 벌떡 일어섰다. 그 순간 그것이 피와 살을 가진 사람의 손이란 걸 알아차린 것이었다.

　노련한 경찰과 그에 못지않게 경험이 풍부한 신문 기자는 이 사건이 최근의 사건 기록 중에서 죽음으로부터 가장 극적으로 벗어난 사건이라고 말했다. 하지만 어떤 면에서 보면 결국 아주 단순한 사건이었다. 절벽의 얇은 조각이나 파편들은 끊임없이 떨어지고 있어서, 그 중 거대한 틈에 파편들이 쌓여서 어둠 속에서 바다로 떨어지는 깎아지른 듯한 경사면처럼 보이는 곳이 실제로 암붕이나 골짜기였을 것이다. 아주 억세고 강인한 노인은 낮은 바위 등성이에서 떨어졌고, 발 아래서 계속 부서져내리는 바위를 딛고 다시 위로 올라가려고 지옥 같은 24시간을 보낸 것이다. 그리고 바로 그 바위층이 일종의 탈출 계단 역할을 한 것이다. 이것으로 혼이 봤다는 하얀 물결이 나타났다 사라지고 마침내 머물렀다는 환영을 설명할 수 있을 것이다. 어쨌든 뼈와 근육으로 형체를 갖춘 기드온 와이즈가 거기에 있었다. 먼지투성이의 하얗고 촌스러운 옷을 입고 백발에 거친 얼굴을 하고 있었다. 그러나 평상시보다는 훨씬 덜 매서워 보였다. 아마도 영원히 죽을 기로에 서 있던 바위 봉우리에서 24시간을 보낸 것이 백만장자들에게는 좋은 일일 수도 있었나 보다. 어찌 되었건 그

76

는 범인에게 아무 원한도 품지 않았을뿐더러 범죄의 상당 부분을 수정하여 설명했다. 혼이 자신을 던진 적은 없으며, 금이 간 땅이 그가 있던 지점 아래쪽으로 계속해서 갈라졌고, 그래서 혼은 자신을 구조하려는 시도까지 했었다고 말했다.

"신의 뜻대로 저기 아래로 떨어진 바위 조각 사건을 계기로…… 하느님께 맹세하건대, 내 적들을 모두 용서할 것입니다. 이렇게 사소한 사건을 용서하지 않는다면 주님께선 힘 있는 자가 비열하다고 생각하실 겁니다."

기드온 와이즈가 진지하게 말했다.

혼은 경찰의 감독을 받아야 했지만, 형사는 구류 기간이 짧아질 것이며 처벌도 가벼워질 것이라고 했다. 증거를 제시하기 위해 살해된 사람을 증인석에 앉힐 수 있는 사람은 살인자일 수 없기 때문이었다.

"정말 이상한 사건입니다."

형사와 다른 사람들과 함께 절벽의 길을 따라 마을로 서둘러 돌아갈 때 번이 말했다.

"그렇군. 우리가 관여할 일이 아닌지도 모르겠지만 잠깐 얘기를 했으면 하는데."

브라운 신부가 말했다.

잠시 침묵이 흘렀고 번이 갑자기 말을 하면서 그 제의에 응했다.

"누군가 알고 있는 사실을 모두 말하지 않았다고 하셨을 때 이미 혼을 염두에 두고 말씀하신 거죠."

"내가 그 말을 했을 때는…… 사실은 매우 말이 없던 포터를 염두에 둔 것이었네. 이제 고인도 아니고 애도할 필요도 없는 기드온 와이즈의 비서 말일세."

신부가 대답했다.

"네, 포터가 저에게 말을 한 적이 딱 한 번 있었는데 좀 괴짜란 생각이 들더군요. 하지만 그가 범인일 거라고 생각해본 적은 한 번도 없습니다. 그가 한 이야기란 게 뭐 아이스박스 어쩌고저쩌고 하는 얘기들이었거든요."

번이 얼굴을 쳐다보면서 말했다.

"그래, 나도 그가 무언가를 알고 있다고 생각했었지."

브라운 신부가 생각에 잠기며 말했다.

"그가 연루되었을 거라고 말하지는 않았네. 내가 궁금한 건, 갈라진 빈틈을 와이즈가 기어 올라갈 수 있을 만큼 체력이 강한가 하는 거야."

"무슨 뜻이지요? 당연히 그가 그 틈을 빠져나온 거죠. 거기에 분명히 있었잖아요."

신문 기자가 놀라면서 물었다.

신부는 질문에 대답하지 않고 뜻밖의 질문을 던졌다.

"혼에 대해서는 어떻게 생각하나?"

"글쎄요, 그런 사람을 범죄자라 할 수는 없죠. 그는 전혀 범죄자 같지가 않아요. 지금까지의 제 경험이나 지식으로 봐서는 말이죠. 물론, 네어스 씨가 저보다 경험이 더 많겠지만요. 그는 범인이 아닐 것 같은데요."

번이 대답했다.

"난 좀 다른 이유로 그가 범인이 아니라고 생각한다네. 자네가 범죄자들에 대해서는 더 많이 알 수도 있지. 하지만 어떤 부류의 사람들은 내가 자네나 네어스보다 조금 더 잘 알고 있다네. 아주 사소한 것까지 말일세."

신부가 조용히 말했다.

"어떤 부류……."

번이 얼떨떨한 표정으로 반복해서 말했다.

"어떤 부류를 말씀하시는 겁니까?"

"참회자 말일세."

브라운 신부가 말했다.

"정말 이해가 안 돼요. 그의 범죄를 믿지 않는다는 말씀이신가요?"

번이 이의를 제기했다.

"난 그의 자백을 믿지 않는 거야. 자백하는 걸 여러 번 들어 봤지만 이번처럼 진실된 것은 없었어. 너무 낭만적이라 책에나 나올 법한 이야기였지. 카인의 낙인에 대해 그가 한 말을 생각해보게. 그것도 책에서 나온 이야기지. 지금까지로 봐서는 무서운 일을 직접 저지른 사람이 느낄 수 있는 부분이 아니네. 가령 정직한 점원이었던 사람이 처음으로 돈을 훔쳤다는 사실을 깨닫게 되면 엄청난 충격을 받겠지. 그런데 그 순간에 자기가 바라바*와 같은 짓을 했다고 금방 생각이 날까? 너무 화가 나서 어린아이를 죽였다고 가정해보세. 역사 속으로 거슬러올라가 이두마에아 군주 헤로데스**가 저지른 일을 떠올리면서 지금의 일을 생각할 수 있을까? 지금까지 우리가 겪는 일상의 범죄자들은 무시무시하리만큼 개인적이고 지루해서 역사적 우화를, 그것도 딱 들어맞는 걸 처음에 생각해낸다는 건 거의 불가능한 일이지. 그렇다면 그가 왜 친구의 일을 폭로하지 않겠다는 걸 말하기 위해 돌아왔던 걸까? 그런 말을 하는 것 자체도 친구 일을 폭로하는 일이 되지 않겠나. 지금껏 그에게 뭔가를 이야기하도록 요구한 사람은 없었네. 아니, 난 그가 순진하다

---

* Barabbas. 성서에 등장하는 죄수. 예수 대신 십자가에서 용서받았다.
** Herodes. 이두마에아인 안티파테르의 아들. 유대의 왕으로 그리스도의 탄생을 두려워하여 태아를 살해하였다.

고 생각하지도 않을뿐더러 죄가 없다고 하지도 않을 걸세. 사람들이 저지른 적도 없는 일에 대해서 무죄를 선고 받다니. 참 좋은 세상이지……."

브라운 신부는 고개를 돌려 바다 쪽을 한참 동안 바라보았다.

"도대체, 무슨 소린지 모르겠습니다. 그는 이미 사면을 받았는데 자꾸 그를 의심하는 이유는 뭐지요? 어쨌든 그는 이미 죄에서 벗어났고 안전하단 말입니다."

번이 소리쳤다.

브라운 신부는 팽이처럼 뱅뱅 돌더니 갑자기 흥분하여 번의 코트를 잡았다.

"바로 그걸세."

신부가 단호하게 소리쳤다.

"그 점이 핵심일세! 그는 안전한 거야. 죄에서 벗어났단 말이지. 바로 그가 수수께끼의 열쇠를 쥐고 있는 거지."

"오, 이런……."

번이 아주 작게 말했다.

"즉, 그는 범죄에서 벗어났기 때문에 범죄 안에 있는 걸세. 설명이 되었나?"

"아주 명쾌한 설명입니다."

번이 감동해 말했다.

그 두 사람은 잠시 동안 침묵 속에서 바다를 바라보았다. 그때 브라운 신부가 활기차게 말했다.

"이제 아이스박스 얘기로 돌아가보지. 언론과 경찰이 처음부터 잘못 풀어간 지점이니까. 자네도 알겠지만 현대 사회에선 급진주의를 제외하고는 투쟁할 대상이 없다고 생각하지. 이 사건은 맹목적이라는 점을 제외하면 급진주의와는 아무 관련도 없는데 말일세."

"어떻게 그런 일이 일어날 수 있는지 모르겠어요. 같은 일에 관여하고 있었던 세 명의 재벌이 살해되었는데……."

번이 항의했다.

"아니지!"

신부가 날카롭게 울리는 목소리로 말했다.

"그게 아니지. 핵심만 말하자면. 세 명의 재벌이 살해되지는 않았네. 두 명만 살해된 것이지. 세번째 재벌은 생생하게 살아서 불평을 늘어놓고 있지 않나. 자네는 기드온 와이즈가 협박에서 막 벗어날 때를 목격했던 거지. 아이스박스 얘기를 들었다고 했지? 갤럽과 스타인은 고집스런 노인 와이즈를 위협했던 거네. 자금줄을 얼려버리겠다고 말이죠. 농담처럼 하면서 아이스박스 얘기가 나왔던 것이지."

신부는 잠시 멈추었다가 계속했다.

"의심할 바 없이 급진주의 운동이 일고 있고 반드시 저항해야 하지만 거기에 저항하는 방식을 믿지 못하겠네. 문제는 저항하는 측도 결국 지배층과 같은 식으로 움직이고 있다는 것인데, 아무도 이러한 사실에는 주목하지 않고 있더군. 독점을 향한 거대한 움직임이나 모든 거래를 트러스트로 전환하려는 움직임 같은 것. 그것도 혁명이고, 혁명이 빚어내는 결과와 똑같은 결과를 초래하지. 급진주의를 찬성하고 반대해서 사람들을 죽인 것처럼, 이런 운동에 찬성하고 반대하기 때문에 사람들은 다른 사람을 죽이게 되지. 결국엔 극단적인 방법으로 인권침해와 강제 집행이 따르게 마련이고. 이러한 트러스트 거물들은 마치 왕처럼 자신만의 궁전을 소유하고 경호원뿐 아니라 적진에 보낼 스파이도 갖고 있다네. 아마 혼은 적진에 파견된 기드온의 스파이 중 하나였던 것 같네. 하지만 그는 다른 적에 대항하기 위해 이용되었을 뿐이지. 그 적이란 끝까지 저항해서 자신을 파멸시키고 있던 라이벌들이었던 것일세."

"그가 어떻게 이용되었는지 아직도 모르겠습니다. 무엇을 위해 그를 이용했는지도 모르겠고요."

번이 말했다.

"정말 모르겠나? 그들이 서로의 알리바이를 증명해준다는 사실을 모르겠다는 건가?"

브라운 신부가 날카롭게 소리쳤다.

번이 약간 의심스러운 눈초리로 신부를 바라보더니 조금 이해가 되는 듯 표정이 변했다.

"범죄에서 벗어나 있다고 말했던 것이 그런 의미일세. 대부분의 사람들은 이 범죄에 연루되었기 때문에 다른 두 범죄와는 상관이 없다고 말하겠지. 사실은 이 범죄와 관련이 없었기 때문에 다른 두 범죄에 연루되었을 텐데 말일세. 물론 정말 이상하고 사실 같지 않은 알리바이는 사실 같지 않아서 이해할 수도 없지. 사람들은 보통 자신이 살인을 범했다고 고백하는 사람은 진실하고, 그 살인자를 용서하는 사람도 진실할 거라고 생각하지. 실제로 사건이 발생한 적이 없기 때문에 용서할 사람도 두려워할 사람도 없다고 생각하는 사람은 없을 걸세. 그들은 그날 밤 여기에 있던 걸로 되어 있는데 사실은 그날 밤 여기에 없었네. 혼은 숲에서 늙은 갤럽을 살해하고 있었고, 와이즈는 자신의 로마식 목욕탕에서 그 젊은 유대인을 목 조르고 있었던 것이지. 이런 점 때문에 와이즈가 벼랑을 기어오를 수 있을 만큼 힘이 센지를 의심해봤던 것이네."

"정말 엄청난 모험이었네요. 그 경치에 딱 어울리는 거였는데. 정말 설득력도 있구요."

번이 서운하다는 듯이 말했다.

"너무 설득력이 있어서 차라리 납득할 수가 없을 정도이지."

브라운 신부가 고개를 저으며 말했다.

"달빛에 비친 물방울이 매달려서 유령으로 변한다…… 얼마나 생생한가? 또한 얼마나 문학적인가? 혼은 밀고자이면서 비열한 인물이지만 역사 속의 많은 밀고자와 비열한 인물처럼 자신이 시인이라는 점도 잊지 않았던 것이지."

하늘에서 날아온 화살

진짜 신비한 것은 정체를 감추지 않고

오히려 모두 드러내는 법이지요.

모든 걸 백일하에 드러내도 여전히 알 수 없는

부분이 남아 있으니까요.

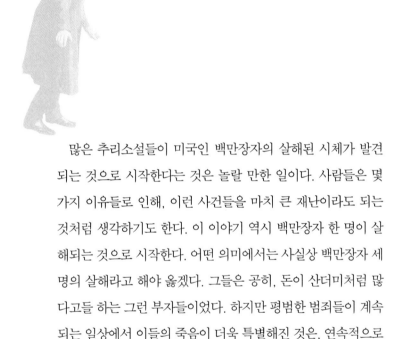

　많은 추리소설들이 미국인 백만장자의 살해된 시체가 발견되는 것으로 시작한다는 것은 놀랄 만한 일이다. 사람들은 몇 가지 이유들로 인해, 이런 사건들을 마치 큰 재난이라도 되는 것처럼 생각하기도 한다. 이 이야기 역시 백만장자 한 명이 살해되는 것으로 시작한다. 어떤 의미에서는 사실상 백만장자 세 명의 살해라고 해야 옳겠다. 그들은 공히, 돈이 산더미처럼 많다고들 하는 그런 부자들이었다. 하지만 평범한 범죄들이 계속되는 일상에서 이들의 죽음이 더욱 특별해진 것은, 연속적으로 살해된 사람들이 모두 백만장자라고 하는 심상치 않은 우연의 일치 때문이었다.

　사람들은 예술적으로나 역사적으로 가치가 높은 유물의 소유권을 둘러싸고 일어난 어떤 피의 복수 혹은 저주 같은 것이라고 말하고 있었다. 문제의 유물이란, 귀중한 돌로 무늬를 넣어 세공한 성배로, 보통 콥트 족의 잔이라고 불렸다. 성배의 기원은 모호하지만 그 용도는 종교적인 것으로 짐작되었다. 어떤 사람들은 성배의 주인을 따라다니는 이런 운명은, 물질에 눈이 어두운 사람들 손에 성배가 전해질까 두려워했던 일부 동양 기독교도의 광신주의 때문이라 했다. 그렇지만 이 베일에 싸인 살인자는 광신자이건 아니건 간에, 이미 언론과 소문을 통해 세상을 깜짝 놀라게 하였고, 세인의 주의를 끄는 인물이 되었다. 익명의 존재인 그에게 이름도 붙여지고 별명까지 생긴 것이다. 그러나 지금부터 우리는 세번째 희생자와 관련된 이야기만 할 것이다. 브라운 신부의 존재가 이 이야기 속에서 가장 크게 부각되기 때문이다.

브라운 신부가 대서양을 건너는 정기 여객선에서 내려 미국 땅에 발을 디뎠을 때, 그는 자신이 생각하던 것보다 훨씬 중요한 사람이라는 것을 깨닫게 되었다. 이런 상황에서 대개의 영국인들이 그렇게 느끼게 되듯 말이다. 작은 체구에 근시인 눈을 하고 눈에 띄지 않는 평범한 외모와 색이 바랜 낡은 검정색 신부복을 입은 그는, 고국에서는 특별히 눈여겨보는 사람 없이 군중 속을 지나칠 수 있었다. 그러나 유명세를 만들어내는 데 천재적인 나라인 미국에서는 그렇지 않았다. 범죄자 출신 탐정 플랑보와의 공조로 기이한 범죄 사건을 한두 건 해결한 것 때문에, 영국에서는 한낱 소문에 불과했던 명성이 미국 땅에선 더 굳어진 것 같았다. 기자들이 도적떼처럼 우르르 부두로 몰려와 신부를 둘러싸고 그때 우연히 본 여성복에 대한 세부적인 묘사와 국가의 범죄 통계 등 신부가 잘 모르는 주제와 관련하여 질문을 퍼붓자 그의 둥근 얼굴은 놀라서 멍해졌다. 이 눈부신 계절의 작열하는 백색 태양 아래 똑같이 검정색 옷을 입고 조금 떨어진 곳에 서 있는 사람이 있었는데, 그 남자가 더 활기에 넘치고 강렬해 보인 것은 아마도 무리지어 전투 태세를 갖추고 달려드는 검정색 옷을 입은 기자들과 대조를 이루었기 때문이었을 것이다. 커다란 고글을 쓴 황색 피부의 이 키 큰 남자는 혼자 동떨어져 있다가 기자들이 물러나자 브라운 신부를 체포하는 듯한 몸짓을 보이며 질문을 던졌다.

"실례합니다만, 웨인 기장님을 찾고 계신 것 같군요."

브라운 신부에 대해 약간의 해명이 필요할 것 같다. 그 자신도 진심으로 해명을 원했을 것이다. 그가 전에 미국에 와본 적이 없다는 사실, 특히 당시 영국에서는 그런 패션이 유행하지 않았기 때문에 그는 거북이 등껍질 같은 안경을 본 적이 없었다. 그는 처음 접하는 잠수부 헬멧 모양의 고글을 낀 바다 괴물을 보고 충격을 받아 빤히 쳐다보았다. 그 이상한 물건을 빼면 그 남자는 아주 세련되게 잘 차려입고 있었다. 브라운 신부의 순박한 눈에는 그 고글이 멋쟁이 신사에게는 안 어울리는 흉하디흉한 물건으로 보였다. 마치 멋쟁이가 특별히 단정하게 차려입은 옷차림을 의족으로 돋보이게 하려는 것과 같은 꼴이었다. 질문도 황당하기는 마찬가지였다. 웨인이란 이름의 미국인 비행사는 프랑스에서 만난 친구로, 미국을 방문하게 되면 만나고 싶었던 많은 사람들 중 한 명이었다. 하지만 이렇게 빨리 그의 소식을 듣게 될 줄은 몰랐었다.

"예? 그럼, 당신이 웨인이요? 아니면 그를 아는 사람이요?"

브라운 신부가 의심스런 목소리로 물었다.

"아, 전 아닙니다."

고글을 쓴 남자가 무표정한 얼굴로 말했다.

"그가 저쪽 차 안에서 당신을 기다리고 있는 것을 보았으니 분명 전 웨인이 아닙니다. 그렇지만 다른 질문은 좀 확실하지가 않습니다. 생각해보니 저는 웨인 씨와 그의 삼촌, 게다가 머튼 노인까지도 알고 있는 셈이네요. 전 머튼 노인을 알지만 머튼 노인은 저를 모릅니다. 그 노인네는 자신이 저보다 우위에 있다고 생각하지만, 전 그 반대거든요. 무슨 말인지 아시겠지요?"

브라운 신부는 사실 이해가 전혀 안 됐다. 그는 눈을 깜박거리며 반짝거리는 바다 풍경과 도시의 뾰족탑들을 한번 쳐다본 후 고글을 쓴 그 남자를 다시 쳐다보았다. 알 수 없는 인상을 주는 것은 그 남자의 안경만이 아니었다. 그의 황색 피부는 중국인에 가까웠고, 그와 나누는 대화 역시 이리저리 비꼰 아이러니투성이였다. 그는 쾌활하고 사교적인 사람들 사이에서는 흔한 유형의 사람이었으며, 정말 이해하기 힘든 수수께끼 같은 미국인이었다.

"제 이름은 노먼 드래지이고, 미국 사람입니다. 이 정도면 모든 게 설명되었나요? 나머지는 웨인 씨께서 설명하실 테니 자세한 얘기는 나중에 하도록 하지요."

브라운 신부는 좀 멍한 상태로 조금 떨어져 있던 차로 끌려갔다. 차에서는 초조하고 약간 수척해 보이는 얼굴에 단정치 못한 노란 머리의 젊은 남자가 기다리고 있었는데, 멀리서부터 신부를 열렬히 환영하더니 자신을 피터 웨인이라고 소개했다. 지금 있는 곳이 어디인지 알기도 전에 신부는 화물처럼 차에 실려 아주 빠른 속도로 그 도시를 빠져나갔다. 신부는 미국인의 이런 성급한 실용주의에 익숙하지 않았기 때문에 마치 용이 끄는 마차에 실려 요정의 나라로 가는 것처럼 당황스러웠다. 이렇게 혼란스러운 상황에서 웨인은 콥트 족의 잔과 그와 관련된 두 가지 범죄 사건에 대해 독백과도 같은 긴 이야기를 들려주었고, 간간이 드레지가 간단하게 이야기를 덧붙여 설명했다.

웨인의 삼촌 크레이크는 머튼의 동업자였는데, 머튼은 그 잔을 세번째로 소유하게 된 부유한 사업가였다. 처음 소유했던 사람은 구리 업계의 재벌 타이터스 트랜트로, 어느 날 다니엘 둠이라는 사람으로부터 협박 편지를 받았다. 그 이름은 곧 큰 인기는 없지만 대중적으로 알려진 인물, 즉 로빈 훗과 살인자 잭*을 합친 것만큼이나 유명한 사람을 뜻하게 되었다. 그가 협박 편지로만 그친 게 아니라는 점이 분명해졌기 때문이다. 트랜트 노인이 자신의 수련 연못에 머리가 처박힌 채 발견되었던 것이다. 그러나 티끌만한 단서도 찾을 수 없었다. 다행히도 문제의 잔은 은행에 안전하게 보관되어 있었다. 그 잔은 트랜트의 나머지 재산과 함께 이미 충분히 부자였던 사촌 브라이언 호더에게로 넘어갔다. 이번엔 그가 또다시 익명의 적에게 협박을 받았다. 그리고 얼마 후 자신의 해변가 저택 근처 절벽 아래서 죽은 채로 발견되었다. 집에는 강도가 든 흔적이 역력하게

---

*Jack the Ripper. 1888년 8월 7일부터 11월 10일까지 런던 이스트엔드 화이트채플 행정구와 그 근처에서 매춘부 7명을 죽인 살인범의 별명. 영국의 미해결 범죄 가운데 하나로 유명한 이 사건은 지속적으로 대중의 상상력을 불러일으켰다.

남아 있었다. 문제의 잔은 이번에도 무사했지만 상당량의 채권과 증권을 도난당해 호더의 재정 상태가 뒤죽박죽이 되어버렸다. 차근차근 설명하던 웨인이 말했다.

"그래서 브라이언 호더의 미망인이 귀중품 대부분을 내다 팔아야 했던 걸로 알고 있습니다. 그때 브랜더 머튼이 그 잔을 산게 분명합니다. 그를 처음 만났을 때 그 잔을 가지고 있었거든요. 하지만 그 잔을 손에 쥐고 있으면 편안할 수 없다는 건 충분히 짐작되시죠."

"머튼 씨도 협박 편지 같은 걸 받았나요?"

잠시 후 브라운 신부가 물었다.

"그런 것 같습니다."

드래지가 말했다. 그의 목소리에서 느껴지는 알 수 없는 무언가로 인해 신부는 호기심에 그를 쳐다보았고, 고글을 쓴 그 남자가 소리 없이 웃고 있는 걸 보게 되었다. 그 웃음은 이방인을 오싹하게 만들었다.

"분명히 받았을 겁니다. 편지를 보지는 못했습니다만, 거물급 사업가들이 으레 그렇듯 그도 사업 문제에 있어서 매우 신중하기 때문에 그에게 오는 편지는 비서만 볼 수 있습니다. 그가 편지 때문에 매우 화가 나 불쾌해하는 걸 본 적이 있습니다. 그 편지는 비서가 보기도 전에 찢어버렸지요. 비서도 신경이 날카로워져 누군가가 그 노인을 습격할 것 같다고 말했지요. 이 사건에 대해 간단한 조언이라도 해주시면 정말 감사하겠습니다. 신부님의 명성에 대해서는 모두들 잘 알고 있습니다. 신부님께서 머튼 씨 댁으로 곧장 와주실 수 있는지 여쭤봐달라고 비서가 부탁을 하더군요.”

웨인이 찌푸리며 말했다.

“네, 그랬군요.”

신부는 이제야 자기가 백주대낮에 납치된 까닭을 이해할 수 있었다.

“그런데, 제가 더 할 수 있는 일이 있는지 모르겠습니다. 당신들은 현장에 있었고, 잠깐 방문하는 저보다야 정보도 훨씬 많을 테니, 더 과학적인 결론에 도달할 수 있을 텐데요.”

“물론, 그렇지요.”

드래지가 냉담하게 말했다.

“하지만 저희가 내린 결론은 너무 과학적이라 사실적이지가 않아요. 무언가가 타이터스 트랜트 같은 거물에게 해를 입혔다면 아마 하늘에서 떨어진 것일 겁니다. 그러니 과학적 설명도 필요없을 테고요. 마른 하늘에 날벼락 같은 일이라고 할 수 있겠지요.”

“이 사건이 초자연적이라는 말은 아니겠죠!”

웨인이 큰 소리로 말했다.

하지만 드래지가 한 말의 의미를 알아내기란 결코 쉬운 일이 아니었다. 만약 어떤 사람이 정말 영리하다고 그가 말했다면 실제로 그 사람은 바보라는 뜻일 수도 있다는 것 외에는 알아낼 수 없었다.

잠시 후 목적지처럼 보이는 곳에서 차가 멈출 때까지 드래지는 정적인 상태를 유지하고 있었다. 차가 멈춘 곳은 아주 색다른 곳이었다. 그들은 성긴 나무숲 지대를 통과하여 드넓은 평지가 펼쳐진 곳으로 차를 몰고 갔다. 그들 바로 앞에는 벽 하나와 로마의 캠프처럼 둥글고 아주 높은 울타리로 둘러싸인 건물이 있었는데, 그 모양이란 꼭 비행장 같았다. 벽은 나무나 돌로 만든 것 같지 않아, 가까이서 보니 금속으로 만든 것이었다.

모두 차에서 내리자 작은 문 하나가 상당히 조심스럽게 미끄러지듯 열렸는데, 마치 금고 문이 열리는 것 같았다. 놀랍게도 드래지는 들어갈 생각을 않고 불길할 정도로 명랑한 태도로 작별인사를 했다.

"전 안 들어가겠습니다. 머튼 노인이 저를 보면 너무 좋아서 죽을지도 모릅니다."

이렇게 말하고 드래지는 성큼성큼 걸어가버렸다. 계속되는 놀라움을 감추지 못하며 신부가 철문 안으로 들어서자 뒤쪽에서 바로 찰칵 소리가 났다. 문 안쪽에는 정성들여 만든 커다란 정원이 화려하고 다양한 색으로 꾸며져 있었는데, 나무나 큰 관목, 꽃 등은 전혀 찾아볼 수가 없었다. 정원 한가운데에는 멋진 집이 한 채 서 있었는데, 아주 인상적인 건축물이었지만, 너무 높고 좁아서 마치 탑처럼 보였다. 이글거리는 태양이 대기의 유리지붕에 반사되어 여기저기를 비추고 있었지만 건물 아래쪽에는 창이 하나도 없는 것처럼 보였다. 모든 것이 티끌 한 점 없이 반짝이도록 닦여 있어서 명백한 미국식 분위기였다. 현관으로 들어서자 그들은 눈부신 대리석과 금속, 화려한 색상의 에나멜 한가운데 서 있게 되었는데, 계단은 보이질 않고 견고한 벽 가운데를 따라 올라가는 승강기만이 있었다. 그것조차 평상복 차림의 경찰처럼 보이는 건장한 남자가 지키고 있었다.

"아주 철저한 보호막이죠."

웨인이 말했다.

"아무도 숨을 수 없도록 정원에 나무 한 그루 심지 않은 이런 요새 같은 곳에서 머튼 씨가 살아야 한다는 사실이 좀 우스울 수도 있겠습니다. 하지만 이 나라에서 저희가 어떤 일에 직면하고 있는지 잘 모르시지요. 게다가 브랜더 머튼이라는 이름이 의미하는 바도 잘 이해가 안 되실 테구요. 그분은 정말 평온해 보이는 분입니다. 어떤 사람이라도 거리에서 그를 만나면 그냥 지나칠 정도지요. 요즘에야 차 문을 모두 닫은 채 가끔 외출할 뿐이니 그럴 기회가 별로 없었지만 말입니다. 하지만 브랜더 머튼 씨에게 무슨 일이 일어난다면 알래스카에서 카니발 섬까지 지진이 일어난 것과 다를 게 없습니다. 지금까지 어떤 왕이나 황제도 그처럼 온 국민에게 영향력을 행사하지는 못했을 겁니다. 신부님께서도 황제나 영국 국왕으로부터 방문해달라는 부탁을 받는다면 아마 호기심에서 방문하시겠지요. 그러니까 황제나 백만장자 자체에는 관심이 없더라도 그들이 가진 권력에는 항상 흥미를 갖게 된다는 말입니다. 머튼 씨같이 현대적 의미의 황제를 방문하는 일이 신부님의 원칙에 어긋나지 않았으면 합니다."

"천만에요. 감금되어 있는 죄수나 불행한 사람을 만나러 다니는 일이 제 임무인걸요."

브라운 신부가 조용히 대답했다.

잠시 침묵이 흐른 후 웨인은 야윈 얼굴에 묘하고 교활해 보이기까지 하는 표정을 짓더니 갑자기 입을 열었다.

"그러니까 그자는 단순한 도둑이나 지하 폭력조직원이 아니라는 점을 명심하셔야 합니다. 다니엘 둠이라는 자는 악마와 다를 바가 없습니다. 트랜트의 정원과 호더의 집 밖에서 단서도 남기지 않고 그들을 살해한 방법을 생각해보십시오."

저택의 꼭대기 층에는 아주 두터운 벽으로 둘러싸인 두 개의 방이 있었다. 하나는 그들이 들어간 외실이고, 하나는 백만장자의 내실이었다. 그들이 외실에 들어섰을 때 다른 두 명의 방문객이 내실에서 막 나오고 있었다. 한 사람은 피터 웨인과 반갑게 인사를 나누었는데, 그의 삼촌이라고 했다. 키는 작지만 매우 다부지고 활동적인 사람 같아 보였다. 머리는 머리카락이 하나도 없을 정도로 완전히 밀었고, 갈색 피부는 너무 그을려서 백인이라고 믿을 수 없을 정도였다. 이 사람이 바로 크레이크 노인이었는데, 아메리카 인디언 전쟁 당시 명성을 떨친 올드 히커리를 추억하며 보통 히커리 크레이크라 불렸다. 그와 함께 있던 사람은 크레이크 노인과는 매우 대조적으로 맵시 있어 보이는 신사였다. 머리칼은 검정 니스를 칠한 것처럼 검었고, 넓은 검정색 끈이 달린 외알 안경을 착용하고 있었다. 그의 이름은 버나드 블레이크이고, 머튼의 변호사로 그들과 함께 사업에 대해서 의논하고 나오던 참이었다. 이 네 사람은 들어오고 나가다가 외실 가운데서 만나 잠시 동안 의례적인 대화를 나눴다. 그 동안에도 안쪽 문 옆의 방 뒤쪽에 계속 앉아 있는 사람이 있었다. 어깨가 넓은 흑인이 내실 창을 통해 들어오는 어스름 속에서 움직이지도 않고 육중하게 앉아 있었다. 그는 미국인들이 스스로 비꼬듯 말하는 악당의 인상이었는데, 친구들은 경호원이라 하고 적들은 폭력배라 할 만한 사람이었다.

이 남자는 다른 사람에게 인사하려고 움직이거나 일어서지도 않았다. 외실에 있는 그를 보자 초조해하며 첫 질문을 던진 것은 바로 피터 웨인이었다.

"누가 회장님과 같이 있나요?"

"피터, 그렇게 당황하지 말거라."

그의 삼촌이 웃으며 말했다.

"비서 월튼이 함께 있단다. 그 정도면 충분하지 않니? 머튼 씨를 지켜보는 동안 월튼이 잠들거나 하는 일은 없을 게다. 그는 스무 명의 경호원보다 낫지. 인디언처럼 민첩하고 조용하거든."

"삼촌은 이걸 아셔야 해요. 제가 어렸을 때 삼촌이 가르쳐준 아메리카 인디언의 날쌘 재주가 생각나네요. 전 아메리카 인디언 이야기 읽는 걸 좋아했었죠. 하지만 제가 읽은 아메리카 인디언 이야기에선 그들이 항상 패배했어요."

조카가 웃으며 말했다.

"그건 사실이 아냐."

늙은 개척자가 단호하게 말했다.

"그래요? 우리가 사용한 화기 앞에선 그들이 거의 무기력했다고 생각했었는데."

블레이크 씨가 부드럽게 물었다.

"나는 한 인디언이 가죽을 벗기는 작은 칼만 들고 수백 개의 권총 앞에 서서 요새 꼭대기에 서 있는 백인을 죽이는 걸 본 적도 있다오."

"아니, 어떻게 그럴 수가 있죠?"

"던지는 거지. 총을 쏘기도 전에 순식간에 칼을 던지는 거야. 어디서 그런 기술을 배웠는지는 모르겠지만 말야."

크레이크가 대답했다.

"삼촌이 배우지 않은 게 다행이에요."

조카가 웃으면서 말했다.

"제가 보기엔, 그 이야기에는 배울 점이 있는 것 같군요."

브라운 신부가 조심스럽게 말했다.

그들이 이야기하고 있는 동안 월튼이 내실에서 나와 기다리고 있었다. 그는 창백한 얼굴에 금발 머리를 하고, 각진 턱에 개처럼 침착한 눈을 가진 남자였다. 그가 한결같이 감시인의 임무를 수행한다는 사실은 어렵지 않게 알 수 있었다.

"머튼 씨가 약 십 분 후에 보시겠답니다."

그의 이 한마디로 모든 잡담이 중단되었다. 크레이크 노인은 가봐야겠다고 했고, 조카도 삼촌과 변호사를 따라 밖으로 나갔다. 잠시 동안 브라운 신부와 비서 둘만 방에 남게 되었다. 방의 다른 쪽 끝에 앉아 있는 거인 같은 덩치의 흑인은 살아 있는 사람이라고 느껴지지 않을 정도였다. 그는 그렇게 꼼짝 않은 채 넓은 등을 돌리고 내실 쪽을 바라보고 있었다.

"여기서는 상당히 세심한 대비가 필요합니다. 다니엘 둠이란 자에 대해서는 모두 들으셨을 겁니다. 그 때문에 회장님을 혼자 둘 수가 없습니다."

월튼이 말했다.

"하지만 지금은 혼자 계시지 않나요?"

브라운 신부가 물었다.

월튼은 회색 빛 눈으로 심각하게 신부를 쳐다보았다.

"십오 분입니다. 스물네 시간 중에서 십오 분뿐입니다. 실제로 완전히 혼자 계실 수 있는 유일한 시간이죠. 그것도 회장님께서 주장하시는 아주 중요한 이유 때문입니다."

"그 이유란 게 뭐죠?"

월튼의 눈빛은 흔들림 없었지만, 그의 입은 엄숙하다 못해 기분이 나쁜 것처럼 보이기까지 했다.

"콥트 족의 잔. 혹시 콥트 족의 잔에 대해 잊으셨을지도 모르겠습니다만, 회장님은 그 잔뿐만 아니라 다른 모든 사실에 대해서도 잊지 않고 계십니다. 콥트 족의 잔에 관한 한 어느 누구도 믿지 않으십니다. 그 잔은 저 방 어딘가에 회장님만이 찾을

102

수 있는 방법으로 숨겨져 있습니다. 저희가 있으면 꺼내지도 않으십니다. 그래서 회장님이 편하게 앉아 잔을 숭배할 수 있도록 십오 분 동안 위험을 감수하는 겁니다. 제가 알기로 그 잔은 회장님이 숭배하는 유일한 대상입니다. 실제로는 위험한 상황은 벌어지지 않을 겁니다. 제가 이곳 전체에 덫을 놓았기 때문에 악마라고 해도 들어올 수 없습니다. 설령 들어왔다 하더라도 빠져나갈 수는 없을 겁니다. 극악무도한 다니엘 둠이 찾아온다 해도 저녁을 먹고 그 이후까지 머물러야 할 걸요. 저는 십오 분 동안 여기에 긴장하고 앉아 있다가 총소리나 다투는 소리가 들리면 이 단추를 누를 겁니다. 그러면 정원 벽 주위로 전류가 흐르게 되니 담을 넘거나 오르려고 하면 감전사하게 되지요. 물론, 총으로 쏠 수도 없지요. 이 방이 안으로 들어갈 수 있는 유일한 통로고, 그가 앉아 있는 저 창문이 기름투성이 기둥처럼 매끄러운 탑 위로 올라갈 수 있는 유일한 길이거든요. 물론 저희들도 완전무장을 하고 있습니다. 둠이 저 방 안에 들어간다 해도 살아나오진 못할 겁니다."

브라운 신부는 서재에 깔린 카펫을 보며 깊은 생각에 잠겨 눈을 깜박거리더니 갑자기 반사적으로 말을 던졌다.

"제가 드리는 말씀 때문에 기분이 상하지 않았으면 좋겠군요. 갑자기 엉뚱한 생각이 떠올라서요. 바로 당신에 관한 얘긴

데⋯⋯."

"네, 뭔데요?"

"당신은 한 가지밖에 모르는 것 같습니다. 이런 말씀 드리는 걸 양해해주시리라 믿습니다. 당신은 브랜더 머튼 씨를 보호하는 일보다 다니엘 둠을 잡는 일에 더 주안을 두고 있는 것 같은 생각이 들어서요."

월튼은 약간 움찔하며 신부를 뚫어지게 응시했다. 그러더니 단호해 보이는 입가에 천천히 호기심 많은 미소를 지어 보였다.

"어떻게⋯⋯ 어떻게 그런 생각을 하셨죠?"

"당신은 총 소리가 들리면 도망치는 적을 즉시 감전시킬 거라고 말했지요. 제 생각엔 총소리가 들리면 감전 쇼크로 적이 죽기 전에 회장님의 생명이 더 위험할 걸 같습니다. 당신이 머튼 씨를 보호할 수 있는데도 내버려둔다는 의미는 아닙니다. 하지만 머튼 씨를 보호하는 일이 당신에겐 좀 부차적인 것처럼 보인다는 말이지요. 당신 말대로 준비는 상당히 세심하게 한 것 같고, 당신이 세심하게 했겠죠. 그렇지만 한 사람을 구하는 것보다는 살인자를 잡는 일이 더 우선하도록 계획된 것 같단 말이지요."

"브라운 신부님,"

월튼은 침착하게 목소리를 가다듬어 말했다.

"정말 명석하십니다. 아니 명석하신 것 이상입니다. 진실을 털어놓고 싶어지는 분입니다. 그 이야기도 잘 들어주실 테지요. 어찌 되었건 사람들이 저를 놀리는 말을 이미 들으셨을지도 모르겠습니다. 사람들은 모두 제가 이 거물급 도둑을 잡는데만 혈안이 되었다고 말합니다. 저도 그렇게 생각합니다. 하지만 아무도 모르는 사실 하나를 말씀드리자면 제 이름은 존 월튼 호더입니다."

브라운 신부는 정말 중요한 사실을 알아낸 것처럼 고개를 끄덕였다. 월튼은 계속 말을 이어나갔다.

"둠이라는 자가 제 아버지와 삼촌을 죽였고 어머니를 파멸시켰습니다. 콥트 족의 잔이 있는 곳에 범인이 조만간 다시 나타날 거라는 생각 때문에 머튼 씨가 비서를 구할 때 그 일을 맡았습니다. 전 범인이 누군지도 모른 채 기다리고만 있습니다. 즉, 머튼 씨를 위해 충직하게 일하고 있는 것입니다."

"네, 그렇군요. 이제 회장님을 뵐 시간이 된 것 같습니다."

브라운 신부가 부드럽게 말했습니다.

"아, 그렇군요."

월튼이 대답을 하고도 그대로 있길래 신부는 이 복수심에 불타는 편집광이 생각에 잠긴 거라 여겼다.

"지금 들어가보세요."

브라운 신부는 곧바로 내실로 들어갔다.

아무런 목소리도 들리지 않았고 죽은 듯한 침묵만 감돌았다. 잠시 후 신부가 출입구 쪽에 다시 나타났다. 그의 머리가 내실 창으로 들어오는 빛을 등지고 있었기 때문에 얼굴에 그림자가 드리워졌다.

신부의 표정과 자세가 무슨 신호라도 되는 것처럼 보였는지, 문 옆에 앉아서 움직이지도 않던 경호원이 갑자기 움직였다. 마치 거대한 가구가 살아난 것 같았다.

"단추를 눌러야 될 것 같습니다."

신부가 숨 넘어가는 듯 말했다.

월튼은 자신의 잔인함에 대한 깊은 생각에서 깨어난 것처럼 벌떡 일어났고 목소리도 따라서 높아졌다.

"무슨 일이 있나요? 총소리는 들리지 않았는데요."

"글쎄요. 어떤 총을 사용했는지에 따라 달라지겠죠."

월튼이 앞으로 달려갔고 모두 내실로 뛰어들었다. 비교적 작은 방이었지만 고상한 가구들이 비치되어 있었다. 반대편으로는 넓은 창 하나가 활짝 열려 있었고 그 창으로 정원과 숲이 우거진 평지가 내려다보였다. 마치 갇혀 있던 사람이 짧은 시간 동안 사치스런 고독을 즐기면서 자신에게 허락된 공기와 빛 전부를 만끽하기라도 한 것처럼 창 가까이에 의자와 작은 탁자가 놓여 있었다.

창 아래 작은 탁자에는 콥트 족의 잔이 놓여 있었다. 그 잔의 주인은 가장 좋은 조명 아래서 잔을 보고 있었던 게 분명했다. 잔은 정말 값어치 있는 물건이었다. 환하게 빛나는 햇빛에 그 귀중한 잔이 다양한 빛깔의 광채를 띠어 마치 성배의 모델처럼 보였다. 그렇지만 브랜더 머튼은 잔을 보고 있지 않았다. 회장의 머리는 위자 뒤쪽으로 떨구어져 있었고, 숱이 많은 백발은 마룻바닥을 향해 흔들리고 있었으며, 반백의 턱수염은 천장을 향해 뻗어 있었다. 그의 목구멍에는 한쪽 끝에 붉은 깃털이 달린 갈색의 긴 화살이 꽂혀 있었다.

"무성 권총이라…… 신제품인 줄 알았는데 아니군요. 이건 오래 전 제품이지만 성능은 아주 좋지요."

브라운 신부는 아주 낮은 목소리로 말했다.

잠시 후 신부가 덧붙였다.

"죽은 것 같습니다. 빨리 무슨 조치를 취하세요."

창백해진 월튼이 결심한 듯 갑작스레 일어섰다.

"먼저, 이 단추를 누르고, 그래도 다니엘 둠을 잡지 못하면 이 세상 끝까지라도 쫓아가 찾아낼 겁니다."

"주변 사람들이 다치지 않도록 조심하십시오. 그들이 멀리

가지는 않았을 겁니다. 그들을 다시 부르는 게 좋겠군요."

"그들 모두 벽에 대해 잘 알고 있습니다. 그들은 아무도 벽에 오르지 않을 거예요. 만약 그들 중 하나가…… 서둘러야겠군 요."

브라운 신부는 화살이 들어왔을 것으로 짐작되는 창으로 가서 밖을 내다보았다. 얕은 화단이 있는 정원은 세심하게 색칠한 세계 지도처럼 매우 낮게 위치해 있었다. 전체적으로 전망은 매우 광활하여 텅 빈 것처럼 보였고 탑은 너무 높이 솟아 있었다. 밖을 내다보자 엉뚱한 말이 머릿속에 떠올랐다.

"마른 하늘에 날벼락…… 마른 하늘에 날벼락이라. 하늘에서 떨어진 죽음이란 게 무슨 뜻일까? 모든 게 정말 멀리 떨어져 있는 것처럼 보인단 말이지. 화살이 하늘에서 날아온 게 아니라면…… 화살이 그렇게 멀리까지 날아간다는 건 정말 이상한 일이지."

월튼이 돌아왔지만 아무 대답이 없었고 신부는 계속 혼잣말을 해댔다.

"비행기를 타고 올 수도 있나. 웨인에게 물어봐야겠어…… 비행에 대해."

"이 부근에는 비행하는 사람이 많습니다."

"아주 오래되고도 아주 새로운 무기를 사용한 사건이

라······."

"웨인의 삼촌이 잘 아실 수도 있겠군요. 화살에 대해 물어봐야겠어. 이건 아메리카 인디언의 화살처럼 보이는데, 난 아메리카 인디언이 화살을 쏘는 위치를 잘 모른단 말이지. 당신도 아까 그 분이 한 이야기 기억나죠? 제가 배울 점이 있다고 말했었지요."

"배울 점이 있다면······ 실제로 아메리카 인디언들이 생각보다 훨씬 멀리서 화살을 쏠 수도 있다는 말씀이신가요? 그런 방향으로 생각하는 건 너무 터무니없는 게 아닐까요?"

월튼이 흥분해서 물었다.

"그 이야기에서 올바로 배운 것 같지 않군요."

그 다음날부터 이 작달막한 신부는 수백만의 뉴욕 시민에 섞여서 아무 일도 하지 않는 것처럼 보였지만 실제로는 정의가 잘못 심판될까 두려워하며 다음 2주 동안 자신에게 주어진 임무를 수행하느라 눈에 띄지 않게 바쁜 나날을 보냈다. 새로 알게 된 다른 사람들이나 당사자들을 따로 구분할 것도 없이 두세 사람만 모이면 최근의 이 불가사의한 사건에 대해 쉽게 이야기를 나눌 수 있었다. 히커리 크레이크 노인과 이야기하는 건 특히 흥미로웠다. 그 참전용사는 센트럴 파크의 벤치에 앉아 토마호크*를 본떠 만든 암적색 나무지팡이의 이상하게 생긴 손잡이에 앙상한 손과 도끼 같은 얼굴을 기대었다.

"아마, 멀리서 쐈을 수도 있겠죠."

크레이크가 고개를 저으며 말했다.

"하지만 인디언이 화살을 그렇게 멀리 쏠 수 있다고는 생각하지 않는 게 좋습니다. 활을 쏘면 총알보다는 똑바로 날아가서 목표물을 맞춥니다. 화살이 날아가는 거리를 생각하면 놀랍기도 하지요. 물론 요즘에야 활과 화살을 가지고 다니는 아메리카 인디언에 대해 들어보지도 못했을 겁니다. 더구나 여기엔 아메리카 인디언이 어슬렁거리고 있다고는 생각할 수 없죠. 만의 하나 옛날 인디언의 활을 가진 늙은 인디언 사수가 머튼 씨 저택 외벽에서 수백 미터 떨어진 나무에 숨어 있었다 해도 담장을 넘겨 머튼 씨 저택의 꼭대기 층에 나 있는 창으로 화살을 쏘아 보내지는 못했을 겁니다. 그렇게 해서 머튼 씨를 맞춘다는 것은 더 불가능하고요. 예전에야 그런 훌륭한 솜씨를 볼 수도 있었겠지요."

"그런 솜씨를 보기만 한 게 아니라 화살을 직접 쏘아볼 수도 있었겠군요."

---

* tomahawk. 북아메리카 인디언의 전쟁용 손도끼.

"모두 옛날 얘기죠."

크레이크는 킬킬대더니 퉁명스럽게 말했다.

"사람들에겐 나름대로 옛날 얘기를 공부하는 방법이 있지요. 당신 과거 이력에는 이 사건과 관련해서 사람들이 이러쿵저러쿵할 사건이 없다고 할 수도 있겠군요."

신부가 말했다.

"무슨 말씀이십니까?"

크레이크가 따져 물었다. 그의 눈은 처음으로 날카롭게 움직였고, 붉고 굳은 얼굴은 토마호크의 손잡이 같았다.

"글쎄요, 아메리카 인디언의 예술이나 기술에 대해 아주 잘 알고 계시니⋯⋯."

브라운 신부가 천천히 말을 꺼냈다.

크레이크는 이상하게 생긴 지팡이에 턱을 기대고 앉아 있어 몸이 굽다못해 거의 쭈그러진 것 같았다. 그러나 다음 순간 지팡이를 곤봉처럼 움켜잡고 싸우러 가는 깡패처럼 길 한가운데에 똑바로 섰다.

"뭐라구요?"

크레이크가 쉰 목소리로 외쳤다.

"빌어먹을! 지금 내가 그를 살해했을 수도 있다는 소리로 나를 시험하는 겁니까?"

길가에 있는 십여 개의 벤치에 앉아 있던 사람들이, 두 사람이 길 한가운데 서서 마주 보고 논쟁을 벌이는 것을 쳐다보았다. 대머리에 키는 작지만 원기 왕성해 보이는 남자는 이상하게 생긴 지팡이를 방망이처럼 휘둘러댔고, 검은 옷을 입은 작달막한 체구의 신부는 눈만 깜박일 뿐 손가락 하나 까닥하지 않은 채 그 남자를 쳐다보고 있었다. 마치 검고 땅딸막한 사람이 순수 혈통인 아메리카 인디언의 기민하고 재빠른 행동에 당해 머리를 맞고 뻗을 것 같았다. 그러나 신부는 일상적인 질문에 대답하는 것처럼 매우 차분하게 말했다.

"이번 사건에 대해 확실한 결론을 내리지는 못했지만 보고서를 작성할 때까지는 아무 말도 하지 않을 생각입니다."

멀리서 덩치가 큰 아일랜드 경찰 하나가 숨찬 듯 올라오더니 그들에게 다가갔다.

경찰 때문이었는지 신부의 눈 때문이었는지 히커리 노인은 지팡이를 팔에 끼고 투덜거리며 다시 모자를 썼다. 신부는 그에게 평온한 아침 인사를 건네고는 느긋하게 공원을 빠져나와 웨인을 만나기로 한 호텔 라운지로 향했다.

웨인은 신부를 보자 일어나 인사를 했다. 무슨 걱정거리라도 있는 듯 그는 지난번보다 더 여위고 초췌해 보였다. 신부는 최근에 약혼한 이 젊은 친구가 너무 갑작스럽게 성공하게 된 것이, 아마 금주법이 발효된 이후로 밀매를 통해 돈을 벌어왔기 때문은 아닌지 의심했다. 하지만 그의 취미나 가장 좋아하는 과학 따위에 대해 얘기를 꺼내자 그는 경계를 늦추지 않으면서 대화에 집중했다. 신부는 한가롭게 이야기를 나누는 것처럼 그 지역에서 비행이 잦은지 물었고, 머튼 노인네 저택의 원형 벽을 처음 보았을 땐 비행장인 줄 알았다는 말도 잊지 않았다. 그러자 웨인이 말했다.

"거기 있는 동안 한번도 보지 못하셨다니 좀 이상합니다. 파리떼처럼 우글거리는 경우도 있거든요. 넓게 트인 평지는 비행에 아주 적합한 장소라고 할 수 있지요. 말하자면, 저 같은 비행사가 되려는 사람들이 훈련장으로 사용해도 전혀 손색이 없을 정도입니다. 저도 여러 번 그 장소를 비행했었지요. 요즘엔 취미로 비행하는 사람들이 꽤 있다고 하더군요. 머지않아 자동차처럼 미국 사람들 모두 비행기를 한 대씩 갖게 될 것 같습니다."

"주님께서는 삶과 자유, 자동차를 소유할 권리를 주셨지요. 비행기는 말할 것도 없고. 특정 시간에 그 저택 위로 지나가는 낯선 비행기를 보면 비행하는 사람이 누군지 알아차릴 수 있을까요?"

브라운 신부가 미소를 띠며 묻자 웨인이 답했다.

"아뇨, 아무도 모를 겁니다. 만약 잘 알고 있는 사람이라 해도 자신의 비행기가 아닌 다른 비행기를 타고 비행할 수 있겠죠. 예를 들어, 당신이 평상시처럼 늘 타던 비행기로 비행하고 있으면 머튼 씨나 친구분들이 그 비행기를 알아볼 수 있지만, 다른 종류의 비행기를 타면 창문 아주 가까이로 지나가도 알아볼 수가 없다는 거죠. 그러니까 계획적으로 충분히 가까이 다가갈 수 있다는 말입니다."

젊은이는 거의 자동적으로 대답하더니 잠깐 멈추었다가 입을 벌리고 눈을 크게 뜬 채 고개를 들어 신부를 쳐다보았다.

"이런! 맙소사!"

그가 낮은 목소리로 말하더니 라운지 의자에서 벌떡 일어나 창백한 얼굴로 머리부터 발끝까지 부들부들 떨면서 신부를 바라보았다.

"정신이 나가셨군요? 지금 무슨 말씀을 하시는 겁니까?"

그는 잠시 조용해지더니 곧 비난하는 목소리로 다시 말을 이었다.

"지금 뭔가 암시하러 오신 모양인데……."

"아닙니다. 그저 단서를 모으러 왔을 뿐입니다."

브라운 신부가 일어서면서 말했다.

"잠정적으로 몇 가지 결론을 내리긴 했는데, 아직까지는 유보하는 게 좋겠군요."

브라운 신부는 딱딱하고 정중하게 인사를 한 다음 호텔을 나와 다른 질문 대상자에게로 발걸음을 옮겼다.

해 질 무렵 신부는 그 도시에서 가장 오래되고 무질서한 지역에 위치한 강 쪽으로 뻗어 있는 초라한 거리를 돌아다녔다. 그는 싸구려 중국 식당 입구를 나타내는 색등 바로 아래에서 전에 본 적이 있는 사람을 우연히 만났다. 하지만 처음에는 그 사람이란 걸 알아볼 수가 없었다.

드래지는 여전히 큰 고글 너머로 세상을 우울하게 보고 있었다. 어쩐지 그 고글은 어두운 유리가면처럼 그의 얼굴을 가리고 있는 것 같았다. 그러나 고글을 제외한 그의 외모는 살인사건이 일어난 후 큰 변화를 겪은 것 같았다. 예전에는 브라운 신부가 보기에도 완벽할 정도로 멋지게 정장을 차려입고 있어서 양복점의 마네킹과 멋쟁이 신사 사이의 미세한 차이까지도 구분하려는 듯했다. 하지만 양복점의 마네킹이 허수아비로 변해버리기라도 한 듯 지금의 외모는 신기할 정도로 형편없었다. 아직도 모자는 쓰고 있었지만 찢어지고 낡은 것이었다. 옷은 해지고 시계줄과 액세서리들은 어디로 갔는지 찾아볼 수도 없었다. 하지만 브라운 신부는 바로 어제 만났던 것처럼 그에게 인사했고, 그가 향하던 싸구려 식당으로 가 앉았다. 그러나 대화를 시작한 건 신부가 아니라 그였다.

드래지가 투덜거리듯 말을 꺼냈다.

"그래, 덕이 높은 백만장자의 원수를 갚는 일은 잘되어가고 있나요? 저흰 백만장자가 모두 신성하다고 알고 있죠. 내일쯤이면 백만장자들이 어머니 무릎에 앉아서 들은 성경의 내용을 어떻게 지키며 살아왔는지에 대한 기사가 신문지상을 장식할 겁니다. 제길! 만약 그들이 성경책을 조금이라도 읽었다면 어머니들도 모두 놀라실 겁니다. 백만장자 역시 놀랄 테고요. 전 그 케케묵은 성경책에는 요즘 세상에선 통하지도 않는 낡아빠진 개념들로 가득하다고 생각합니다. 석기 시대의 지혜나 피라미드에 묻힐 내용들 말입니다. 누군가가 탑 꼭대기에서 머튼 노인을 매달아 바닥에 있는 개들에게 물어뜯게 했다면 이세벨*에게 일어난 일보다 더 참혹할 겁니다. 아각**이 우아하게 걸었더라도 여러 조각으로 찢겨 죽지 않았을까요? 머튼은 평생 우아하게 걸었지요. 빌어먹을! 너무 우아해서 걸을 수 없을 때까지 걸었죠. 하지만 그 케케묵은 성경책에 나오는 것처럼 신의

---

* 이스라엘 왕 아합의 아내로 바알 숭배를 장려하고 악행을 저질러 후에 살해당했다.

** 하느님의 백성인 이스라엘 민족들을 괴롭힌 아말렉의 왕으로 하느님께 심판받았다. 선지자 사무엘이 아각을 찢어 쪼개 아말렉에 대한 심판의 표증으로 삼았다.

화살이 탑 꼭대기에서 그를 찾아내어 쏘아 죽이고는 사람들의 구경거리로 만들어버렸죠."

"적어도 그 화살은 실재하는 물건이었습니다."

신부가 말했다.

"피라미드도 실재하는 거대한 물질이고 그곳에 죽은 왕을 묻었죠."

고글을 낀 남자가 히죽 웃었다.

"이런 옛날 물건과 관련된 종교적 이야기가 많은 걸로 알고 있습니다. 수천 년 동안 이어져 내려온 오래된 조각품은 신과 황제가 구부러진 활을 들고 있는 모양이죠. 돌로 된 활을 정말 구부리기라도 한 것처럼 말입니다. 실재하는 물건이라! 하지만 어떤 물건이지요? 가끔, 신이 암흑의 아폴로처럼 달려가 죽음의 검은 광선을 쏴버릴 거라는 직감이 들 때까지 오래된 동양의 물건들을 보며 서 있던 적은 없습니까?"

"만약 그랬다면, 전 그를 다른 이름으로 불렀을 겁니다. 하지만 머튼 씨가 어둠의 광선이나 돌로 된 화살 때문에 죽었다고는 생각지 않습니다."

"신부님은 그가 화살에 맞아 죽은 성 세바스찬*이라도 된다

---

* 세바스티아누스의 별칭. 3세기경 로마의 그리스도교 성인(聖人). 디오클레티아누스 황제의 총애를 받던 로마 근위장교로서, 몰래 그리스도교도가

고 생각하시는 것 같군요. 백만장자는 순교자여야만 하죠. 그가 그렇게 죽지 않았다는 걸 신부님이 어떻게 아시죠? 그 백만장자에 대해 잘 모르시지 않습니까? 글쎄요, 그는 백 번 죽어도 싼 인간이라고 말씀드리고 싶습니다."

"그럼 당신은 왜 그를 죽이지 않았죠?"

신부가 조용히 물었다.

"왜 죽이지 않았는지 알고 싶으신가요? 신부님은 정말 훌륭한 성직자이십니다."

"천만의 말씀입니다."

신부가 칭찬을 떨쳐버리려는 듯 말했다.

"제가 그를 죽였다는 말을 그런 식으로도 할 수 있군요. 그렇다면 증명해보시지요. 그는 없어도 손해날 것도 없는 사람입니다."

드래지가 으르렁거리듯 말했다.

"네, 맞습니다. 그를 잃는 게 당신에겐 오히려 손해일 뿐이죠. 그건 당신이 그를 죽이지 않은 이유이기도 하지요."

브라운 신부가 날카롭게 말을 받았다.

되어 형장으로 끌려가는 신자들을 격려하였기 때문에 그도 말뚝에 묶여 화살을 맞고 숨졌는데, 기적적으로 소생하여 다시 황제를 찾아가 그리스도의 복음을 전도하였으므로, 그 자리에서 타살되었다고 한다.

신부는 고글을 쓴 남자를 남겨둔 채 그곳을 떠났다.

세번째 백만장자가 다니엘 둠의 복수로 해를 입었던 그 저택에 브라운 신부가 모습을 드러낸 것은 거의 한 달 후였다. 이해관계가 있는 사람들을 모아놓고 일종의 회의가 열렸다. 크레이크 노인이 상석에 앉아 있었고, 웨인이 그의 오른쪽에, 변호사가 그의 왼쪽에 앉았다. 거구의 흑인 사나이도 육중하게 자리잡고 있었다. 그의 이름은 해리스로 지금까지는 유일하게 실질적인 증인이었다. 붉은 머리에 날카로운 코를 가진 사람은 자신을 딕슨이라 소개했는데, 핑커튼* 대표로 왔거나 그와 비슷한 사설 탐정인 것 같았다. 브라운 신부는 조용히 그 사람 옆의 빈 자리에 가서 앉았다.

전 세계의 모든 신문이 현대 사회를 지배한 재계 거물의 참사에 대한 기사로 지면을 장식했다. 하지만 그가 죽는 순간 그와 가장 가까이 있었던 측근으로부터는 알려진 정보가 없었다. 삼촌, 조카 및 동석했던 변호사 모두 경고음이 울리기 전에 담 밖에 나와 있었다고 공언했다. 양쪽 담장을 지키던 경호원들의 증언은 엇갈렸지만, 대체적으로 확실한 점이 있었다. 머튼 노인이 죽던 시간 전후로 낯선 사람 하나가 현관 주위를 배회하며 머튼

---

* 미국의 유명한 탐정회사.

을 만나게 해달라고 했다는 것이었다. 하인은 그가 무슨 말을 하는지 이해하기가 어려웠는데 사악한 사람은 하늘에서 온 말 한마디로 죽음을 당한다는 식의 이야기를 했다는 것이다.

웨인이 몸을 앞으로 내밀어 수척한 얼굴에 눈을 밝게 뜨고 말했다.

"아마 노먼 드래지일 겁니다. 제가 장담하죠."

"대체 노먼 드래지가 누구야?"

크레이크가 물었다.

"저도 알고 싶은 부분이에요. 제가 물어보았더니 그는 직선적인 질문을 비비꼬는 희한한 재주를 가졌더군요. 펜싱의 찌르기처럼 말이죠. 그는 미래의 날아다니는 배에 대한 이야기로 저를 현혹시켰지만 전 그를 별로 믿지 않지요."

"대체 뭘 하는 사람이냐?"

크레이크가 물었다.

"밀교 전도사지요."

브라운 신부가 악의 없이 재빨리 말했다.

"세상에는 이런 종류의 사람이 많이 있지요. 파리의 카페나 술집에서 이시스 강의 베일을 벗겨냈다거나 스톤헨지의 비밀을 알아냈다고 말하는 사람들이에요. 이런 사건에도 그들은 몇 가지 신비주의적인 설명을 들이대지요."

변호사인 버나드 블레이크는 부드럽고 검은 머리를 정중하게 말하는 사람 쪽으로 기울였지만 소리 없는 그의 웃음은 좀 냉담했다.

　"신부님이 그런 신비주의적인 설명을 하는 사람들에 대적할 것 같지는 않은데요."

　브라운 신부가 온화하게 그를 한번 쳐다보고는 말했다.

　"오히려, 그 부분이 제가 그들에 대격하는 이유지요. 가짜 변호사가 나에겐 겁을 줄 수 있지만, 당신이 변호사이기 때문에 당신에겐 겁을 줄 수 없는 것과 마찬가지입니다. 저야 아메리카 인디언처럼 옷을 입은 바보를 히아와사*라고 생각할 수도 있지만, 크레이크 씨라면 한눈에 알아볼 수 있을 겁니다. 사기꾼이 저에겐 비행기에 대해 모든 걸 아는 것처럼 꾸며댈 수 있지만, 웨인 씨에겐 그럴 수 없는 것과 같은 이치지요. 진짜 신비한 것은 정체를 감추지 않고 오히려 모두 드러내는 법이지요. 모든 걸 백일하에 드러내도 여전히 알 수 없는 부분이 남아 있으니까요. 하지만 밀교 전도사는 무언가를 어둠 속에 비밀로 숨깁니다. 하지만 그 비밀만 알아내면 아주 평범한 것이 되죠. 그런데 드래지 씨의 경우 하늘에서 떨어지는 불이라든가, 마른 하늘에 날벼락 같은 이야기를 할 때는 무언가 현실적인 생각이

---

* 지금의 뉴욕 주에 살던 북아메리카 인디언 오논다가 족의 유명한 추장.

있는 것 같았습니다."

"그의 생각이란 게 뭡니까?"

웨인이 물었다.

"그게 무엇이든, 지켜봐야 할 것 같습니다. 그러니까……."

신부가 천천히 대답했다.

"그는 우리가 살인을 기적으로 생각하기를 바라는 것 같습니다. 왜냐하면…… 음, 그는 기적이 아니라는 걸 알고 있기 때문이죠."

"아, 그게 제가 기다리던 대답이에요. 쉽게 말해서 그가 범인이란 얘기죠."

웨인이 쉬쉬하면서 말했다.

"쉽게 말하자면, 그는 이번 살인을 저지르지 않은 범인이란 얘기입니다."

브라운 신부가 조용히 말했다.

"그게 쉽게 말하시는 겁니까? 이번에는 제가 밀교 전도사라고 말씀하시려는 거군요."

블레이크가 정중하게 물었다.

브라운 신부는 좀 당황스러웠지만 크게 웃으면서 말했다.

"어쨌든 아주 우연한 사고였을 뿐이지요. 드래지 씨는 범행을 저지르지 않았어요. 그의 유일한 범행은 협박 편지를 보냈

122

다는 거죠. 그래서 이 근처를 배회한 것입니다. 하지만 그는 비밀이 모두에게 알려지는 것도, 죽음으로 인해 이 모든 일이 방해되는 것도 원치 않았던 것 같습니다. 그 사람에 대해서는 나중에 이야기하죠. 지금은 그가 그쪽으로는 결백하다는 것만 밝히고 싶습니다."

"어떤 쪽에서 결백하단 말입니까?"

블레이크가 물었다.

"진실된 쪽에서는 말입니다."

신부가 눈을 마주치고 차분하게 대답했다.

"그렇다면 신부님은 진실을 알고 계신다는 말씀이신가요?"

"그런 것 같습니다."

갑자기 침묵이 흘렀고, 잠시 후 크레이크가 귀에 거슬리는 목소리로 밑도 끝도 없는 소리를 했다.

"참, 월튼! 그 비서 녀석은 어디 있는 거야? 여기 오기로 되어 있는데."

"제가 월튼 씨와 이야기를 했습니다."

브라운 신부가 진지하게 말했다.

"실은 몇 분 후에 전화를 걸어달라고 부탁했지요. 저는 대화를 통해 모두 함께 이 사건을 해결해야 한다고 말하고 싶습니다."

"함께 사건을 해결한다니, 잘 될 것 같군요. 그는 항상 경찰 견처럼 사라진 악당의 뒤를 쫓는 걸로 아는데, 그럼 이제 한 쌍의 추적조가 되겠군요. 그런데 신부님이 이 사건의 진실을 알고 있다면 어떻게 그 악당을 찾아낸 거죠?"

크레이크가 못마땅한 듯 투덜거렸다.

"바로 당신입니다."

신부는 조용히 대답하고 자신을 쏘아보는 노인을 부드럽게 쳐다보았다.

"그러니까 칼을 던져 요새 꼭대기에 있는 사람을 맞힌 인디언에 대한 당신의 이야기를 들었을 때 처음으로 실마리를 얻은 셈입니다."

"그 이야기를 몇 번이나 하셨잖아요."

웨인이 당황한 기색을 보이며 말했다.

"하지만 전 살인자가 화살을 던져 요새 같은 저택의 꼭대기에 있는 사람을 맞혔을 거라는 것말고는 별다른 추측을 할 수가 없었습니다. 물론 화살은 던진 게 아니라 쏘았을 테고, 그러면 훨씬 더 멀리 날아가기는 하겠지요. 하지만 신기할 정도로 멀리 날아간 건 분명합니다. 그런데 어떻게 그렇게 멀리까지 날아갈 수 있는지는 저도 잘 모르겠습니다.

이야기의 핵심을 벗어났네요. 하나가 멀리 갈 수 있으면 다른 하나도 멀리 갈 수 있다는 게 그야말로 양날의 검인 셈이지요. 크레이크 씨의 요새에 있던 사람들은 칼을 일대일 격투에만 사용하는 물건이라고 생각했고, 투창처럼 던질 수 있다고는 생각하지 못했죠. 제가 아는 다른 사람들은 투창처럼 던지는 물건을 일대일 격투에서 창처럼 사용할 수 있다는 걸 몰랐죠. 다시 말해서, 그 이야기에서 시사하는 교훈이란 것은 단검이 화살로 바뀔 수 있기 때문에 화살도 단검으로 바뀔 수 있다는 것이었습니다."

사람들 모두 신부를 쳐다보았지만, 신부는 의식하지 않고 격식 없는 어조로 말을 이었다.

"너무나 당연하게도 저흰 창을 통해 화살을 쏜 사람이 누군지, 얼마나 멀리에서 화살이 날아왔는지 등에 대해서만 의심하고 고민했습니다. 그러나 실제로 화살을 쏜 사람은 없습니다. 물론 창을 통해 들어온 것도 아니지요."

"그럼, 어떻게 화살이 현장에 있게 된 겁니까?"

가무잡잡한 피부의 변호사가 인상을 찌푸리며 물었다.

"누군가가 방으로 가지고 들어간 거지요. 화살을 숨겨서 가지고 들어가는 게 어렵지는 않았을 테구요. 방에서 머튼 씨와 함께 있을 때 누군가의 손에 화살이 들려 있었을 겁니다. 그리고 그자는 단검처럼 머튼 씨의 목에 화살을 찔러 넣었고, 아주 영리하게도 모든 걸 정확한 위치와 각도에 맞게 배치하여 새처럼 순식간에 창을 통해 날아들어온 걸로 가장한 것이지요. 우리 모두가 속을 수 있도록 말입니다."

"누군가라······."

크레이크가 돌처럼 무거운 목소리로 말했다.

그때 전화벨이 귀에 거슬릴 정도로 무시무시하게 시끄러운 소리를 내며 울렸다. 옆방에서 나는 소리였다. 다른 사람이 움직이기도 전에 브라운 신부가 재빨리 달려갔다.

"맙소사, 도대체 이게 무슨 소리지?"

웨인이 소리쳤다. 그는 매우 동요하여 심란해 보였다.

"신부님께서 월튼이 전화를 하기로 되어 있다고 하셨잖니?"

그의 삼촌도 똑같이 심란한 목소리로 대답했다.

"월튼일까요?"

변호사가 침묵을 깨뜨리려는 듯 말했다. 하지만 아무도 대답하지 않았다.

브라운 신부가 조용히 방으로 들어와 대답했다.

"여러분!"

신부가 다시 자리에 앉으며 말했다.

"이 수수께끼 같은 사건에 대한 진실을 조사해달라고 제게 부탁하신 분들은 바로 여러분입니다. 이제 진실을 알게 되었으니 모든 걸 말씀드리겠습니다. 충격을 우려하여 덧붙이거나 빼지 않고 사실대로 말씀드리겠습니다. 이런 사건을 꼬치꼬치 캐내자니, 도저히 남의 형편을 봐줄 여유가 안 되어서요."

"그 말은, 우리 중 누군가가 기소되거나 용의자로 지목된다는 뜻이오?"

이어지는 침묵을 깨고 크레이크가 말했다.

"우리 모두가 용의자지요. 저도 시체를 발견했으니 용의자지요."

브라운 신부가 대답했다.

"당연히 저희는 용의자로 주목받고 있습니다. 신부님께서는 제가 비행기를 타고 어떻게 탑 근처로 접근할 수 있는지에 대해서도 친절하게 설명해주셨답니다."

웨인이 말을 끊었다.

"아닙니다. 설명을 한 건 바로 당신이지요. 하지만 그건 그냥 흥미로운 부분이었습니다."

"그렇다면 아메리카 인디언의 화살로 내가 그를 죽였다고 생각하는 게로군요."

크레이크가 으르렁댔다.

"그건 가장 그럴 듯하지 않은 이야기라고 생각했습니다."

브라운 신부가 얼굴을 찡그리며 말했다.

"제가 잘못한 부분이 있다면 너그럽게들 용서해주십시오. 하지만 여러분을 테스트할 수 있는 다른 방법이 생각나지 않았습니다. 연세도 있으시고, 존경받을 만한 분이 더 간단하고 쉬운 수십 가지 방법을 마다하고 숲 뒤에서 아메리카 인디언처럼 활과 화살을 사용하여 사람을 죽였을 거라는 발상은 살인이 일어난 시각에 웨인이 커다란 비행기를 타고 아무도 눈치 못채게 창 옆을 지나갔을 거라는 생각보다 더 말이 안 되지요. 하지만 모든 분들이 사건과 어떤 연관이 있는지는 알아내야 했습니다. 그래서 여러분들의 결백을 증명하기 위해 범인으로 가정했던 것입니다."

"그래서 결백하다는 걸 어떻게 알아내셨지요?"

블레이크 변호사가 앞으로 기대며 열성적으로 물었다.

"범인으로 지목되었을 때 흥분하는 걸 보고 알았습니다."

"정확하게 무슨 의미인지요?"

"궁금하다면 말씀드리죠. 당연하게도 전 모든 사람을 용의자로 가정하는 게 제 임무라고 생각했습니다. 크레이크 씨와 웨인을 용의자로 지목하고 이분들의 범행 가능성에 대해 생각했습니다. 이분들께는 제가 이미 결론을 내렸다고 말씀드렸지요. 이제 그 결론이 무엇인지 말씀드려야겠군요. 전 두 분이 무의식적으로 화를 내는 순간에 그 모습을 보고 결백하다는 사실을 확신했습니다. 두 분은 자신이 범인으로 지목될 거라는 생각을 전혀 하지 못했기 때문에 범행을 뒷받침할 만한 근거가 되는 이야기를 해주신 겁니다. 실질적으로 자신이 범행을 저지를 수 있는 가능성에 대해 저에게 설명하신 거죠. 그런 다음 갑자기 자신이 범인으로 지목되었다는 걸 깨닫고는 놀라서 분노하게 된 겁니다. 자신이 범인으로 지목되었다는 걸 예상할 수 있는 시점보다도 더 한참 후에, 그러나 제가 두 분을 범인으로 지목하기 훨씬 전에 깨달았던 겁니다. 죄가 없는 사람만이 그럴 수 있습니다. 처음에는 성급하고 수상한 태도를 보일 수 있는 거지요. 아니면 끝까지 무의식적이고 순진한 태도를 가장할 수도 있구요. 하지만 자신에게 불리한 상황을 만들어놓고 나중에 펄쩍 뛰면서 자기 스스로가 제시한 생각을 격렬하게 부인한 겁니다. 그런 행동은 자신이 제시한 내용을 미처 깨닫지 못했다는 증거가 됩니다. 살인자의 자의식은 항상 과민하게 바짝 서 있어서 처음부터 사건과의 연관성을 잊는 법이 없고, 급기야는 부인하기 위해 모든 일을 기억하게 되죠. 그래서 저는 이 두 분을 제외했습니다. 다른 분들도 다른 여러 이유에서 제외시켰지만, 지금 말씀드릴 필요는 없을 것 같습니다. 예를 들면, 비서가 있을 수⋯⋯.

하지만 지금 말씀드리지는 않겠습니다. 자, 방금 월튼 씨와 통화를 했습니다. 그 청년이 다소 좀 심각한 소식을 전해줘도 좋다고 허락했습니다. 여러분 모두 월튼이 누구이고, 어떤 사람을 쫓고 있었는지는 지금까지 알고 계셨겠지요."

"그 사람은 다니엘 둠을 쫓고 있었고 그를 찾을 때까지는 행복할 수 없는 걸로 압니다. 또한 그는 홀더 노인의 아들이고 그 때문에 피의 복수를 하려 한다는 얘기도 들었습니다. 아무튼 그는 둠이라는 자를 찾고 있는 게 분명합니다."

웨인이 대답했다.

"네, 맞습니다. 그런데 그는 그자를 찾아냈습니다."

웨인이 흥분해서 벌떡 일어섰다.

"그 살인자! 벌써 살인자를 잡아서 감옥에 처넣었단 말씀이신가요?"

"아닙니다."

신부가 진지하게 말했다.

"좀 전에 중요한 사실이라고 말씀드렸습니다만, 실제로 훨씬 더 심각한 것 같습니다. 가엾은 월튼 씨가 엄청난 책임을 지게 될까 걱정되는군요. 그 무서운 책임을 저희에게 돌릴까도 걱정 되고요. 그가 범인을 추적하여 구석으로 꼼짝 못하게 몰아넣을 때…… 스스로 법을 어기게 된 겁니다."

"그러면, 다니엘 둠이……."

130

변호사가 말을 꺼냈다.

"다니엘 둠이 죽은 거지요. 격렬한 싸움이 있었고 월튼 씨가 그를 죽였습니다."

"그 사람, 그럴 만하지."

크레이크가 으르렁거리듯 말했다.

"그런 악당을 때려눕혔다고 해도 월튼 씨를 욕할 수 없습니다. 특히, 아버지의 원수라는 점을 생각하면, 독사 한 마리를 밟아 죽인 거나 다름 없습니다."

웨인이 동의했다.

"전 동의할 수 없습니다."

신부는 말을 이었다.

"모두들 무작정 개인적으로 복수하는 거나 법을 어기는 것을 옹호하며 너무 감상적으로 생각하시는 것 같습니다. 하지만 법과 자유를 잃는다면 곧 후회하게 될 거라 생각합니다. 게다가 둠이 범행을 저지를 만한 근거가 있는지 확인하지도 않고 월튼 씨가 살인을 저지를 법하다고 말하는 것은 불합리해 보입니다. 저라면 둠이 야비한 살인자에 불과했는지 의심했을 겁니다. 그는 그 성배에 광적으로 열중하여 법을 어긴 것일 수도 있습니다. 성배를 위협하여 빼앗으려다 싸움이 나서 죽인 것일 수도 있다는 겁니다. 두 피해자 모두 집 근처에 쓰러져 있었습니다.

윌튼 씨 방식에 이의를 제기하는 이유는 저희가 둠의 입장을 들어보지 못했기 때문입니다."

"이런, 전 보잘것없는 살인마에 대해 감상적으로 죄를 면해 주려는 눈속임 따위는 더이상 참고 들어줄 수 없네요. 윌튼 씨가 범인을 죽였다면 기꺼이 원하던 일을 한 거고 그걸로 끝이라고 생각합니다."

웨인이 흥분해서 말했다.

"그럼, 그렇고말고."

그의 삼촌이 힘 있게 고개를 끄덕이며 말했다.

주변 사람들의 얼굴을 천천히 둘러보던 브라운 신부의 얼굴은 엄숙해졌다.

"정말 여러분 모두 그렇게 생각하십니까?"

신부는 자신이 영국인이고 여행중이라는 사실을 깨달았다. 그는 모두가 친구이긴 하지만 또한 타국인이기도 하다는 걸 깨달았다. 이 타국 사람들에게는 신부의 고향 사람들과는 다른 불같은 열정이 활활 타오르고 있었다. 반역과 살인을 용인할 수 있는 서방 국민의 호전적인 정신과 무엇보다도 함께 뭉칠 수 있는 정신이 흐르고 있었던 것이다. 이미 그들은 모두 결속되어 있다는 사실을 깨달은 것이다.

브라운 신부가 한숨을 쉬며 말했다.

"네. 잘 알겠습니다. 그렇다면, 여러분 모두 이 불행한 사람의 범행을 용서한다는 의미로 이해하면 되겠군요. 그걸 개인적 심판이라 하든 다른 뭐라 부르든 말입니다. 그렇다면 제가 좀 더 말씀드려도 그에게 크게 해가 되지는 않겠군요."

말을 마친 신부는 벌떡 일어섰고, 다른 사람들은 별 뜻 없이 그의 행동을 지켜보았다. 그의 행동은 어떻게든 방 안의 분위기를 바꾸거나 식혀보려는 것 같았다.

"월튼 씨는 좀 색다른 방법으로 둠을 죽였습니다."

"어떻게 죽였는데요?"

크레이크가 무뚝뚝하게 물었다.

"화살로 죽였습니다."

브라운 신부가 대답했다.

해 질 무렵의 황혼이 긴 방 안으로 몰려들었고, 백만장자가 살해된 내실의 커다란 창을 통해 스머드는 햇빛은 점점 약해졌다. 자연히 모든 사람의 눈이 천천히 창을 향했지만 적막만이 감돌 뿐이었다. 그때, 크레이크의 목소리가 노쇠한 노인네 목소리처럼 높고 날카롭게 갈라져서 꺽꺽거리는 소리를 냈다.

"대체 무슨 말이오? 그게 무슨 말이냐구? 머튼도 화살에 찔려 죽고, 그 악당도 화살에 찔려 죽었다니……."

"같은 화살로요, 같은 시간에 말입니다."

신부가 말했다.

또다시 억눌려 질식할 듯한 침묵이 갑자기 감돌았다. 이때, 젊은 웨인이 말문을 열었다.

"그럼⋯⋯."

"여러분의 친구인 머튼 씨가 다니엘 둠이었단 말이 됩니다."

브라운 신부가 단호하게 말했다.

"지금까지 찾고 있었던 바로 그 다니엘 둠이지요. 여러분의 친구인 머튼 씨는 자신이 매일 우상처럼 숭배했던 그 콥트 족의 잔에 항상 미쳐 있었습니다. 무모한 젊은 시절에 그 잔을 손에 넣으려고 두 사람을 죽였던 거지요. 제 생각엔 둘 다 물건을 훔치려다 발생한 우발적인 사건이었던 것 같기는 합니다. 어쨌든 그는 잔을 손에 넣었지요. 드래라는 사람은 그 사실을 알고 그에게 협박 편지를 보낸 겁니다. 하지만 윌튼 씨는 전혀 다른 목적으로 그를 추적하고 있었는데, 이 집에 들어와서야 그 사실을 알게 된 것 같습니다. 어쨌든 그의 추적이 마무리된 건 이 방에서였고, 아버지의 살인범을 살해한 것입니다."

오랫동안 아무도 대답하지 못했다. 크레이크가 손가락으로 탁자 위를 두드리며 중얼거리는 소리가 들렸다.

"머튼은 미친 게야. 미친 게 틀림 없어."

"하지만, 어떻게! 이제 저흰 뭘 해야 하지요? 무슨 말을 해야 하나요? 이런, 모든 게 너무나 달라졌어요. 기자들이며 재계 거물 인사들은 어떻게 하구요? 브랜더 머튼은 대통령이나 로마 교황 같은 인물이란 말입니다."

웨인이 소리쳤다.

"분명히 다른 문제입니다. 이런 차이점은 모두……"

변호사 블레이크가 낮은 목소리로 말문을 열었다.

브라운 신부가 탁자를 치자 유리잔에서 소리가 울렸다. 사람들은 여전히 방 뒤쪽에 놓여 있던 신비한 성배에서 영혼의 울림이 들린다고 생각할 뻔했다.

"아닙니다!"

브라운 신부가 총성 같은 목소리로 외쳤다.

"달라질 건 없습니다. 그가 평범한 범죄자라고 생각하고 있을 때 그 불쌍한 악마를 동정할 기회를 이미 줬지요. 그때 모두 제 말을 듣지 않았고, 사적인 복수라고만 생각했습니다. 여러분 모두 그의 입장을 들어보거나 공개 심판을 할 필요도 없이 난폭한 짐승처럼 처형하는 데 찬성했고, 처벌받는 게 마땅하다고 했습니다. 다니엘 둠이 응분의 벌을 받아야 한다면 브랜더 머튼도 응분의 대가를 치러야 합니다. 제멋대로 정의를 수행하거나 어리석은 법에 기대거나 둘 중 하나이지요. 하지만 전능한 주님의 이름 앞에선 무법이나 합법도 모두 평등한 거지요."

변호사를 제외하고는 아무도 대답하지 않았다. 변호사는 호통치듯 대답했다.

"우리가 범죄를 용서하겠다고 말하면 경찰에선 뭐라고 할까요?"

"당신이 범죄를 묵과했다고 경찰에 말하면 뭐라고 할까요? 블레이크 씨, 법을 중시하는 태도를 보이기엔 너무 늦은 것 같군요."

잠시 후 신부는 한결 부드러워진 어조로 말을 이었다.

"전 관계 당국에서 질문을 하면 사실을 말할 준비가 되어 있습니다. 여러분들도 원하는 대로 하십시오. 하지만 실제로 아주 작은 차이가 있을 겁니다. 윌튼 씨와 나눈 좀전의 전화 통화에서 그는 이 사실을 여러분에게 말씀드려도 좋다고 했습니다. 여러분이 그의 자백을 들었기 때문에 그는 추적을 벗어날 겁니다."

브라운 신부는 내실 안으로 천천히 걸어 들어가 백만장자가 살해된 지점에 놓여 있던 작은 탁자 옆에 섰다. 콥트 족의 잔도 같은 위치에 놓여 있었다. 신부는 조금 떨어진 곳에서 무지개색으로 빛나는 성배를 바라보았다. 그 성배 뒤로 하늘의 푸른 심연이 보였다.

개의 계시

개는 바닷가에서 돌아와 저희 앞에 서서 갑자기

머리를 치켜들더니 슬프고 청승맞게 울어댔어요.

세상에 그런 울음은 처음 들어봤어요.

대체 개가 왜 그러냐고 허버트가 물었지만

아무도 대답할 수 없었죠.

"그럼! 철자를 반대로 쓰지만 않는다면 나야 늘 개를 좋아하지."

브라운 신부가 말했다.

말을 잘하는 사람이 항상 남의 말을 잘 이해하는 것은 아니다. 때로는 영특한 사람이 어리석은 짓을 하기도 한다. 브라운 신부의 친구이자 조력자인 파인즈는 머릿속이 아이디어와 이야깃거리로 넘쳐나는 정열적인 젊은이였다. 그의 파란 눈은 의욕에 넘치며, 뒤로 넘긴 금발은 빗으로 애써 넘긴 것이 아니라 세상 일에 분주히 돌아다니다보니 바람결에 자연스럽게 만들어진 것이었다. 그는 신부가 한 말의 의미를 생각해보며 물었다.

"사람들이 개를 너무나 높게 쳐준다는 말씀이신가요? 전 잘 모르겠어요. 하지만 개는 정말 놀라운 창조물이에요. 때론 개가 사람보다 더 많은 것을 알고 있는 것 같아요."

브라운 신부는 아무 말 없이 정신이 반쯤 나간 사람처럼 멍하니 부드러운 손길로 큰 사냥개의 머리를 계속 쓰다듬고 있었다.

"저……."

파인즈가 얘기를 시작하려고 잠깐 헛기침을 했다.

"지금 신부님과 상의하려는 사건에도 개가 한 마리 등장합니다. 사람들은 이 사건을 두고 '투명인간 살해사건'이라고 부릅니다. 이 사건에서 가장 이상한 점이 바로 그 개인 것 같아요. 물론 사건 자체도 미스터리지만, 여름 별장에 혼자 있던 드루스 노인이 도대체 어떻게 살해된 것인지……."

"오, 여름 별장이라고 했나?"

브라운 신부는 리듬을 타며 개를 쓰다듬던 손길을 잠시 멈추고 조용히 말했다.

"신문에서 이 사건을 읽으신 줄 알았는데요. 잠시만요, 신문 기사를 가져왔는데 한번 보세요. 사건을 이해하는 데 도움이 되실 겁니다."

파인즈는 주머니에서 신문 기사 조각을 꺼내 신부에게 건네

주었다. 브라운 신부는 한 손으로 신문 조각을 받아 가물거리는 눈앞에 들이대고 읽어내려갔다. 그리고 다른 한 손으로는 반쯤 무의식적으로 개를 쓰다듬었다. 마치 왼손이 하는 일을 오른손이 모르게 하려는 듯한 모습이었다.

요크셔 해안의 클라스턴 지방에서 발생한 불가사의한 사건을 조사하는 과정에서, 문과 창문이 잠겨 있는 밀실에서 살해된 사람과 출입구가 없는 상태에서 도주한 범인에 대해 떠돌던 숱한 소문들이 사실로 드러났다. 단도에 찔려 살해된 사체는 드루스 대령으로 밝혀졌고 범행에 사용된 단도는 범행 현장 및 인근 지역에서 발견되지 않았다.

드루스 대령이 살해된 여름 별장에는 출입구가 한 군데밖에 없으며, 현관에서는 별장 앞에 있는 정원의 중앙 산책로가 훤히 내려다보인다. 여러 정황을 살펴본 결과, 우연하게 일치하는 점이 있었다. 우선, 살해사건이 발생한 시간에 여러 사람이 정원 길과 입구를 지켜보고 있었고, 각 증인들은 서로서로 알리바이를 입증해주었다. 여름 별장은 정원 맨 끝에 자리잡고 있으며, 별도의 출입구라고 할 만한 것이 없다. 중앙 정원 양 옆에는 키 큰 제비고깔이 두 줄로 늘어서 있다. 제비고깔은 빽빽하게 들어차 있어 그 사이를 비집고 드나들 경우 흔적이 선명히 남게 된다. 또한 양 옆에 늘어선 나무가 별장에서 입구까지 일직선으로 곧게 뻗어 있어서 다른 곳으로 들어오는 길은 없다.

피살자의 비서인 패트릭 플로이드는 드루스 대령이 생전에 마지막으로 현관에 모습을 나타낸 시간부터 사체로 발견된 시간까지 정원 전체가 내려다보이는 장소에 있었다고 증언했다. 플로이드는 사다리에 올라가서 정원의 생울타리를 깎아 다듬고 있었다. 피살자의 딸 자넷 드루스가 이 시간에 별장 테라스에 앉아 있었는데, 이때 플로이드가 일하는 모습을 봤다고 증언해주었다. 자넷의 오빠 도널드 드루스도 이 사실을 일부 확인해주었다. 도널드는 늦게 일어나 가운을 입고 침실 창에 앉아 정원을 내려다보고 있었다. 마지막으로, 이 증언은 테라스에서 드루스 양과 담소를 나누러 잠시 들른 이웃에 사는 의사 발렌타인과 대령의 변호사인 오브리 트레일 씨의 증언과도 일치한다. 트레일 씨는 살인자를 제외하고는 피살자의 생전 모습을 마지막으로 본 사람이다.

사건 조사 과정에서 다음과 같은 사실을 알 수 있었다. 오후 3시 30분경, 드루스 양은 부친에게 차를 드리기 위해 정원 아래로 내려갔다. 드루스 대령은 차를 거절하면서 변호사 트레일 씨를 기다리고 있다고 말했다. 드루스 양은 돌아오는 길에 트레일 씨를 만났고 부친이 계신 곳을 알려주었다. 트레일 씨는 드루스 양이 알려준 대로 드루스 대령을 찾아갔다. 그리고 30분쯤 후에 트레일 씨와 대령이 함께 나왔는데 이때만 해도 대령은 건강하고 기분이 좋은 모습이었다. 사실 드루스 대령은 아들의 불규칙적인 생활 때문에 화가 나 있었지만 다시 기분이 좋아졌고 평상심을 되찾은 모습이었다. 그리고 이날 방문한 두 조카를 맞이할 때는 한결 더 온화해진 모습이었다. 비극적인 사건이 발생한 시간에 두 조카는 산책 중이었기 때문에 이들도 별다른 증거를 제시해주지는 못했다. 발렌타인은 대령과 썩 좋은 관계가 아니어서, 드루스 양과 짧게 몇 마디 나눈 뒤 헤어졌다. 사람들은 의사가 드루스 양에게 관심을 보이고 있다고 한다.

변호사 트레일 씨는 여름 별장에 대령을 남겨둔 채 떠났고, 이 사실은 정원을 내려다보고 있던 플로이드 씨가 확인해주었다. 그러고 나서 그 유일한 출입구를 지난 사람은 아무도 없었다고 말했다. 10분 후, 드루스 양이 다시 정원에 내려갔다가 바닥에 쓰러져 있는 부친을 발견했는데, 그 자리에 굳어 선 채 다가가지도 못했다. 부친은 흰색 리넨 코트를 입고 있어서 눈에 잘 띄었다. 그녀의 비명 소리에 놀란 집 안 사람들이 달려왔다. 그들은 팔걸이 의자 옆에 죽은 채 누워 있는 대령을 발견하고 모두 경악을 금치 못했다. 발렌타인은 핏자국을 살펴보고는 견갑골 아래에서 심장 쪽으로 짧은 단도 같은 것에 찔렸을 것이라고 증언했다. 경찰은 주변에서 범행 도구를 찾아보았지만 그 흔적조차도 찾을 수 없었다.

"드루스 대령이 흰색 코트를 입고 있었군?"
브라운 신부가 신문을 내려놓으며 말했다.
"열대 지방에서 터득한 방법이죠."
파인즈가 좀 의아스럽다는 듯이 대답했다.
"드루스 씨 설명에 따르면 그곳에서 좀 특별한 여행을 한 것 같습니다. 제 생각엔 발렌타인 씨를 싫어하는 것도 그가 열대 지방에서 온 의사라는 사실과 관련 있는 것 같구요. 사체가 발견되었을 때 전 그 자리에 없었어요. 그 시간 저는 젊은 조카들과, 이제부터 말씀드리려 했던 바로 그 개와 함께 산책을 하고 있었죠. 하지만 현장을 보긴 했어요. 양쪽에 파란 꽃이 늘어선 정원 길이 어두운 입구까지 곧게 뻗어 있고, 이 길을 내려온 변호사는 검정색 실크 모자를 쓰고 있었으며, 생울타리를 깎고 있는 비서의 빨간 머리가 높은 녹색 생울타리 위로 보였어요. 어느 누구라도 멀리서 그 빨간 머리는 알아볼 수 있었을 겁니다. 만약 누군가가 그를 봤다고 말하면 그건 틀림없는 사실일 겁니다. 빨간 머리의 비서 플로이드는 성격이 만만치 않아 아랫사람들을 쉴새없이 들볶고, 정원사 일까지 대신 하고 있는 것에서 알 수 있듯이 항상 모든 사람의 일을 도맡아 합니다. 제 생각에 그는 미국인인 것 같아요. 확실하게 미국인다운 생활관, 소위 관점이란 걸 가지고 있어요."

"변호사는 어떤 사람인가?"

브라운 신부가 물었다.

"트레일 씨는 비범한 사람 같더군요. 근사한 검정색 옷을 입고 한껏 멋을 부렸지만 유행을 따르는 것 같지는 않았어요. 빅토리아풍의 길고 무성한 검은 구레나룻을 길렀고, 말끔하고 엄숙한 외모와 매너를 갖추고 항상 미소를 잊지 않았어요. 하얀 이를 드러낼 때는 권위가 좀 떨어지는 느낌이 들기도 하더군요. 사실 그에겐 뭔가 석연치 않은 구석이 있긴 했어요. 변호사는 한때 자신처럼 멋지고 범상치 않았을 것 같은 넥타이와 넥타이핀을 계속 만지작거렸는데, 아마도 변호사가 유일하게 당황했던 게 그때가 아니었나 싶습니다. 모든 사람을 범인 선상에 올려놓고 볼 때 범인이 오리무중이긴 하지만 그나마 좋은 소식이 있긴 합니다…… 뭔지 아세요? 누가 살해했고, 어떻게 살해했는지는 아무도 모르지만, 적어도 제가 생각하기엔 한 가지 예외가 있지요. 그게 제가 바로 신부님께 이 모든 사건을 말씀드리고 있는 이유이기도 합니다. 그건 바로 그 개가 사건의 전말을 알고 있다는 사실입니다."

브라운 신부는 한숨을 쉬고 멍하니 말했다.

"자네는 도널드 친구로 거기에 갔었다면서? 근데 그 친구와 함께 산책하지 않았군?"

"안 했죠."

파인즈가 웃으며 대답했다.

"네, 젊은 망나니는 그날 아침에 잠들어 오후에나 일어났습니다. 전 도널드의 사촌들과 함께 산책을 하며 일상적인 얘기를 했죠. 사촌들은 인도 출신의 공무원입니다. 둘 중 형은 허버트 드루스로, 말 사육의 권위자이고, 줄곧 자신이 구입한 암말과 그 암말을 팔았던 사람의 도덕성에 대해서만 얘기했어요. 그에 반해 동생 해리는 몬테카를로*에서 있었던 자신의 불행에 대해 고민하는 것 같아 보였습니다. 산책하면서 일어난 일에 대해서라면 별로 신비한 일은 없었다고 말씀드릴 수밖에 없네요. 동행했던 개가 유일하게 신비로운 대상이었죠."

"어떤 종류의 개였나?"

"지금 신부님께서 쓰다듬고 계시는 개와 같은 종이에요. 그

_____
* 몬테카를로는 도박장으로 유명하다.

래서 이 사건을 말씀드리게 된 겁니다. 개에 대한 믿음을 불신한다고 하셨죠. 그 개는 '밤의 여신' 녹스라는 커다란 검정색 사냥개였어요. 뭔가를 암시하는 듯한 이름이죠. 저에겐 그 개가 살인자보다 더 수수께끼로 보였거든요. 드루스 씨의 저택과 정원이 바다에 바로 인접해 있다는 건 아실 겁니다. 저희는 백사장을 따라 이 킬로미터 정도 걸었다가 되돌아오고 있었죠. 돌아오는 길에 '운명의 바위'라는 이상하게 생긴 바위를 지나쳤어요. 하나의 돌이 다른 돌 위에 간신히 균형을 잡고 있어 건드리기만 하면 바로 무너져내릴 것 같았는데, 인근에선 꽤나 유명한 바위인 것 같았어요. 아주 큰 바위는 아니었지만, 제 눈엔 좀 황량하고 불길하게 보였어요. 동행했던 두 젊은이는 그 그림 같은 바위에 대해 신경도 안 쓰더군요. 하지만 저는 바위를 본 순간부터 이상한 느낌을 받았어요. 그때 마침 차 마시러 돌아갈 시간이 아닌지 궁금해져서 시간을 물어봤죠. 지금 생각해보면, 그때 이미 시간이 이 사건에 있어서 엄청나게 중요해질 거라는 예감이 들었나 봅니다. 허버트 드루스나 저는 시계가 없어서 뒤처져 따라오고 있던 그의 동생에게 시간을 물었습니다. 그는 담뱃불을 붙이려고 생울타리 근처에 잠깐 멈춰 서 있었거든요. 해질녘이었는데 그가 큰 소리로 네시 이십분이라고 알려줬어요. 그런데 그 소리가 엄청난 선언이라도 하듯 꽝

장히 컸어요. 아마도 무의식적으로 그렇게 크게 소리친 것이겠죠. 하지만 일에는 항상 어떤 징조가 보이게 마련이죠. 그날 오후는 시계가 똑딱거리는 소리가 유난히 불길했습니다. 의사 발렌타인의 말에 따르면 불운한 드루스 씨가 실제 살해된 시간이 네시 삼십분경이라고 하더군요.

그들이 십 분 정도 후에 별장으로 돌아가는 것이 좋겠다고 말해 백사장을 따라 좀더 멀리 걸었습니다. 특별한 일은 없었고, 그저 돌이나 막대기를 바다에 던져 개가 물어오도록 하는 장난을 쳤어요. 그런데 이상하게도 해질녘이 불길하게 느껴졌고, '운명의 바위' 윗부분에 있던 돌의 그림자가 무시무시하게 느껴졌죠. 그리고 이내 의심스런 일이 벌어진 거죠. 녹스가 바다에 던진 허버트의 지팡이를 물어오자 그의 동생이 다시 자신의 지팡이를 바다에 던졌습니다. 개가 다시 그걸 물어오려고 달려가다가 갑자기 멈췄는데 그때가 바로 삼십분쯤 됐을 거예요. 개는 바닷가에서 돌아와 저희 앞에 서서 갑자기 머리를 치켜들더니 슬프고 청승맞게 울어댔어요. 세상에 그런 울음은 처음 들어봤어요.

대체 개가 왜 그러냐고 허버트가 물었지만 아무도 대답할 수 없었죠. 개가 울부짖고 난 뒤 다시 적막해진 해안에 오랜 침묵이 흘렀어요. 이 침묵은 생울타리 안에서 희미하게 들려오는 여자 비명 소리로 깨졌어요. 그때 저흰 그 소리의 정체를 몰랐지만 나중에 그것이 부친의 사체를 처음 발견한 딸의 울부짖음이었다는 것을 알게 되었어요."

"그래서 무슨 일인지 확인하러 돌아갔겠군."

브라운 신부가 침착하게 말했다.

"그 뒤에 무슨 일이 일어났는지 말씀드릴게요."

파인즈가 매우 진지하게 말했다.

"정원에 돌아갔을 때 처음 마주친 사람이 변호사 트레일 씨였어요. 석양이 지고 있고 멀리로 '운명의 바위'의 기묘한 윤곽이 보이는 여름 별장 아래로 뻗은 파란 꽃들을 배경삼은 그의 검정 모자와 검은 구레나룻은 그렇게 눈에 거슬리지 않았지요. 석양의 그림자가 짙게 드리웠지만 그가 웃는 모습은 볼 수 있었어요. 분명 그는 하얀 이를 드러내고 웃고 있었어요.

그 순간 녹스가 변호사를 보았고, 바로 달려가 길 가운데 서더니 증오에 찬 저주를 뱉어내듯 그를 향해 미친 듯이 짖어댔어요. 그러자 트레일 씨는 놀라서 몸을 굽히고 꽃나무 사이길을 따라 달아나더군요."

"그 개가 그자의 잘못을 폭로한 게로군."

브라운 신부가 성급히 조바심치며 벌떡 일어났다.

"개의 계시로 그자가 범인임이 드러나는 순간이었군. 자네

그때 날고 있던 새들을 보았나? 오른쪽에 있었나, 아님 왼쪽에 있었나? 점쟁이에게 피살자에 대해 물어봤나? 물론 그 개의 배를 열고 내장을 확인하는 것도 잊지 않았겠지. 이것이 자네와 같은 이교도적인 인도주의자들이 사람의 생명과 명예를 없애려고 할 때 믿는, 소위 과학적인 테스트 방법 아닌가?"

파인즈는 눈을 크게 뜨고 앉아 잠시 한숨을 쉰 후 말했다.

"도대체 왜, 도대체 신부님은 왜 그러십니까? 지금까지 제가 뭘 하고 있었던 거죠?"

신부의 눈에 근심이 서렸다. 그것은 어둠 속에서 기둥에 부딪히고 나서 오히려 기둥이 다치지 않았나 걱정하는 그런 사람의 근심이었다.

"정말 미안하네. 무례했다면 미안하네. 날 용서하게나."

신부는 진심으로 사과했다.

파인즈는 낯선 사람을 쳐다보듯 그를 쳐다봤다.

"가끔 전 신부님이 가장 수수께끼 같다는 생각이 들어요. 어쨌든 개의 수수께끼에 대해서 믿지 않는다면 사람의 수수께끼에 대해서도 이해할 수 없을 겁니다. 그 개가 바다에서 나와 울부짖던 순간이 바로 개 주인의 영혼이, 인간은 절대 알 수 없는 보이지 않는 힘에 의해 육체에서 빠져나간 순간이라는 사실만은 부인할 수 없으니까요. 물론 제가 그 개에 대해서만 집착하는 것은 아니에요. 다른 의문점도 있어요. 변호사는 부드럽게 미소를 띠고 있었지만 정체가 의심스럽거든요. 뭔가 위장된 모습이 사건의 실마리가 될 것도 같아요. 말씀드린 대로 의사와 경찰은 현장에 매우 빨리 도착했어요. 발렌타인이 집으로 돌아가다가 다시 돌아와 즉시 경찰에 전화를 했죠. 외딴 집이었고 왕래하는 사람들도 많지 않았기 때문에 함께 있었을 만한 사람들을 찾아내기란 어렵지 않았죠. 그리고 모두 함께 범행에 쓰였을 법한 무기를 찾기 시작했어요. 별장, 정원, 해변까지 모두 샅샅이 뒤졌어요. 마치 사람이 사라진 것처럼 단도가 사라진 것에 모두 신경을 곤두세우고 있었죠."

"단도가 사라졌다……."

브라운 신부가 머리를 끄덕이며 말했다. 갑자기 매우 협조적으로 변한 듯했다.

"글쎄요…… 트레일 씨가 넥타이와 넥타이핀을, 특히 넥타이핀을 계속 만지작거리며 조바심을 냈다고 말씀드렸죠? 그 넥타이핀은 트레일 씨처럼 화려하면서도 유행이 지난 겁니다. 그 핀에는 콘크리트 색깔의 원형 돌 하나가 외눈과 같이 박혀 있었어요. 변호사가 넥타이핀에 온통 신경을 쓰는 것이 좀 거슬리더군요. 그 사람은 마치 외눈 거인 키클로페스처럼 굴었어요. 그 핀은 크기도 컸지만 길기도 하더군요. 보기보다 길어서

150

그가 그 편을 불안하게 생각한 것 같습니다. 사실 단도와 비슷한 길이였거든요."

브라운 신부가 생각에 잠긴 채 고개를 끄덕였다.

"다른 범행 도구는 언급되지 않았나?"

"다른 의견도 있었죠. 그건 사촌의 생각이었죠. 처음에 허버트나 해리는 과학적인 조사에서 도움이 되는 것 같지 않았어요. 허버트는 전형적인 기병대 출신이거든요. 말과 영국 근위 기병 여단의 일원이 되는 것 외에는 어떤 것에도 관심이 없었어요. 그리고 동생 해리는 한때 인도 경찰관으로 재직했었어요. 사실 해리는 나름대로 꽤 영리한 편이었어요. 제 생각엔 그가 너무 똑똑했던 게 아닌가 싶어요. 그는 관료주의적 규정을 어겨 경찰직에서 물러나게 되었죠. 하여튼 사건 조사에 뛰어난 감각을 가졌기 때문에 아마추어 이상의 열의로 사건에 참여하더군요. 범행에 사용된 무기에 대해 우리는 논쟁을 하기도 했죠. 그리고 논쟁하는 동안 새로운 사실이 부각되었어요. 해리는 개가 트레일 씨를 향해 짖었다는 제 설명에 대해 이렇게 반박하더군요. 개는 최악의 상황에서는 짖지 않고 으르렁거린다고요."

"그 사람 말이 옳은 것 같군."

"해리는 전에 녹스가 다른 사람에게 으르렁대는 것을 본 적이 있다고 했어요. 누구보다도 비서인 플로이드 씨에게 으르렁거렸다고 했지요. 저는 범죄를 두세 사람에게 떠넘길 수는 없다고 응수했죠. 더군다나 무분별한 학생처럼 죄가 없는 플로이드 씨에게 모두 뒤집어씌울 수는 없었고요. 사건 발생 당시 주변의 모든 사람이 빨간색 머리의 플로이드 씨가 정원 생울타리 위에 앉아 있는 모습을 보았거든요. 그의 머리는 마치 주황색 앵무새처럼 쉽게 눈에 띕니다. 그 친구가 '괜찮으시다면 잠시 정원 아래로 저와 함께 내려가시겠습니까? 보여드릴 게 있는데, 아직 아무도 보지 못한 것 같습니다'라고 말하더군요. 그날 전 많은 것을 발견했지요. 정원은 이전 모습과 다를 바 없더군요. 사다리는 생울타리 옆에 놓여 있었어요. 그 친구는 생울타리 아래에 멈춰 서서 풀숲에서 뭔가를 꺼냈습니다. 그건 생울타리를 자를 때 사용하는 가위였는데 다른 관점에서 본다면 범행 도구라고 볼 수 있죠. 더군다나 그 가위에 피가 묻어 있었거든요."

"변호사는 왜 별장에 왔었나?"

브라운 신부가 잠시 침묵한 후 갑자기 물었다.

"대령이 유서를 변경하려고 불렀다더군요."

파인즈가 대답했다. 그리곤 새로운 것을 발견한 듯 눈이 빛났다.

"아, 맞아요. 유서에 관해서도 말씀드릴 것이 있습니다. 사실 그 유서는 그날 오후 여름 별장에서 서명한 것이 아니었지요."

"그런 것 같군. 서명하려면 증인이 두 명 필요하거든."

브라운 신부가 말했다.

"사실 변호사는 그 전날 왔고, 그때 유서에 서명했죠. 하지만 대령이 증인 한 명을 의심했기 때문에 다음날 변호사를 불러 다시 확인한 겁니다."

"증인이 누구였지?"

브라운 신부가 말했다.

"그 점이 중요합니다. 증인은 비서 플로이드와 외국에서 외과 의사 노릇을 했던 발렌타인이었는데, 이 두 사람 사이에 언쟁이 있었어요. 그 비서가 참견쟁이 노릇을 하던 이야기를 해드리죠. 플로이드는 저돌적인 사람인데 온화한 성품이 불행히도 호전적이고 의심 많은 성품으로 변해서 사람을 믿기보다는 의심하는 경향이 강합니다. 플로이드같이 빨간 머리의 난폭한 사람은 항상 남에게 잘 속거나 남을 의심하거나, 아님 둘 다인 경우가 많지요. 그 사람은 만물박사는 아니지만 어떤 장사꾼보다도 박식하지요. 박식할 뿐만 아니라 모든 이에게 모든 이를 조심하라고 주의를 주고 다니죠. 그가 가장 많이 의심하는 사람은 바로 발렌타인인데, 여기에는 또 다른 뭔가가 있는 것 같아요. 그는 '발렌타인'이 본명이 아니라고 말했어요. 플로이드 씨는 발렌타인 씨가 드 비용이라는 이름을 사용했던 것을 어디선가 봤다고 했습니다. 그리고 이것이 유서의 법적 효력을 없앨 수 있다고 했고요. 물론 변호사에게 해당 법규까지 설명했지요. 이 두 사람은 물과 기름 같은 사이지요."

파인즈가 열심히 설명을 끝마치자 브라운 신부가 웃었다.

"유서의 증인이 된다는 것은 자신은 유산을 포기한다는 의미이기도 하지. 발렌타인 의사가 뭐라고 말하던가? 그 박학다식한 비서가 의사의 과거 이름에 대해 당사자보다도 더 많은 걸 아는 것 같기는 하지만, 의사도 자신의 이름에 대해 나름대로 할 말이 있을 수 있지."

파인즈는 잠시 쉬었다 대답했다.

"발렌타인이 이름을 바꾼 것이 미심쩍어요. 그는 정말 이상한 사람이에요. 외모는 남의 이목을 끌 정도로 다분히 이국적이잖아요. 젊은 사람인데도 네모 모양으로 턱수염을 깎았고, 얼굴은 무서울 정도로 창백하고 심각하고요. 눈이 나쁜지, 아니면 생각에 잠겨서인지 그는 눈을 찡그리고 있지요. 하지만 꽤나 잘생긴 얼굴에 항상 정장 차림을 하고, 모자와 빨간색의 작은 장미 무늬가 있는 코트를 입고 다니죠. 매너는 다소 오만불손하고 가끔 당황스럽게 사람을 쳐다보고요. 그래서 이름을 바꾼 것에 대해 추궁했을 때는 스핑크스처럼 노려보고 코웃음 치며 미국인들은 바꿀 이름이라도 있냐고 대답했답니다. 제 생각에 그때 대령이 흥분하여 의사에게 온갖 험한 소리를 퍼부었을 것 같아요. 의사는 대령의 가족 사이에 끼어들 틈을 엿보고 있었으니 더욱 화가 났을 테죠. 그 문제에 대해 그다지 깊게 생각하지 않고 있다가, 비극이 일어난 그날 오후에도 들은 말이 있지요. 흔히 그러듯 마구 퍼뜨리고 다닐 내용은 아닌지라 전부 언급하고 싶지는 않아요. 제가 사촌들과 함께 개를 데리고 정문을 지났을 때 발렌타인과 드루스 양이 꽃나무 뒤의 별장 그늘에서 얘기하는 소리를 잠깐 들었어요. 그 둘의 속삭임은 거의 비난에 가까울 정도로 격렬하더군요. 연인의 싸움 같기도 하고 연인의 밀회 같기도 했어요. 그들은 대체로 같은 말을 되풀이하지는 않았어요. 하지만 이번 일과 같이 불행한 사건이 발생했으니 그들이 살인에 대한 말을 여러 번 하기는 했다고 말씀드려야겠군요. 사실 드루스 양은 누군가를 살해하지 말라고 애걸하며 아무리 분해도 살인을 정당화할 수 없다는 말을 하는 것 같았어요. 차를 마시러 들른 신사에게 할 법한 이야기는 분명 아니었죠."

"자네, 발렌타인이 비서나 대령과 만난 이후, 그러니까 유서에 증언하기 위해 만난 후 몹시 화가 난 걸 알고 있나?"

"어느 모로 보나 비서보다는 화가 덜 난 것 같았어요. 유서에 서명한 후 미친 듯이 화를 낸 것은 바로 비서였어요."

"그럼, 유서는 어떻게 되었나?"

"대령은 대단한 부자이기 때문에 그의 유서는 매우 중요하지요. 트레일 씨는 그때 변경한 내용을 말하지 않았었는데, 오늘 오전에야 대부분의 돈이 아들이 아닌 딸에게로 넘어간 사실을 밝히더군요. 제 친구인 도널드가 허송세월을 보내는 것을 드루스 대령이 싫어했다고 말씀드렸죠?"

"살해 방법에 대한 의문 때문에 살해 동기에 대한 의구심이 가려졌군. 이 시점에서 그의 죽음으로 이득을 얻는 사람은 명확하게 드루스 양이겠군."

브라운 신부가 깊이 생각하며 말했다.

"세상에! 정말 잔인하게 말씀하시는군요. 정말 드루스 양이 범인이라는 말씀은 아니시죠?"

파인즈가 신부를 보며 말했다.

"드루스 양은 발렌타인과 결혼할 사이인가?"

"결혼을 반대하는 사람들도 있지만, 그는 사랑과 존경을 받는 유능하고 헌신적인 외과 의사예요."

"헌신적인 외과 의사라…… 집에 돌아가지 않고 바로 현장에서 랜싯 같은 의료 도구를 사용한 걸 보면 젊은 아가씨의 초대를 받았을 때 외과 장비를 들고 왔다는 소리로군."

파인즈가 벌떡 일어나 심문하듯이 그를 쳐다봤다.

"그럼 그 의사가 범행 도구와 매우 유사한 랜싯을 사용해서……."

브라운 신부가 머리를 흔들었다.

"아직은 모두 추측에 불과하네. 문제는 누가 왜 그랬느냐가 아니라 어떻게 했느냐일세. 아마도 수많은 용의자와 심지어 핀, 가위, 랜싯 같은 다양한 범행 도구를 발견할 수 있을 거야. 하지만 그 방 안에는 어떻게 들어갔지? 아니, 핀 하나라도 어떻게 그 방에 들어갈 수 있었지?"

브라운 신부는 말하면서 반사적으로 천장을 쳐다봤다. 마지막 말을 할 때 갑자기 천장에서 기묘한 파리라도 본 듯 두 눈에 긴장감이 감돌았다.

"글쎄, 신부님이라면 어떻게 하셨겠어요? 경험이 많으시니 조언 좀 부탁드립니다."

"그렇게 도움이 될 것 같지 않아 걱정이구먼. 현장에 가보거나 사람들을 만나지 않고서는 도움이 될 만한 조언을 할 수가 없네. 자네가 대신 현장을 조사해야 할 것 같군. 내 생각엔 인도 경찰 출신인 그 친구가 자네 조사에 어느 정도 개입하고 있는 것 같으니 내가 내려가서 그의 진행상황을 살펴봐야겠네. 그가 어떻게 아마추어 조사를 진행하고 있는지 확인해보게. 이미 새로운 사실을 발견했을지도 모르지."

브라운 신부가 한숨을 쉬며 말했다.

신부의 손님들, 두 발 달린 사람과 네 발 달린 개가 사라지자, 브라운 신부는 다시 펜을 들고 젊은 친구가 오기 전에 열중하고 있었던 '레룸 노바룸'*에 대한 설교 원고를 이어서 작성하기 시작했다. 주제가 광범위해서 신부는 여러 번 고쳐 써야 했다.

그렇게 이틀 정도 지난 후, 커다란 검은 개가 방으로 들어와 흥분해서 방 안을 이리저리 뛰어다녔다. 개와 함께 들어온 주인이 개를 쓰다듬었지만 개만큼 즐거워 보이지는 않았다. 그의 파란 눈은 휑했고 열정이 넘치는 얼굴은 약간 창백하기까지 했다. 그가 갑자기 두서 없이 말했다.

"해리 드루스가 어떻게 하고 있는지 알아보라고 말씀하셨죠? 그가 어떻게 하고 있었는지 아시겠습니까?"

신부는 대답하지 않았고 젊은이는 망연자실한 어투로 말을

---

* 1891년 5월 15일 로마 교황 레오 13세가 발표한 사회 문제에 관한 회칙. '노동헌장'으로 불리는 이 회칙은 다섯 부분으로 되어 있는데, 사회주의식 사회개혁을 비판하고, 사유재산을 자연권으로 옹호하여, 기존 자본주의 질서의 테두리를 인정하면서 노동자의 단결권 등을 인정하며 적정 임금을 받을 정당한 권리를 제창하고, 이를 위한 국가적 입법을 권장하였다.

이었다.

"말씀드리죠. 그는 자살했습니다."

브라운 신부의 입술이 가냘프게 움직였지만 실제적인 말, 이 사건이나 이 세상과 관련 있는 말을 하지는 않았다.

"신부님은 가끔 절 섬뜩하게 하십니다. 신부님은 이렇게 될 것을 미리 알고 계셨죠?"

"가능성은 있다고 생각했지. 그래서 자네에게 가서 알아보라고 한 걸세. 너무 늦지 않길 바랐는데……."

"그자를 발견한 건 저였어요. 그건 제가 본 것 중에 가장 끔찍하고 괴기스러운 광경이었어요. 그 오래된 정원에 다시 갔죠. 거기서 드루스 대령의 살인사건 외에 뭔가 이상한 것이 더 있다는 느낌을 받았죠. 오래된 잿빛의 여름 별장 안으로 들어가는 어두운 출입구 양쪽에는 여전히 파란색 꽃이 흐드러지게 피어 있더군요. 하지만 제 눈엔 그 파란 꽃이 마치 지하 동굴로 들어가는 어두운 입구에서 춤추고 있는 파란 악마와 같이 보였어요. 주변을 살펴봤죠. 모든 것이 제자리에 있는 것 같았지만 하늘 모양이 뭔가 이상하다는 느낌을 받았어요. 곧 그게 뭔지 알게 되었지요. '운명의 바위'가 정원 울타리 너머 바다를 등지고 있었는데, 그것이 사라졌던 겁니다."

파인즈가 약간 허스키하게 말했다.

브라운 신부가 머리를 들고 진지하게 그의 말을 들었다.

"마치 산이 걸어서 사라지거나 하늘에서 달이 떨어져버린 것 같았어요. 물론 조금만 건드려도 그 돌이 굴러 떨어질 수 있다는 건 알고 있었지만요. 전 뭔가에 홀려 바람같이 정원 길 아래로 내려가 거미줄 같은 생울타리를 뚫고 나갔죠. 정말 얇은 생울타리였지만 잘 다듬어놓아 벽과 같은 구실을 하더군요. '운명의 바위'는 해변에 굴러 떨어져 있더군요. 불쌍한 해리 드루스는 그 아래에 완전히 폐인처럼 누워 있었어요. 한 손은 그 바위를 자신 쪽으로 끌어당기듯이 꼭 껴안고 있었고, 그 옆의 황톳빛 모래 위에는 그가 갈겨놓은 '운명의 바위가 바보에게 떨어지다'라는 커다란 글자가 있었고요."

"바로 대령의 유서 때문이었겠지. 아마 그 젊은이는 도널드에 대한 불신을 이용하여 자신에게 모든 유산이 돌아오도록 했을 걸세. 특히 그의 삼촌이 변호사를 부르던 날 그를 불러 환대했을 때 범행을 저질렀을 거야. 그렇지 않으면 완전히 인생이 끝날 지경이었거든. 경찰직도 잃었고 몬테카를로에서 곤궁한 생활을 해야 했으니 말일세. 그러나 이내 자신이 친척을 죽이고도 땡전 한푼 못 받게 된 걸 알게 되자 자살한 것이지."

"잠깐만요!"

파인즈가 소리쳤다.

"너무 앞질러 가십니다."

"그나저나 내가 잊어버리거나 더 큰 일들이 벌어지기 전에 유산에 대해 말하자면."

브라운 신부가 침착하게 말했다.

"의사의 이름에 관련된 모든 일은 간단하게 설명할 수 있어. 예전에 두 이름을 모두 들었던 적이 있네. 그 의사는 정말 드 비용 후작이라는 프랑스 귀족 신분이지. 하지만 그는 열정적인 공화당원이기도 해. 그래서 그는 자신의 신분을 버리고 잊혀진 가족의 성을 사용한 거야. '시민 리케티*란 이름으로 그대 열흘 동안 유럽을 어지럽혔군.'"

"무슨 말씀이신가요?"

젊은이가 멍하니 물었다.

"신경쓰지 말게. 열의 아홉은 비열한 이유로 자기 이름을 바꾸지. 하지만 이건 그나마 봐줄 수 있는 광신 행위지. 그래서 그가 미국인에겐 바꿀 이름이 없다고 비난한 게야. 이 말은 작위가 없다는 말이지. 영국에선 하팅턴 후작을 하팅턴 씨라고 부르지는 않지만, 프랑스에선 비용 후작을 드 비용 씨라고 부르거든. 그래서 이름을 바꾼 것처럼 보일 수 있다네. 내 생각엔 살

---

* Requeti, Hohore Gabriel(1749~1791). 프랑스의 혁명가이자 정치 지도자.

인에 대한 말도 역시 프랑스식 예절에 대한 문제로 보이는군. 의사는 플로이드에게 결투를 신청했을 것이고 드루스 양은 이를 만류하려 했던 게지."

"아, 그렇군요. 이제야 드루스 양이 말한 것이 이해가 되네요."

파인즈가 천천히 말했다.

"그녀가 뭐라고 말했나?"

신부가 웃으며 물었다.

"해리의 사체를 발견하기 직전에 뭔가 불행한 일이 일어날 것 같은 예감이 들었어요. 비극의 정수에 맞부딪쳤을 때 낭만적인 전원시를 기억하는 것은 거의 불가능하잖아요. 대령이 머물렀던 곳으로 내려갈 때 발렌타인과 얘기하는 대령의 딸을 만났죠. 드루스 양은 검은 상복을 입고 있었고, 발렌타인은 늘 장례식에 온 듯 검은 옷을 입고 다니죠. 그런데 그렇게 환하고 명랑하게 서로를 마주보는 사람들은 본 적이 없었어요. 그들은 멈춰 서서 저에게 인사를 건네더군요. 그녀는 곧 둘이 결혼할 것이고 의사는 자신의 일을 계속하면서 교외의 조그만 집에서 살 거라고 말했어요. 부친이 모든 재산을 그녀에게 남긴 것을 알고 있었기에 그녀의 말이 의외로 받아들여지더군요. 저는, 지금 부친의 여름 별장에 가는 길인데, 그곳에서 만나게 될지도 모르겠다고 슬쩍 얘기를 던져보았죠. 하지만 그녀는 웃으며 '저흰 모든 재산을 포기했어요. 제 남편은 유산을 싫어하거든요' 라고 말하더군요. 그리고 그들이 불쌍한 도널드에게 재산을 되돌려주기로 했다는 놀라운 소식을 전해 듣게 되었어요. 전 도널드가 정신을 차려 재산을 잘 관리하길 바랄 뿐이에요. 사실 그 친구에게 정말 문제가 있는 것은 아니거든요. 도널드는 어렸고 대령은 그런 도널드를 포용할 만큼 지혜롭지 않았지요. 그때 전 그녀가 말한 것들을 연관지어 이해하지 못했습니다. 하지만 지금 신부님 말씀을 듣다보니 이해가 되는군요. 그녀는 갑자기 오만하게 배타적으로 말하더군요. '빨간 머리 바보가 유서에 대해 더이상 골머리를 썩지 않길 바랄 뿐이에요. 그자가 아직도 본인의 원칙을 지키려 유서 깊은 가문의 지위와 재산을 포기한 제 남편이, 그 따위 유산 때문에 여름 별장에서 노인을 죽였다고 생각하고 있나요? 제 남편은 일 때문이라면 또 모를까, 어느 누구도 죽이지 않아요. 남편은 심지어 친구들한테조차도 그 비서를 찾아가보란 말도 안 했답니다' 라고 웃으며 말했어요. 이제야 그 의미를 알겠네요."

"나도 드루스 양의 말을 일부 이해하겠네. 비서가 유서에 대해 골머리를 썩는다는 것은 정확하게 무슨 말인가?"

파인즈는 웃으며 대답했다.

"브라운 신부님도 플로이드가 주변을 얼마나 활기차게 만드는지 알면 재미있으실 거예요. 그는 별장을 슬픈 활기로 가득차게 만들었어요. 장례식을 밝고 재미있는 이벤트로 가득 채웠지요. 그 사건이 발생한 후 그는 거의 정신이 없더라고요. 정원에서 정원사를 감독하고 변호사에게 법규를 일러주었던 일을 말씀드렸죠? 말할 필요도 없이 그는 발렌타인 씨가 수술할 때도 지시를 했죠. 그리고 짐작하시겠지만 수술을 잘 못했다고 그 의사를 비난했죠. 비서는 의사가 사건 현장을 처리할 때 빨간 머리를 바짝 들이밀고 감시한데다 경관이 도착했을 때는 건방진 태도를 보였어요. 범행 현장에서 그가 가장 훌륭한 아마추어 탐정이었다고 말할 수 있을 것 같아요. 이 드루스 대령의 비서는, 셜록 홈스가 런던경찰청을 무시한 것보다 더 대단하게 지적 자긍심과 경멸심으로 대령의 죽음을 조사하던 경관들을 무시하더군요. 그를 보고 있으면 재미있을 거라고 말씀드렸죠? 그는 경관에게 성큼성큼 다가가 오렌지색 머리칼을 살짝 건드리면서 짜증을 담아 짧게 답변하더군요. 요즘 드루스의 딸이 그에게 함부로 대하자 계속 이런 처신을 보여왔죠. 물론 그도 나름대로 이론을 가지고 있어요. 책에서 나올 법한 이론이긴 하지만요. 플로이드는 책에나 있을 법한 사람이죠. 책에서라면 더 재미있고 덜 성가셨겠지만."

"그의 이론이라는 것이 뭔가?"

신부가 물었다.

"오, 그 이론은 정말 투지가 넘쳐요. 아마 십 분 이상 읽을 분량으로 묶을 수 있다면 정말 멋진 책이 될 텐데. 플로이드의 이론은 여름 별장에서 대령을 발견했을 때 대령은 아직 살아 있었으며 의사가 수술 장비로 옷을 자르는 척하면서 살해했다는 내용이에요."

파인즈가 우울하게 답했다.

"그렇군. 그는 진흙 바닥에 납작 엎드려 얼굴을 들이대고 낮잠 자는 사람 같군."

"정말 대단한 억지죠. 플로이드는 언젠가 자신의 훌륭한 이론을 돈을 받고 신문에 실을지도 몰라요. 아마 '운명의 바위' 아래 깔린 사체의 발견으로, 다이너마이트가 폭발한 것처럼 사건전말이 세상에 공개되면 그의 의도대로 의사가 구속되겠죠. 그러면 우리가 그 살해사건을 재조사하게 되고요. 그 자살은 자백과도 같은 것이지만 어느 누구도 사건 전말을 알지 못할걸요."

잠시 침묵하다 신부가 겸손하게 말했다.

"난 전말을 알 것 같네."

파인즈가 브라운 신부를 쳐다봤다.

"하지만 어떻게 사건 전말을 알며, 또 그것이 사실이라고 어떻게 확신하시죠? 신부님은 백육십 킬로미터나 떨어진 이곳에서 설교를 쓰고 계셨어요. 정말 무슨 일이 일어났는지 말씀해 주실 수 있으세요? 그렇다면 대체 사건의 발단이 뭔가요?"

브라운 신부는 이전에 보지 못한 흥미로운 자세로 일어났다. 그리고 그의 첫마디는 가히 폭탄 선언과도 같았다.

"개! 물론 그 개지! 해변에 있었던 개와 관련된 이야기에서 자네가 개에 대해 제대로만 이해했더라면 자네 손으로 모든 사건의 전말을 해결할 수 있었을 걸세."

파인즈는 계속 신부를 응시했다.

"하지만 며칠 전에는 개에 대한 제 생각이 모두 말도 안 되는 엉터리라고 말씀하셨잖아요. 그 개는 사건과 아무 관계도 없다고요."

"그 개는 사건과 아주 밀접한 관계가 있어. 만약 사람의 영혼을 결정하는 전능한 신이 아닌 그냥 개로만 그 개를 대했다면 알 수 있었을 걸세."

브라운 신부는 잠시 당황하여 말을 잇지 못하다가 미안함을 드러내며 계속 말했다.

"사실 난 개를 끔찍하게 좋아한다네. 개에게 밝은 후광이나 있는 듯이 떠들어대는 미신을 보면 불쌍한 개를 정말 진정으로 생각하는 사람은 아무도 없다는 생각을 하지. 그 개가 변호사를 보고 짖거나 비서를 보고 으르렁거린 사소한 부분부터 말해 보지. 자네, 나에게 백육십 킬로미터나 넘게 떨어진 곳에서 어떻게 그 사건을 파악했는지 물었나? 사실 이 모든 것은 자네가 들려준 얘기 덕분이었어. 자네의 자세한 인물 묘사에서 난 각 사람들의 유형을 파악했지. 트레일 씨와 같이 인상을 마구 찌푸리고 다니며 갑자기 웃기도 하고 목을 만지작거리는 사람은 대개 신경질적이고 화를 쉽게 내지. 유능한 비서인 플로이드 씨도 분명 신경질적인 사람일 걸세. 미국인들이 종종 그렇듯 만약 플로이드 씨가 이런 성격의 사람이 아니라면 자넷 드루스의 비명을 들었을 때 들고 있던 가위를 떨어뜨려 손가락을 베지는 않았을 거야.

개는 신경질적인 사람을 싫어하지. 어떤 신경질적인 사람이 개를 골탕먹여 신경을 건드렸는지도 모르지, 아니면 악당에게 광폭하게 굴었을 수도 있고, 그것도 아니라면 개에게도 허영심이 있어 자기를 싫어하는 사람에게 그저 기분이 나빴던 것일 수도 있겠지. 하지만 불쌍한 녹스는 이자들을 공포에 떨게 만드는 것말고는 다른 대항 방법이 없었을 거야. 난 자네가 정말 현명하다고 생각하고 이 사실을 모두 인정한다는 것을 잘 알고 있네. 하지만 가끔 자네는 너무 영특해서 짐승을 이해할 수 없는 것 같아. 간혹 사람이 동물과 같이 단순하게 행동할 때는 더 더욱. 동물은 너무 순진해서 있는 그대로 행동하지.

　이 사건에서도 그 개는 사람을 향해 짖었고 사람은 그 개를 피해 달아났어. 자네는 이 간단한 사실을 너무 복잡하게 본 거야. 그 개는 그 사람을 싫어해서 짖은 거고, 그 사람은 개가 무서워서 도망갔던 것뿐이야. 여기에 다른 이유는 없고 필요하지도 않지. 하지만 자네는 그 속에서 심리적인 수수께끼를 들이대어 개가 비범한 시각을 가지고 있고 신비스런 운명의 대변자라고 생각하려 했네. 그 사람이 개를 피해서가 아니라 교수형 집행자를 피해서 도망갔다고 생각하려 했지. 그렇지만 거기까지 생각한다면 이 모든 심도 깊은 심리 분석이 전혀 있을 법한 일이 아니게 되지. 정말 그 개가 자기 주인의 살인자를 완전하고도 분명하게 알아볼 수 있었다면, 아는 사람에게 하듯 그렇게 서서 짖는 정도가 아니라 아마 뛰어올라 목덜미를 물어뜯었을 거야. 그런데 자네는 정말 친구의 딸과 검시의가 보는 앞에서 친구를 살해하기로 마음 먹고도 그 친구의 가족에게 웃음을 보이며 걷는 그런 잔인한 인간이 개가 짖는다고 몸을 굽혀 도망갔을 거라고 생각하나? 만약 그가 정말 범인이라면 그는 아마 이런 비극적 아이러니를 짐작했을 것이고 그것은 다른 사소한 비극들처럼 그의 영혼을 뒤흔들었을 수도 있겠지. 하지만 그 유일한 증인이 말도 못 한다는 걸 아는데, 미친 듯 정원길로 달아났을 리가 있겠나. 그건 비극적인 아이러니가 아니라 개의 무서운 이빨에 겁먹었을 때 가지게 되는 공포였어. 모든 것이 자네가 이해한 것보다 훨씬 단순하다네.

하지만 해변 근처에서 있었던 일은 훨씬 더 재미있네. 자네가 설명한 대로 그 얘기들은 더 혼란스러웠다네. 난 개가 물 속에 들어갔다 나왔다는 얘기가 정말 이해가 안 됐네. 그건 개들이 평소 하는 행동이 아니거든. 녹스가 다른 것에 놀랐다면 나무막대를 쫓아다니지 않았을 걸세. 녹스는 말썽이 있다고 생각되는 방향으로 내달린 거야. 내 경험에 비추어보면 개가 돌이나 나무막대나 토끼 같은 사물을 일단 따라가기 시작하면 위압으로 명령해야만 멈출 수 있거든. 뭐, 항상 그런 건 아니겠지. 하여튼 그 개가 맘을 바꿔 그냥 되돌아왔다는 것은 상상이 안 되네."

"하지만 그 개는 되돌아왔습니다. 그리고 나무막대는 가져오지 않았죠."

파인즈가 말했다.

"그 개가 나무막대를 가져오지 않은 것은 지극히 당연한 일이었지. 그 개는 나무막대를 찾지 못해 그냥 되돌아온 걸세. 그 개는 막대를 찾지 못해 낑낑거렸어. 그것이 바로 녹스가, 자네 표현대로라면, 울부짖은 이유지. 개는 의식을 목숨처럼 지키지. 아이가 동화를 정확하게 반복하는 것처럼 개도 게임을 정확하게 반복하네. 그 개는 나무막대가 없어진 것에 대해 심각하게 불평하러 돌아온 거야. 왜냐면 이전에는 이런 일이 없었거든. 이 뛰어나고 특별한 개에게 더럽고 오래된 지팡이를 물어오게 했던 사람은 없었을 게야."

"왜요? 지팡이가 어쨌다는 거죠?"

"가라앉았다네. 지팡이가 나무로 만들어진 것이 아니었거든. 얇은 나무 껍질 안에 칼이 들어 있으니 가라앉을 수밖에. 살인자는 피 묻은 무기를 들키지 않도록 제거할 길이 없어서 사냥개가 물어오도록 자연스럽게 바다에 던져버린 거지."

"무슨 말씀인지 이해가 됩니다. 하지만 칼이 든 지팡이라면 어떻게 사용했는지 모르겠네요."

파인즈가 솔직하게 말했다.

"여름 별장이라는 단어를 처음 말할 때부터 짐작되는 부분이 있긴 했네. 그리고 드루스가 흰색 코트를 입고 있다고 했을 때도. 모든 사람이 단도를 찾고 있는 한 어느 누구도 이 부분에 대해서는 생각하지 않겠지. 검과 같이 긴 날을 생각한다면 불가능한 일도 아니지."

그는 뒤로 기대 천장을 보고 다시 처음 생각으로 돌아갔다.

"사람이 들어갈 수 없는 밀폐된 방에서 발견된 사체에 대한

170

이야기인 〈노란 방〉* 같은 추리소설은 여름 별장에서 발생한 이번 사건에는 적용되지 않는다네. 노란 방이나 다른 방에 대해 말할 때 흔히들 정말 튼튼해서 뚫을 수 없는 벽을 생각하지. 하지만 여름 별장은 달라. 이번 사건이 발생한 여름 별장과 같은 건물은 나무판자와 나뭇가지를 꼭 끼워서 만들지만 여기저기 틈이 있기 마련이야. 드루스가 앉아 있던 의자 뒤의 벽도 그랬다네. 하지만 여름 별장의 방이므로 의자는 팔걸이 의자였어. 그리고 구멍 뚫린 격자 무늬였고. 최근 여름 별장은 생울타리 아래에 가깝게 자리잡고 있는 경향이 있지. 자네는 정말 얇은 생울타리라고 내게 말했네. 작고 큰 가지와 나무로 얽혀 있어 밖에 서 있는 사람이 그 사이로 쉽게 안을 들여다볼 수 있고, 대령의 흰색 코트는 하얀 목표물처럼 선명하게 드러나지.

자네는 지리를 약간 애매하게 말했지만 두 개씩 한꺼번에 생각해볼 수 있지. 운명의 바위가 그렇게 크지는 않다고 말했지만 산봉우리같이 정원을 장악하고 있는 것처럼 보였다고 말했네. 다시 말해, 자네가 돌아서 걸어오는 데 오래 걸렸다고 했지만 이것은 정원 끝 바로 근처에 있다는 말이 되네. 그리고 젊은 여자가 팔백 미터 밖에서도 들릴 정도로 통곡한 것 같지는 않

---

* 가스통 르루가 1907년에 발표한 추리소설.

네. 본능적으로 통곡했겠지만 자네는 그 소리를 해변에서 들었어. 그리고 또 다른 흥미로운 사실도 말했었지. 자네는 해리 드루스가 생울타리 아래에서 파이프에 불을 켰기 때문에 뒤처져서 왔다고 말했지."

파인즈는 약간 몸서리쳤다.

"그럼 그가 자신의 칼을 거기에 두고 범행 현장의 생울타리 사이로 하얀 점을 보고 찔렀다는 말씀이시군요. 하지만 그럴 기회는 거의 없었고 너무 갑작스럽게 저지른 일인 것 같아요. 더군다나 그는 노인의 돈이 그에게 전달된다는 확신이 없었어요. 사실 그렇게 되지도 않았지만요."

브라운 신부 얼굴에 생기가 돌았다.

"자네는 그 사람의 성격을 잘못 파악하고 있어."

마치 자신은 그를 잘 알고 있는 양 신부가 말했다.

"흥미롭긴 하지만 그다지 어려운 성격도 아니지. 그자 자신에게 돈이 올 것을 정말 알고 있었다면 그는 그런 짓을 하지 않았을 걸세. 그는 부정한 일면을 있는 그대로 직시했던 거지."

"너무 역설적인 건 아닐까요?"

파인즈가 물었다.

"그는 도박꾼이야. 위험을 걸고 결과를 예상하기 때문에 비난받는 사람이라구. 식민지 경찰은 러시아 비밀 요원처럼 어딘가 사악한 면이 있기 마련이라네. 하지만 그는 선을 넘어섰고 실패했어. 이런 부류의 사람들에게 위험은 근사하고 멋진 추억으로 남기 때문에 미친 짓을 하고 싶어진다네. 그는 이런 말을 하고 싶었을 걸세.

'나만이 기회를 잡거나 그것이 기회라는 걸 알고 있었지. 비난받는 도널드, 이런 이유로 불려온 변호사, 그리고 허버트를 모두 한꺼번에 놓고 보니 잔인하고 멋진 생각이 떠오르더군. 그 노인은 내게 웃으며 악수한 것뿐이었는데 말이야. 아마 사람들은 내가 미쳤다고 할 거야. 하지만 미래를 전망할 수 있을 정도로 미친다는 것은 정말 행운이지.'

간단하게 말해 이건 매우 자만심 넘치는 생각이었네. 도박꾼의 과대망상이지. 우연의 일치가 조리 없이 이루어질수록 그 결정은 즉흥적으로 이루어졌고 그만큼 그는 기회를 낚아채기 쉬웠지. 사소한 흰색 목표물과 생울타리의 구멍은 세상에 대한 갈망처럼 그를 흥분시켰어. 사건이 이처럼 이루어진다는 걸 알 만큼 똑똑한 사람이 그걸 시도하지 않을 만큼 겁쟁이일 리는 없다네. 이것이 바로 악마가 도박꾼에게 말하는 방법이네. 하지만 악마 자신이 불운한 사람을 멍청하고도 고의적인 길로 인도하여 유산을 물려줄 늙은 삼촌을 살해하도록 만든 것은 아니라네."

신부는 잠시 쉰 후 침착하고도 또박또박 다시 말하기 시작했다.

"이제 그 현장을 머릿속에 떠올려보게. 자네도 알 수 있을 걸세. 그는 악마적인 범행 가능성에 아찔해하며 그곳에 서 있었지. 고개를 드니 자신의 흔들리는 영혼이 형상화된 기괴한 물체가 눈에 들어왔지. 피라미드와 같이 한 개의 돌 위에 다른 큰 돌이 위험하게 균형을 잡고 있었는데, 그게 바로 '운명의 바위'였네. 해리 같은 사람이 그 순간에 이런 징조를 읽었다는 사실을 이해할 수 있겠나? 아마 그 순간 그는 살인을 결심하고 뒤처리까지도 조심할 생각을 했겠지. 그 자신 탑이 되고자 하는 사람은 탑이 기우뚱거릴 것을 두려워해서는 안 되니까. 어쨌든 그는 일을 저질렀고 다음 문제는 그 흔적을 없애는 것이었지. 사람들이 피 묻은 검을 찾기라도 하면 조사 과정에서 아주 중요한 물증이 되었겠지. 어느 곳에 지팡이를 두든 사람들 눈에 띄게 되겠지. 그가 지팡이를 바다에 던져버린다고 해도 그런 행동을 지켜보는 증인이 있을 수도 있고. 그는 좀더 자연스럽게 자신의 범행을 해결할 방법을 생각해야 했네. 알다시피 그는 아주 훌륭한 생각을 해냈지. 그만이 시계가 있었거든. 그는 아직 돌아갈 시간이 아니라고 말해놓고 좀더 멀리 걸어가 사냥개가 나무막대를 주워오는 놀이를 시작했어. 개를 자극하기 전에 황폐한 해변 전체를 살펴보는 그의 눈은 얼마나 어두웠겠는가!"

파인즈는 생각을 깊게 하며 고개를 끄덕거렸다. 신부에게 현실성이 부족하다는 평소 생각을 지워버린 듯했다.

"결국 그 개가 사건을 말해주고 있었다니 정말 이상하군요."

"개가 말만 할 수 있었다면 자네에게 사건의 전말을 알려줄 수 있었을 걸세. 내게 가장 불만스러운 부분도 바로 개가 말을 못한다는 점이야. 자네는 개를 대신해 개가 알고 있는 이야기를 지어냈지. 인간과 천사의 언어로 그 개의 이야기를 전해주었어. 이것은 요즘 신문에 실리는 기사와 광고에서도 더 쉽게 확인할 수 있는 일이긴 하네. 일부는 믿을 수 없는 인위적인 내용이지. 사람들은 이러한 소문에 대해 확인되지 않은 주장을 쉽게 받아들인다네. 그러면 사람들의 오래된 이성주의와 회의론은 모두 압도당하고 마치 밀물과 같이 밀려오는 것이 있지. 그것이 바로 미신이지."

신부는 갑자기 일어서더니 잔뜩 찌푸린 얼굴로 독백하듯 말했다.

"신을 믿지 않으면 제일 먼저 상식을 잃고 사물을 있는 그대로 보지 못하게 되네. 모든 사람이 관심을 가지며 멋지다고 말하는 대상은 마치 악몽 속의 풍경처럼 무한정 스스로를 확장시켜나가지. 그렇게 되면 개는 사건의 징조가 되고, 고양이는 미스터리, 돼지는 마스코트, 딱정벌레는 스캐럽*이 되는 거지. 아누비스,** 커다란 푸른 눈의 파슈트,*** 바산****의 성스럽게 우는 황소…… 태초의 야수 모양을 한 신에서부터 코끼리, 뱀, 악어에 이르기까지 이집트와 고대 인도에 근간을 둔 다신교의 모든 야수가 생각나는군. 그러나 결국은 이 모든 것이 '이교의 신이 인간을 만들었다'는 말을 두려워하기 때문인 걸……."

파인즈는 신부의 독백을 우연히 엿듣기라도 한 듯 당황하며 일어섰다. 그는 개를 부르더니 모호하지만 밝은 인삿말을 남기고 그곳을 빠져나왔다. 하지만 개가 움직이지 않고 조용히 있어서 개를 다시 불러야 했다. 그 개는 늑대가 성 프란체스코를 쳐다보듯***** 브라운 신부를 찬찬히 들여다보고 있었다.

---

* scarab. 옛 이집트의 갑충석(甲蟲石). 이것은 왕쇠똥구리 모양으로 조각한 보석으로 그 바닥 평면에 기호를 새겨 부적이나 장식품으로 썼다.

** Anubis. 고대 이집트 신화에 나오는 신으로, 개(또는 검은 표범)의 머리에 피부가 검은 남자의 모습으로 표현된다. 저승으로 향하는 문을 열어 죽은 자를 오시리스의 법정으로 인도하며, 죽은 자의 심장을 저울에 달아 생전의 행위를 판정하는 역할을 맡았다.

*** Pasht. 이집트 신화에 나오는 여신.

**** Bashan. 성서에 나오는 고원지대. 땅이 비옥하고 물이 풍부하여 농경·목축에 적당하며, 구약성서에서는 좋은 목장의 상징으로 등장한다.

***** 아시시의 성 프란체스코는 새나 늑대에게도 설교를 했다고 한다. 그는, 밤마다 내려와 사람들을 공포에 떨게 한 사나운 늑대를 설교로 감화시켰다. 그러자 늑대는 더이상 으르렁거리지 않았고 그 후 2년 동안 마을 사람들과 함께 살다가 죽었다.

황금 십자가의 저주

결코 나를 알 수 없으리라. 결코 내 이름을
부르지 못하리라. 결코 내 얼굴을 보지 못하리라.
당신은 죽을 것이며, 누가 당신을 죽였는지도
알지 못하리라. 나는 당신 주위에 있을 누군가의
모습으로 그 속에 함께 있으리라. 그러나 당신이
깜빡하고 돌아보지 못한 그곳에 내가 있으리라.

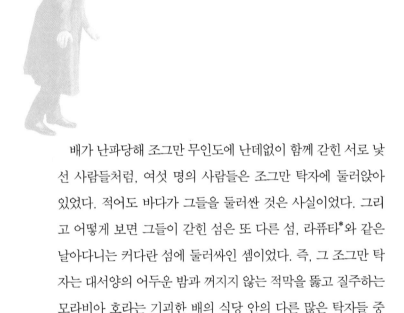

배가 난파당해 조그만 무인도에 난데없이 함께 갇힌 서로 낯선 사람들처럼, 여섯 명의 사람들은 조그만 탁자에 둘러앉아 있었다. 적어도 바다가 그들을 둘러싼 것은 사실이었다. 그리고 어떻게 보면 그들이 갇힌 섬은 또 다른 섬, 라퓨타*와 같은 날아다니는 커다란 섬에 둘러싸인 셈이었다. 즉, 그 조그만 탁자는 대서양의 어두운 밤과 꺼지지 않는 적막을 뚫고 질주하는 모라비아 호라는 기괴한 배의 식당 안의 다른 많은 탁자들 중의 하나였던 것이다. 이 여섯 명의 사람들은 모두 미국에서 출발하여 영국으로 가고 있다는 것 외에는 공통점이라곤 찾아볼

---

*『걸리버 여행기』에 등장하는 하늘을 나는 섬.

수 없었다. 그 중 적어도 두 명 정도는 명사(名士)라고 할 수 있었다. 나머지 사람들은 평범했는데, 한두 사람은 수상쩍기도 했다.

우선 저 유명한 스메일 교수는 후기 비잔틴 제국을 연구하는 고고학의 권위자였다. 그의 강의는 미국뿐 아니라 유럽 학계에서도 으뜸으로 여겨질 정도였다. 그의 저작은 유럽의 역사에 대한 풍부한 지식과 넘치는 상상력으로 가득 차 있었기 때문에, 사람들이 실제로 그를 만나 이야기하게 되었을 때 그의 미국식 억양을 듣고 깜짝 놀라는 경우도 종종 있었다. 하지만 그는 확실히 미국인다웠다. 넓은 사각형 이마 뒤로 빗어넘긴 긴 머리, 크고 꼿꼿한 외양, 무심히 발걸음을 떼며 어슬렁거리는 사자처럼 열정과 기민함을 살짝 숨긴 듯한 호기심 가득한 표정은 바로 그의 미국식 스타일이었다.

여섯 명의 사람들 중 여자는 단 한 명뿐이었다. 그리고 그녀는, 신문 기자들이 곧잘 그녀에 대해 말하듯, 어느 자리에서나 여왕처럼 군림하는 것은 물론이고 주인 행세를 할 태세가 갖춰져 있는 사람이었다. 이름은 다이애나 웨일스로, 열대지방을 다니는 저명한 여행가였지만 저녁 식탁에서는 교양 있는 명문가의 여성답게 행동했다. 시원한 여름 패션으로 멋지게 꾸며 입고, 강렬한 붉은빛의 머리카락을 풍성하게 묶고 있었다. 신문 기자들이 보통 대담한 패션이라고 부르는 식으로 옷을 입고 있었지만, 그녀의 얼굴은 지적이었고 정치적 모임에서 질문을 하는 여성처럼 호기심에 가득 찬 눈이 반짝반짝 빛나고 있었다.

나머지 네 사람은 언뜻 보면 이 빛나는 사람들의 그늘에 가려진 것처럼 보였다. 좀더 자세히 살펴보면 그들 사이에도 차이점은 있었다. 한 사람은 폴 태런트란 이름으로 승객 명부에 기록된 젊은이였다. 그는 전형적인 미국인이었지만 또한 전혀 미국적이지 않은 인물이기도 했다. 모든 나라에는 전형적인 양식에 반대되는 양식이 있다. 그 전형적인 방식을 반대 방향에서 증명해주는 식의 극단적 예외처럼 말이다. 미국인들은, 유럽인들이 전쟁을 존중하는 것처럼, 일을 존중한다. 그들은 일에 대해서 영웅주의라고 할 만한 것이 있다. 일을 하지 않으면 사람 취급을 받지 못한다. 이런 반대 타입은 극히 드물기 때문에 눈에 잘 띄게 된다. 그는 놀면서 멋이나 부리는 그런 젊은이였다. 미국 소설에 많이 등장하는 심약한 악당, 부잣집 건달이었다. 폴 태런트는 옷을 갈아입는 것 외에는 할 일이 없는지, 하루에 여섯 번씩 옷을 갈아입었다. 그는 마치 황혼녘 은백색의 미묘한 변화를 흉내내듯, 회색 옷을 점점 진하게 입거나 점점 연하게 입곤 하였다. 보통의 미국인들과는 달리 짧고 꼬부라진 턱수염을 매우 정성들여서 기르고 있었다. 그리고 보통의 건달들과는 달리, 과시하려는 면은 없고 다소 음침한 구석이 있었다. 그의 침묵과 우울함은 바이런식이라 할 만했다.

그 다음 두 명의 여행자는 자연스럽게 같은 부류로 묶을 수 있었다. 그건 아마 둘 다 미국 여행을 마치고 돌아가는 영국인 강사였기 때문이었다. 한 사람의 이름은 레너드 스마이스라고 했다. 이류 시인이었지만 일류 칼럼니스트이기도 했다. 얼굴이 길고 머리색이 밝았으며, 깔끔하게 차려입어 빈틈없어 보였다. 다른 한 명은 그와 대조적으로 다소 우스꽝스럽게 보였다. 키가 작고 통통했으며, 새까만 콧수염을 달고 있었고, 상대편이 말이 많은 데 반해 과묵했다. 하지만 그는 절도 혐의로 체포되기도 했고, 또한 동물원 여행중 표범에게 잡아먹힐 뻔한 루마니아 왕자를 구해줘 영웅이 된 적도 있었다. 이런 이유로 그는 이야깃거리의 주인공이 되었고, 그의 종교관, 세계관, 유년 시절 이야기, 앞으로의 영미 관계에 대한 견해 등은 미니애폴리스와 오마하 사람들의 커다란 관심을 모았다. 마지막으로 가장 눈에 띄지 않는 사람은 브라운이라는 작달막한 영국인 신부였다. 그는 주의깊게 대화를 듣고 있다가 뭔가 미심쩍은 기분이 들었다.

"그 비잔틴 연구란 것 말입니다, 교수님. 저기 남부 해안 브라이튼 근처에서 발견된 무덤 연구에 도움이 되지 않을까요? 물론 브라이튼은 비잔틴 제국하고 멀리 떨어져 있긴 합니다만, 저 무덤의 장례 방식인가 보존 방식이 비잔틴 양식이라고 어딘가에서 읽은 것 같은데…….”

레너드 스마이스가 말했다.

교수가 흥미 없다는 듯 대답했다.

“비잔틴 연구는 확실히 넓은 지역을 아우르지요. 전문가가 필요하다고들 이야기하지만 정말 어려운 일이 바로 전문화시키는 일입니다. 예를 들어서, 이 경우에도 우리가 비잔틴 이전의 로마나 비잔틴 이후의 이슬람에 대해서 모른다면 비잔틴에 대해서 어떻게 말할 수 있겠습니까? 고대 비잔틴에 대해 알아야 아랍을 이해할 수 있지요.”

“수학은 알고 싶지 않아요. 수학은 한 적도 없고 알고 싶지도 않아요. 정말 알고 싶은 건 저 무덤 얘기에요. 아시다시피, 가튼이 바빌로니아 무덤을 발굴했을 때 제가 함께 있었거든요. 거기서 난 미라와 보존된 시체들, 이것저것 오싹한 것들을 봤어요. 그런 이야기를 해주세요.”

다이애나 여사가 단호하게 외쳤다.

“가튼은 흥미로운 사람이었지요. 가족 자체가 흥미로웠습니다. 국회의원이 된 그의 형은 보통 정치가들과는 달랐지요. 그 사람이 이탈리아에 대한 연설을 했을 때에야 나는 파시스트가 무엇인지 확실히 이해할 수 있었습니다."

교수가 말했다.

"보세요, 우린 지금 이탈리아에 가는 게 아니잖아요. 교수님은 지금 발굴된 무덤이 있는 그 조그만 마을에 가시는 걸로 보이는데요. 서섹스에 있는 그 마을요, 맞죠?"

다이애나 여사가 다그치듯 말했다.

"영국을 소규모 지역 구분으로 봤을 때는 서섹스도 상당히 큰 편이지요. 한 바퀴 돌아보는 데도 상당한 시간이 걸립니다. 그래도 걸으면서 돌아보기엔 참 좋은 동네죠. 그 낮은 언덕들도 그 위에 올라가면 어찌나 커 보이던지."

교수가 대답한 후 갑작스런 침묵이 찾아왔다.

잠시 후 여사가 일어서며 말했다.

"아, 나는 갑판으로 올라가야겠어요."

그러자 남자들도 함께 일어섰다. 그러나 교수는 자리에 그냥 남았고, 작달막한 신부는 냅킨을 접는 데 온통 정신이 팔린 듯 계속 앉아 있었다. 이윽고 둘만 남게 되자, 갑자기 교수가 신부에게 말했다.

"좀 전에 나눈 잡담의 요지가 뭐라고 생각하십니까?"

"글쎄요. 물어보시니 말씀드리는 거지만, 흥미 있는 무언가가 있었지요. 제가 틀릴 수도 있습니다. 하지만, 제가 보기에 저 사람들은 당신이 서섹스에서 발견된 무덤 이야기를 하도록 세 번이나 시도했고, 반대로 당신은 매우 정중하게 수학 이야기, 파시스트 이야기, 그리고 서섹스의 경치 이야기만을 했지요."

브라운 신부가 미소지으며 말했다.

"간단히 말해서, 제가 어떤 한 가지 이야기만은 하지 않으려 했다고 생각하시는군요. 맞습니다."

교수는 잠시 동안 식탁보를 내려다보며 침묵하더니, 고개를 들어 사자가 뛰어오르는 걸 연상케 하는 그 기민한 추진력으로 말을 이어나갔다.

"한번 들어봐주십시오, 브라운 신부님. 저는 신부님이 제가 만난 사람 중 가장 현명하고 믿음직스런 분이라고 생각합니다."

브라운 신부는 틀림없는 영국인이었다. 미국인들 식으로 얼굴을 마주 본 채 진지하게 칭찬을 받게 되면 대부분의 영국인들이 어찌할 바를 몰라하듯 브라운 신부도 뜻 모를 말만 중얼 거렸다. 교수는 딱딱 끊는 식의 진지한 말투로 말을 계속 이어 나갔다.

"이건 어떻게 보면 무척 간단한 이야기입니다. 주교로 보이는 중세 기독교인의 무덤이 서섹스 해안가에 있는 덜햄의 한 교회 지하에서 발견되었습니다. 그 교회의 교구 목사도 고고학자이기 때문에 제가 아직은 모르는 어떤 것을 알아낼 수 있었지요. 그런데 그 시체가 처리된 방식이 서유럽에는 알려지지 않은, 특히 그 당시에는 더더욱 알려지지 않았을, 그리스와 이집트 방식이었습니다. 그래서 그 교회 목사인 월터스 씨는 당연히 비잔틴의 영향에 대해 궁금해졌다는 얘기죠. 그런데 그분이 다른 이야기를 조금 했는데 그 이야기에 개인적으로 더욱 흥미가 갑니다."

교수는 얼굴을 찡그리며 식탁보를 내려다봤다. 그의 길고 엄숙한 얼굴이 더 음울해지고 엄숙해지는 듯했다. 그의 기다란 손가락은 식탁보 위의 무늬가 마치 잃어버린 도시와 신전, 무덤의 평면도인 양 선을 따라 움직이고 있었다.

"제가 많은 사람들 앞에서 그 이야기를 하는 것을 왜 조심스러워하는지, 사람들이 그 이야기를 듣고 싶어할수록 점점 더 제가 조심스러워지는지, 그 이유를 오직 신부님께만 말씀드리겠습니다. 그 관 속에서 줄이 달린 십자가가 하나 나왔다고 합니다. 보기엔 그저 평범한 십자가지만 뒤쪽에 비밀스런 상징이 있는, 세상에 두 개밖에 없는 십자가 중 하나입니다. 초기교회 시대에, 사도 베드로가 로마에 가기 전 안티오크에 교구를 마련한 것을 기념하는 거라고도 하지요. 어쨌든 그것과 같은 십자가는 세상에 단 한 개밖에 없고, 제가 바로 그걸 가지고 있습니다. 저는 그 십자가의 저주와 관련된 이야기가 있다는 것을 들었지만 믿진 않습니다. 하지만 저주가 있든 없든 무언가 음모라고 할 만한 것은 존재합니다. 단 한 사람만의 음모일 수도 있지요."

"한 사람이요?"

브라운 신부가 기계적으로 되물었다.

"제가 아는 한 미친 사람입니다. 긴 이야기이기도 하고 어리석은 이야기이기도 하지요."

스메일 교수가 말했다. 그는 이야기를 잠깐 멈추더니, 식탁보의 설계 도면 같은 무늬를 손가락으로 따라가다가 다시 말을 이었다.

"제겐 의미 없어 보이는 부분에서도 신부님께서는 무언가 발견하실지 모르니 처음부터 전부 이야기하는 게 좋을 것 같습니다. 몇 년 전, 저는 혼자서 크레타와 그리스 군도의 유적을 조사하고 있었습니다. 간혹 마을 주민들의 도움을 받기도 했지만, 실제로 상당히 많은 일을 저 혼자 했습니다. 그날도 혼자 일하고 있었는데, 지하로 이어지는 미로처럼 생긴 길을 발견했던 겁니다. 그 길을 따라가보니 한 무더기의 장신구들과 보석들이 여기저기 흩어져 있었습니다. 거기서 그 수상쩍은 황금 십자가를 발견한 것입니다. 그걸 뒤집어 봤더니 뒤편에 초기 기독교인들의 표지인 익투스* 물고기 모양이 있었습니다. 그런데 그 모양과 무늬가 보통 발견되는 것들과는 달랐습니다. 그러니까 뭐랄까, 제가 보기엔 더 진짜 물고기 같았습니다. 마치 조각가가 상징이나 표시로서만 조각한 게 아니라 진짜 물고기라는 느낌을 주려고 한 것 같았습니다. 한쪽 끝은 평평하게 깎여져 있는데 그건 순전히 계산된 장식이라기보다 조잡하고 원시적이기까지 한 동물적 관찰법 때문인 듯했습니다.

이걸 중요하게 생각한 이유를 간단히 설명드리려면 유물 발굴의 취지도 말씀드려야겠군요. 어떤 면에서, 그건 어떤 유적의 발굴을 또 발굴하는 것이라는 성격을 띠고 있었습니다. 그러니까, 우리는 어떤 유적만 찾은 것이 아니라, 어떤 유적을 찾은 사람의 유적을 찾기도 했다는 뜻입니다. 지하로 통하는 길은 미노아 시대의 것으로 보여졌는데, 저 유명한 미노타우르스의 미궁으로 불리는 그 유적처럼, 미노아 시대부터 현재까지 오는 오랜 세월 동안 완전히 사라졌던 것이 아니라 단지 알려

---

* ICHTHUS, ιχθυς. 헬라어로 '예수 그리스도 하느님의 아들 구원자'를 의미하는 'Iesous CHristo Theou HUios Solter'의 첫글자들을 모아서 합성한 것이다. 또한 익투스는 '물고기'라는 단어이기도 한데 위의 다섯 단어의 첫글자들을 따서 시그마θ는 등지느러미, 이오따ι와 키χ는 꼬리지느러미 등으로 사용해서 그림을 그리면 다시 물고기 모양이 된다.

지지 않은 채 사람의 발길이 끊겼던 것입니다. 저는 아예 이 유적을 지하의 도시와 마을이라고까지 표현하는데, 우리는 이 지하의 장소가 아마 어떤 시기에 어떤 목적을 가진 누군가에 의해서 이미 발견되었던 거라고 믿고 있습니다.

그 목적이란 것이 무엇인지에 대해서는 의견이 분분하지요. 여러 제국들이 단지 과학적인 호기심에서 공식적인 탐사 작업을 진행시켰을 수도 있고, 로마 제국 말기의 과격한 풍습 속에서 마니교의 이름없는 분파나 아시아계의 사교 집단이 태양빛을 피해 동굴 속에 들어와 난잡한 의식을 벌였을 수도 있습니다. 그러나 저는 이 동굴들이 카타콤으로 사용되었을 거라고 믿는 쪽입니다. 즉, 제국 전체에 기독교 탄압이 불길처럼 번졌을 때 기독교인들이 이 고대의 이교도가 만든 미로 동굴에 몸을 숨겼던 것입니다. 그래서 저는 번개가 치는 듯한 전율을 느끼며 그 황금 십자가를 주워들고 그 뒤의 모양새를 살폈던 것입니다. 그리고 더욱 기쁘고 놀라웠던 것은 제가 돌아서서 빛을 찾아 나가려고 올라가는 도중에 길을 따라 펼쳐진 바위의 벽에 물고기 모양이 선명하게 새겨져 있었던 것입니다.

어떻게 보면 그건 마치 물고기나 원시 생물의 화석처럼 보이기도 했습니다. 저는 확신을 하지 못한 채 물고기의 의미가 무엇인지 고민해보았습니다. 초기 기독교인들의 삶은 물고기와 같았던 것이라는 생각까지 해보았습니다. 인간의 발밑 어둠 속, 빛도 소리도 없는 지하의 세계에서 아무것도 듣지 못하고 살아가니까요. 바로 그때였습니다.

돌길을 걸어본 사람이라면 누구나 유령의 발걸음이 따라오는 느낌에 대해서 잘 알고 있을 겁니다. 자기 발걸음 소리의 메아리가 앞이나 뒤에서 울리기 때문에 인간이 완벽하게 외로운 상태에 있는 건 불가능합니다. 저는 이 메아리에 익숙해져서 얼마 동안 그 소리를 의식하지 못하고 있었는데, 이 돌벽에 새겨진 물고기 모양을 보면서 걸음을 멈추는 순간 동시에 저의 심장도 멈춰버리는 것 같았습니다. 제 발은 걸음을 멈췄는데, 메아리는 계속해서 울리고 있었던 겁니다.

저는 앞을 향해 달려갔습니다. 그러자 유령의 발걸음 소리역시 달리는 것 같았는데, 저의 발걸음 소리가 메아리치는 것이라고 하기엔 박자가 맞지 않았습니다. 제가 다시 멈추었더니 그 걸음 소리도 함께 멈췄습니다. 하지만 그 소리가 한발짝 늦다는 것을 느낄 수 있었습니다. 제가 뭐라고 외쳤더니 곧 그 답이 돌아왔습니다. 그러나 그 목소리는 저의 목소리가 아니었습니다.

그 소리는 제 바로 앞에 있는 바위의 구석에서 들려왔습니다. 으스스하게 추적을 당하는 동안 저는 그 유령이 구부러진 길이 꺾이는 곳에서만 멈춰서 말한다는 것을 눈치챘습니다. 제가 손전등으로 앞을 비춰보면 언제나 빈 공간뿐이었습니다. 이런 상황에서 저는 빛이 스며들어오는 곳까지 계속 나아가며 그 수수께끼의 인물과 이야기를 나누었습니다. 그러나 빛이 들어오는 곳에서조차도 저는 그자가 어떤 방법으로 빛 속으로 사라졌는지 알 수가 없었습니다. 하지만 그 미궁의 입구에는 문이나 빈틈이 많았기 때문에 그자가 지하동굴 속으로 다시 사라지는 건 그다지 어렵지 않았을 것입니다. 제가 알 수 있는 거라곤 제가 어느 거대한 산의 외길 위에 서 있었다는 겁니다. 그 길은 꼭 대리석 계단과 같았는데 그곳에는 열대지방의 초록색 식물들만이 다양해서 고전 그리스 시대가 몰락할 당시 간간이 이 지역에 침입했던 동양을 연상케 했습니다. 새파란 바닷물을 바라보고 있자니 점차 햇볕이 완벽한 외로움과 침묵 위로 내려앉았습니다. 그곳에는 풀잎 하나 살랑거리는 소리도 들리지 않았고 사람의 그림자의 그림자조차도 보이지 않았습니다.

기분 나쁜 대화였습니다. 격의 없고, 개인적이며, 어떻게 보면 매우 평범한 대화였지요. 몸도, 얼굴도, 이름도 없는 존재가 그 지하에서 내 이름을 부르면서 이야기를 하는데 마치 클럽의 소파에 앉아서 함께 이야기를 나누는 듯한 기분이 들었거든요. 그렇지만 그자는 또 이렇게도 말했습니다. 저나 다른 누구라도 물고기 표시가 있는 십자가를 손에 넣는 자는 두말할 것 없이 자신이 죽여버릴 거라고. 저에게 권총이 있는 것을 알기에 거기서 저를 덮치지는 않을 거라고. 하지만 계속 침착한 목소리로 반드시 저를 살해할 수 있도록 계획을 짜겠다고 했습니다. 모든 세부사항을 치밀하게 계획하고, 모든 위험요소를 미리 제거하며, 마치 중국인 장인이나 수놓는 인디언 장인이 평생의 공을 들여 멋진 작품을 만들어내듯 저를 죽이는 데 온 힘을 다하겠다고 말했습니다. 하지만 그자는 동양인은 아닙니다. 분명히 백인입니다. 아마 저와 같은 미국인일지도 모릅니다.

그후 저는 가끔씩 그자로부터 어떤 표시나 이상한 메시지를 받게 되었는데, 그러면서 저는 그자가 편집광일 거라는 생각을 하게 됐습니다. 그자는 언제나 이런 비현실적인 방법으로 나의 죽음과 매장에 대한 준비과정이 만족스럽게 진행되고 있다고 이야기해줍니다. 그리고 제가 죽음에서 벗어날 수 있는 길은 오직 그 동굴에서 발견한 그 십자가를 버리는 것, 그 길뿐이라고 합니다. 그자가 어떤 종교적인 감상이나 열정을 가지고 있는 것으로 보이지는 않습니다. 대신 어떤 유물이나 골동품, 그런 진기한 물건을 모으는 데 열정적인 수집가가 아닐까 하는 생각이 드는 것입니다. 그래서 저는 그자가 동양인이 아니라 서양인이라고 생각하는 겁니다. 수집에의 열정이 그자를 미치게 만들어버린 겁니다.

그러고 나서 이런 소식이 들려왔습니다. 아직 입증된 건 아니지만 서섹스의 무덤에서 그것과 짝을 이루는 십자가가 발견되었다는 겁니다. 만약 그자가 수집광이라면 이 소식은 그자를 완전히 악마에 홀리게 만들었을 겁니다. 하나가 다른 사람의 손에 들어가 있는데 나머지 하나마저 자기 손에 없다는 건 그야말로 고문이나 마찬가지겠지요. 그자의 미친 메시지는 독화살이 퍼붓는 것처럼 더욱 강렬해지고 잦아졌습니다. 새로 온 메시지는 언제나 이전 것보다 더욱 확신에 차서 제가 무덤의 그 십자가에까지 손을 뻗친다면 그 순간 저를 죽이겠다고 협박하는 것입니다. 그자는 썼습니다.

결코 나를 알 수 없으리라. 결코 내 이름을 부르지 못하리라. 결코 내 얼굴을 보지 못하리라. 당신은 죽을 것이며, 누가 당신을 죽였는지도 알지 못하리라. 나는 당신 주위에 있는 누군가의 모습으로 그 속에 함께 있으리라. 그러나 당신이 깜빡하고 돌아보지 못한 그곳에 내가 있으리라.

그 협박 편지를 받은 후부터 저는 그자가 이 여행을 따라오고 있을지도 모른다는 생각을 하게 되었습니다. 제게 몹쓸 짓을 하고 십자가를 빼앗아갈지도 모릅니다. 하지만 저는 그자를 한 번도 본 적이 없습니다. 어쩌면 제가 만난 어떤 사람일지도 모르겠습니다. 식사를 날라오는 웨이터일 수도 있습니다. 저와 함께 식사를 하는 저 손님들 중에 있을지도 모릅니다."

"저일 수도 있네요."

브라운 신부가 장난스럽게 말했다.

"그 누구라도 가능하죠. 그래서 말씀드린 겁니다. 신부님은 절대로 아닐 테니까요."

스메일이 심각하게 대답했다.

"뭐, 확실히 저는 아닙니다. 이제 우리는 과연 그자가 여기에 있는지를 알아내야 하겠군요. 그자가 심술을 부리기 전에."

브라운 신부는 또 한번 쑥스러워하는 미소를 지으며 말했다.

"알아낼 수 있는 기회가 한 번 있습니다."

교수가 굳은 얼굴로 말했다.

"사우샘프턴에 도착하면 전 당장 차를 타고 해안길로 갈 겁니다. 신부님이 저와 동행해주셨으면 합니다. 다른 사람들은 모두 헤어질 겁니다. 만약 그들 중 누군가가 서섹스 해안가의 그 작은 교회에 다시 나타난다면 우리는 그자의 정체를 알게 되는 것이지요."

적어도 차를 타고 브라운 신부를 데려간다는 데까지는 교수의 계획이 차질없이 진행되었다. 그들은 한쪽으로는 바다를 바라보며, 다른 쪽으로는 햄프셔와 서섹스의 언덕을 바라보며 해안길을 따라갔다. 양쪽 어디에도 누군가 뒤쫓아오는 기미는 보이지 않았다.

덜햄에 도착했을 때, 신문 기자가 교회를 방문하여 목사의 안내로 새로 발굴된 무덤을 보고 나오고 있었다. 그러나 그의 질문이나 이야기는 보통 신문 기자들의 관심 정도일 뿐이었다. 그래도 스메일 교수는 공연히 그의 태도와 생김새를 보며 의구심을 떨치지 못하였다. 그는 키가 크고 낡은 옷차림에, 매부리코를 하고 눈은 쑥 들어가 있었다. 콧수염이 아래로 축 늘어진 그는 지금 막 보고 나온 것에 대해 기분이 언짢은 모양이었다. 실제로 그들이 그에게 뭔가 물어보기 위해 그를 붙들었을 때, 그는 최대한 빨리 그 광경에서부터 도망가고 싶어하는 것 같았다.

"저주 때문입니다. 저곳에 있다는 저주 말입니다. 안내서에 나온 것도 그렇고, 목사가 말했든 이 동네 노인네가 말했든 누가 말했든 간에 말입니다. 근데 정말로 그런 것 같아요. 저주가 있든 없든 난 저기서 빠져나온 것만으로 다행이라는 느낌입니다."

기자가 말했다.

"저주를 믿으시오?"

스메일이 슬쩍 물어보았다.

"난 어떤 것도 믿지 않습니다. 기자니까요. 〈데일리 와이어〉의 기자인 분이라고 합니다. 하지만 저 지하에는 뭔가 섬뜩한 게 있어요. 내가 소름이 끼쳤다는 것은 부인하지 않겠습니다."

그 우울한 사람이 말했다.

그러고 나서 그는 기차역을 향해 더욱 빠른 걸음으로 걸어갔다.

"갈가마귀나 까마귀 같군요, 저 친구. 그런 거 있잖아요, 흉조를 미리 알려주는 새."

교회를 향해 가면서 스메일이 평가를 내렸다.

그들은 천천히 교회 안마당으로 들어갔다. 미국인 고고학자는 멀리 떨어져 있는 대문의 지붕과 낮의 빛을 거부하는 밤처럼 주위를 둘러싼 거대한 소나무 숲에서 눈을 떼지 못했다. 길은 불쑥 솟아오른 잔디 언덕으로 향해 있었는데, 잔디 언덕 위에는 묘비들이 마치 초록 바다 위에 떠 있는 뗏목처럼 군데군데 있었다. 발에 닿는 무성한 잔디는 호랑가시나무 덤불로 바뀌고 회색과 노란 빛의 모래가 펼쳐져 있는 모래사장이 나타났다. 호랑가시나무 덤불에서 한두 걸음 떨어진 곳에 어두운 실루엣을 그려내며 누군가 움직이지 않고 서 있었다. 그 어두운 회색 옷 때문에 그 모습은 어느 묘지의 기념비상처럼 보였다. 그러나 브라운 신부는 곧 그 우아한 풍채와 음침하게 튀어나온 짧은 턱수염을 보고 무엇인가 알아차렸다.

"이럴 수가! 태런트 저 사람이었군, 저놈을 사람이라고 한다면 말이죠. 제가 배에서 말했지요? 이렇게 빨리 그놈을 찾아내게 될 줄 생각이나 하셨습니까?"

고고학 교수가 소리쳤다.

"너무 많이 찾아낸 것 같군요."

브라운 신부가 대답했다.

"아니, 무슨 말씀입니까?"

신부를 돌아보며 교수가 물었다.

"제 말은, 소나무 뒤에서 다른 목소리도 들었다는 겁니다. 태런트 씨는 혼자 있는 것 같지 않아요. 혼자인 것처럼 보이고 싶어하지만요."

신부가 부드럽게 대답했다.

태런트가 특유의 우울한 태도로 천천히 몸을 돌리자 신부의 추측은 확실해졌다. 높고 날카로운, 여성의 것이 분명한 또 하나의 목소리가 익숙한 장난을 하듯 울려퍼졌다.

"그분이 여기 있을 거라는 걸 제가 어떻게 알 수 있겠어요?"

스메일 교수는 이 즐거워 보이는 장난이 자기를 향한 것이라는 생각은 들지 않았다. 그는 제 3자가 나타났다는 사실이 당혹스러울 따름이었다. 그리고 다이애나 웨일스 여사가 평소처럼 즐겁고 씩씩한 모습으로 소나무 그늘에서 나타났을 때, 그는 그녀에게 살아 있는 그림자가 하나 더 붙어 있다는 느낌이 들었다. 바로 그 마르고 깔끔한 모습을 한 미심쩍은 칼럼니스트 레너드 스마이스가 다이애나 여사의 화려한 자태 뒤에서 미소를 지으며 나타났던 것이다.

"악당들! 전부 다 모였군! 그 꼬부랑 수염만 빼고 전부 다!"
스메일이 중얼거렸다.

그러자 브라운 신부가 옆에서 부드럽게 웃었다. 실제로 상황은 우스운 것이 되어버렸다. 모두들 귀를 쫑긋 세우는 시늉을 하자 상황은 뒤죽박죽 엉망이었다. 교수가 말하는 동안 교수의 말과 정반대되는 우스운 일이 벌어졌던 것이다. 바로 검고 기괴한 초승달 모양의 콧수염을 기른 동그란 얼굴의 그 사나이가 갑작스레 땅 속 구멍에서 튀어나온 것이다. 잠시 후에 그들은 그 구멍이 실제로 매우 커다랗고, 땅 속까지 사다리로 연결되어 있다는 걸 알게 되었다. 그곳이 바로 그들이 보고 싶어하는 땅 속 세계의 입구였던 것이다. 그 땅딸막한 사나이는 입구를 발견하여 사다리를 타고 한두 칸 내려갔다가 모두에게 인사하기 위해 다시 올라왔던 것이다. 그는 마치 〈햄릿〉의 익살스런 장면에 등장하는 어리석은 무덤지기 같아 보였다. 그는 굵은 콧수염 밑으로 굵은 목소리를 내며 말했다.

"여기 밑이오."

그 순간 다른 사람들은 조금 놀랐는데, 그것은 일주일 동안 같은 식탁에서 그와 함께 식사를 하였음에도 불구하고 그의 목소리를 들은 것은 이번이 처음이었기 때문이다. 더군다나 영국인 강사로 알고 있던 그의 말투에는 뭔가 어색한 외국 억양이 섞여 있었다.

"있잖아요, 교수님. 교수님의 비잔틴 미라는 놓치기가 너무 아까웠답니다. 꼭 보고 싶어졌어요. 다른 신사분들도 마찬가지였을 거예요. 이제 그 얘기를 전부 해주세요."

다이애나 여사가 즐거움에 가득 차 말했다.

"난 그 얘기를 전혀 모릅니다. 어떤 면에서 나는 그 얘기란 게 뭘 말하는지도 모르겠군요. 우리가 이렇게 다시 만난 것도 정말 기묘한 일입니다. 뭐, 현대인은 모든 걸 알고 싶어한다니까. 하지만 우리가 이 장소를 보려고 한다면 우리는 책임감 있게 행동하고 책임자의 지시에 따라야 합니다. 우리 모두 이곳을 본 데 대해서 책임을 져야 합니다. 그러니 다들 이름을 써주셔야겠습니다."

교수가 엄숙하지만 단호하지는 않게 말했다.

조급해하는 여사와 의심스러워하는 교수 사이에 말다툼이 있었지만, 결국 목사와 지역 조사의 공식적 권리를 내세운 교수가 이겼다. 콧수염의 땅딸보 사나이는 마지못해 구멍에서 나와 묵묵히 결정에 따랐다. 때마침, 이 교회의 목사가 등장했다. 회색 머리칼에 인상 좋아 보이는 사람으로 안경 때문에 의기소침해 보였다. 그는 곧 스메일 교수와는 동료 고고학자로서의 연대감을 형성했지만, 아무 상관없는 이 사람들의 방문에 대해서도 그다지 불쾌하지 않은 듯했다.

"저는 여러분이 미신을 믿지 않기를 바랍니다. 다만 이런 일을 하는 사람들의 목에 걸려 있는 갖가지의 저주에 대해서 먼저 말씀드려야 할 것 같습니다. 저는 그 예배당으로 들어가는 입구에서 발견된 라틴 비문을 해독했습니다. 거기에는 세 개의 저주가 있었습니다. 봉인된 방에 들어갈 때의 첫번째 저주, 거기 있는 관을 열 때의 두번째 저주, 그리고 관 속에 있는 황금 유물을 만질 때의 세번째 저주가 있지요. 세번째가 가장 끔찍한 저주입니다. 저는 이미 앞의 두 저주의 표적이 되었다고 할 수 있겠지요."

목사가 미소를 지으며 쾌활하게 말했다.

"제가 두려운 것은 여러분도 만약 무언가 보려고 한다면 첫번째, 가장 약한 저주를 감수해야 한다는 겁니다. 저주의 이야기에 의하면, 저주는 바로 내려오는 것이 아닙니다. 긴 시간을 기다렸다가 공격을 한답니다. 그나마 이게 위안이 될는지는 모르겠군요."

월터스 목사는 어깨를 늘어뜨린 채 온화한 태도로 미소를 한 번 더 지어 보였다.

"이야기라…… 어떤 이야기입니까?"

스메일 교수가 물었다.

"다소 길고 복잡한 이야기입니다. 다른 지역의 전설과 마찬가지로요. 하지만 확실히 무덤이 만들어졌던 그 당시의 이야기입니다. 그 이야기의 핵심은 저 비문에 적혀 있지요. 대체로 이렇습니다. 기 드 기소르라고 13세기 이 지역 장원의 영주가 있었는데, 하루는 제노아 특사가 타고 온 아름다운 흑마가 무척이나 탐이 났습니다. 하지만 말의 주인은 높은 가격이 아니면 팔지 않을 태세였지요. 영주는 탐욕에 눈이 멀어 사원에 들어가 성물(聖物)을 훔쳤는데, 어떤 이야기에는 주교를 죽이기까지 했다고 합니다. 그런데 그 주교는 황금 십자가를 가져가는 자와 가지고 있으면서 자신의 무덤 속으로 돌려놓지 않는 자에게 저주를 내린 것입니다. 영주는 곧 그 황금 십자가를 마을의 금 세공인에게 팔고 그 돈으로 원하던 말을 살 수 있었습니다. 그런데 그가 처음으로 그 말 위에 오른 순간, 말이 갑자기 요동

치더니 그를 교회 현관 앞으로 내던져 그의 목이 부러져버렸습니다. 한편 그때까지 부자로 잘 살던 금 세공인은 불의의 사고를 몇 차례 겪더니 그 영지에 살고 있던 한 유대인 대금업자에게 전 재산을 날려버렸습니다. 결국 그 불행한 금 세공인은 굶주리다 못해 사과나무에 목을 매었습니다. 황금 십자가를 비롯한 그의 재산, 집, 가게, 연장 도구 등은 이미 오래전에 그 대금업자의 손에 넘어가버렸죠. 한편, 앞서 말한 영주의 아들이자 후계자는 신성 모독을 범한 아버지가 받은 벌에 충격을 받고, 그 당시의 엄격한 종교에 귀의하여 자기 장원의 사람들 중 이단이나 무신론자를 처벌하는 것을 의무로 여기고 실행했습니다. 그래서 그 유대인의 차례였죠. 이전 영주에게서는 그저 비웃음만 받았을 뿐 종교의 자유는 있었는데, 이젠 그 아들에 의해 가차없이 화형에 처해졌습니다. 그러니까 그도 결국 십자가를 손에 넣은 죄과를 치른 것이죠. 이 세 차례의 천벌이 내린 뒤, 십자가는 주교의 무덤 속으로 돌아갔습니다. 그 이후로 누구도 그것을 본 적도 손을 댄 적도 없습니다."

다이애나 웨일스 여사는 기대했던 것보다 더 흥미로운 이야기에 가슴이 뛰었다.

"정말 떨려요. 생각해보세요, 그 이후 우리가 처음이 되는 거예요. 목사님 다음으로."

억양이 특이한 콧수염 사나이는 결국 일꾼들이 발굴 작업에 사용했던 사다리로 내려가지 않았다. 목사가 그들을 백 미터쯤 떨어진 곳에 있는, 그가 막 지하 조사를 마치고 나온 더 크고 편리한 입구로 데려갔던 것이다. 이곳은 내려가는 길이 완만한 경사로 되어 있어, 점점 어두워지는 것을 제외하고는 내려가는데 어려움이 없었다. 그들은 칠흑같이 어두운 터널을 한 줄로 내려갔고, 곧 앞쪽에서 반짝이는 빛을 발견했다. 조용히 나아가는 와중에 한번은 누군가 숨이 막힌 듯한 소리를 냈지만, 누구의 소리인지는 알 수 없었다. 또 한번은 누군가 둔탁한 신음 소리처럼 욕을 했지만, 역시 누가 낸 소리인지 알 수 없었다.

그들은 둥근 아치 지붕의 바실리카와 같은 원형의 방에 들어섰다. 아치가 둥근 것은 고딕 양식의 뾰족한 아치가 서구 문명을 창처럼 꿰뚫고 지나가기 이전에 예배당이 지어졌기 때문이었다. 기둥 사이로 깜박이는 푸르스름한 불빛이 지상으로 나가는 다른 입구 쪽을 비추자 마치 바닷속에 있는 듯했다. 이런 느낌은 한두 가지 상상때문에 더욱 증폭되었다. 모든 아치에는 노르만식의 삐죽삐죽한 무늬의 흔적이 어렴풋이 남아 있었는데, 그것이 동굴의 어둠 속에서 무시무시한 상어의 입처럼 보였던 것이다. 한가운데에 있는 돌관의 뚜껑이 열려 있는 모습은 마치 성서 속의 바다 괴물 리바이어던이 입을 쩍 벌리고 있는 것처럼 보였다.

움직이기 편하게 하기 위해서인지 현대적 감각이 부족해서인지 목사는 예배당의 조명으로 바닥에 세워진 나무촛대에 꽂힌 기다란 초 네 개만을 쓰고 있었다. 그들이 들어섰을 때에는 그 중의 한 개만 불이 켜져 장엄한 건축물의 윤곽이 희미하게 일렁였다. 그들이 모두 모이자 목사는 나머지 세 개에도 불을 붙여 커다란 돌관의 모습과 그 내용물이 보다 선명하게 보이도록 했다.

모두의 눈길은 우선 죽은 자의 얼굴로 향했다. 시체는 수 세기가 지나도록 생전 모습 그대로 보존되어 있었는데, 이는 비밀스런 동양의 방식에 의해 처리된 것이라 했다. 교수는 경탄을 금할 수가 없었다. 그 얼굴은 밀랍을 바른 것처럼 창백했지만 죽은 사람처럼 보이지 않고 그냥 자고 있는 사람처럼 보였던 것이다. 골격이 잘 갖추어진 그 얼굴은 과연 수도자나 열정적인 신앙인의 얼굴이었다. 시체는 금빛 망토와 화려한 신부복으로 싸여 있었는데, 가슴 위에는 그 유명한 황금 십자가가 짧은 금줄, 차라리 목걸이라고 할 그런 금줄에 매달려, 거의 턱에 닿을 듯이 놓여 있었다.

시체의 머리 쪽만 들어올린 돌관의 뚜껑은 튼튼한 나무막대 두 개가 받치고 있었는데, 나무막대의 윗부분은 뚜껑의 모서리를 받치고, 아랫부분은 관 속의 시체 머리 뒤 구석에 괴어져 있었다. 촛불이 얼굴 전체를 환하게 비춰주는 반면 시체의 발을 비롯한 아래쪽은 잘 보이지 않았다. 십자가의 황금빛은 죽은 이의 창백한 빛과 대조를 이루며 불처럼 타오르고 있었다.

목사의 저주 이야기를 들은 후의 생각 때문인지 근심 때문인지 스메일 교수의 커다란 이마에는 깊은 주름이 패여 있었다. 예민한 여성의 육감은, 깊은 생각에 빠져 움직이지 않고 있는 교수의 모습이 무얼 뜻하는지 다른 남자들보다 잘 알 수 있었다. 촛불만이 타오르고 있는 동굴의 정적 속에서 다이애나 여사는 갑자기 소리쳤다.

"만지지 마세요, 제발!"

그러나 교수가 이미 사자와 같은 기민함으로 몸을 움직여 시체를 향해 몸을 앞으로 기울인 뒤였다. 다음 순간 그들은 흠칫하며 앞으로 나서거나 뒤로 물러섰다. 하늘이 무너질까 두려워하는 듯 다들 몸을 움츠리는 것이었다.

교수가 황금 십자가에 손을 대는 순간 미약하게 기울어진 채 돌관 뚜껑을 받치던 나무막대가 튀어나와 똑바로 서는 것처럼 보였다. 그리고 거대한 돌관 뚜껑은 그대로 미끄러져 내려왔다. 그 순간 그들은 벼랑 끝에서 떨어질 때처럼 끔찍한 고통을 마음과 몸으로 느낄 수 있었다. 스메일은 재빨리 머리를 빼려고 했지만 너무 늦었다. 그는 관 옆에 의식을 잃고 쓰러졌으며, 그의 머리에서 흘러나온 붉은 피가 바닥을 흥건히 적시고 있었다. 그리고 돌관은 지난 몇 세기 동안 그랬던 것처럼 다시 닫혔다. 오직 한두 개의 나무조각이 그 틈새에 끼여 있을 뿐이었다. 그 모습은 괴물의 이빨 사이에 뼈가 끼여 있는 모습을 연상케 했다. 리바이어던이 돌로 된 입을 다물어버린 것이다.

그 끔찍한 광경을 바라보는 다이애나 여사의 눈에서는 광기의 빛이 번득였다. 그녀의 붉은 머리칼은 푸르스름한 빛 속에서 창백해진 얼굴빛에 대조되어 자줏빛으로 보였다. 스마이스는 마치 강아지처럼 고개를 돌려 그녀를 쳐다보고 있었다. 그 모습은 주인이 당한 재난을 조금밖에 이해하지 못하는 개의 모습과 비슷했다. 태런트와 외국인은 평소의 뚱한 태도 그대로 경직되어 있었지만 얼굴은 흙빛으로 변해 있었다. 목사는 까무러쳤던 것 같았다. 브라운 신부는 쓰러진 교수 옆에 무릎을 꿇고 앉아 상태를 살펴보았다. 조금 놀랍게도 저 바이런적인 건달 폴 태런트가 나서서 그를 도왔다.

"들고 나가서 바람을 쐬는 게 좋을 겁니다. 살아날 수 있을지도 몰라요."

태런트가 말했다.

"죽지 않았어요. 하지만 굉장히 위험한 상태인 것 같아요. 혹시 의사요?"

브라운 신부가 낮은 목소리로 말했다.

"아닙니다. 하지만 이런 일 많이 겪어보았죠. 그렇지만 지금은 제게 신경쓰지 마십시오. 저의 진짜 직업에 대해 들으면 놀라실 겁니다."

"그럴 것 같진 않습니다. 여행을 반쯤 같이 했을 때 알게 됐습니다. 당신은 탐정으로 누군가를 미행하고 있더군요. 어쨌든, 십자가는 이제 도둑맞을 염려가 없겠군."

브라운 신부가 가볍게 미소지으며 말했다.

그들이 이야기를 나누는 동안 태런트는 쓰러진 사나이를 손쉽게 들어올려서 출구를 향해 조심스럽게 나아갔다. 그는 어깨 너머로 대답했다.

"예, 십자가는 안전하겠지요."

"다른 사람들은 안전하지 않다는 투로 말하는군요. 당신도 저주를 믿는 겁니까?"

브라운 신부가 물었다.

브라운 신부는 비극적 사건의 충격 때문이 아니라 다른 이유로 이후 한두 시간 동안 쭉 얼굴을 찌푸리고 있었다. 그는 교수를 교회 건너편 작은 여관으로 옮기는 것을 도와주고는 의사를 만나 얘기를 나누었다. 의사는 상처가 매우 심각하지만 그렇게 치명적인 것은 아니라고 했다. 한편 브라운 신부는 여관 응접실의 탁자에 둘러앉은 일행들에게 소식을 전해주었다. 그러나 어디를 가든지 의혹의 구름이 몰려와 깊이 생각하면 할수록 의혹은 더욱 깊어만 갔다. 실제로 작은 수수께끼들의 상당수가 분명해지고 있는 반면, 중심에 있는 커다란 수수께끼는 더욱 모호해져갔다. 정확히 말해서 여행자들 개개인의 모습은 더욱 잘 설명할 수 있게 되어가는 데 비해 방금 전의 일은 더욱 설명하기 어려워지고 있었다. 레너드 스마이스는 단순히 다이애나 여사가 왔기 때문에 따라왔던 것이다. 그리고 다이애나 여사는 단순히 오고 싶어서 왔을 것이다. 그들은 지성인이라 하기에는 너무 어리석은 불장난을 하고 있었다. 하지만 여사의 낭만적인 기질 속에는 미신적인 부분도 있어서 모험이 낳은 끔찍한 결말에 기가 푹 꺾이고 말았다. 폴 태런트는 사립 탐정으로 아마 누구의 남편이나 부인을 위해 저 불장난을 감시하고 있는 것일 수도 있고, 불온한 이방인 분위기가 물씬 나는 저 콧수염 기른 외국인 강사를 미행해 온 것일 수도 있었다. 하지만 누구든 간에 십자가를 훔칠 목적이 있었다면 그 목적은 결국 좌절되었다. 그리고 보통 사람이 보기에 그 목적이 실패한 이유는 믿을 수 없는 우연의 일치이거나, 고대의 저주가 끼어들었기 때문이었다.

마을의 한가운데에 있는 교회와 여관 사이에서 평상시와는 다른 얼굴로 서성대고 있던 브라운 신부는, 최근에 어디서 본 듯한, 그러나 전혀 예상치 못했던 모습이 나타나자 약간 놀랐다. 햇빛 아래에서 매우 초췌해 보이는 신문 기자가 허수아비처럼 초라한 옷차림을 하고 그 어둡고 깊은 눈빛으로 신부를 바라보고 있었다. 신부는 그를 두 번 쳐다보고는 그가 검고 짙은 콧수염 뒤에 웃음 혹은 적어도 단호한 미소 같은 것을 숨기고 있다는 것을 알아차렸다.

"가버린 줄 알았습니다만. 두 시간 전 기차로 떠났다고 생각했는데요."

브라운 신부가 다소 날카롭게 말했다.

"뭐, 지금 여기 있잖아요."

기자가 말했다.

"왜 돌아왔나요?"

신부가 엄격하게 물었다.

"이곳은 기자를 서둘러 떠나게 만드는 작은 시골 마을과는 다르지요. 사건이 너무나 빠르게 일어나기 때문에 런던 같은 지루한 도시로 갈 수가 없었습니다. 게다가, 저도 사건에 연루됐었구요. 두번째 사건 말예요. 시체를 발견한 건 아니 적어도 옷을 발견한 건 저였습니다. 제 행동이 무척 의심스러우셨죠,

그렇죠? 아마도 제가 그 사람 옷을 입고 싶었을 거라고 생각하시겠죠. 나도 훌륭한 성직자가 될 수 있지 않겠어요?"

그 깡마르고 코가 긴 기자는 저잣거리 한가운데서 갑자기 장갑 낀 두 손을 쭉 뻗치더니 신부들이 축복 기도를 내리듯 말했다.

"오, 사랑하는 형제자매들이여, 내가 너희를 안아주리라……."

"도대체 무슨 얘길 하고 있는 거요?"

브라운 신부가 짤막한 우산으로 바닥을 가볍게 두드리며 소리쳤다. 신부는 평소보다 신경이 날카로웠다.

"신부님하고 같이 소풍 온 그 사람들한테 물어보면 다 알게 될 겁니다. 제가 단지 옷을 발견했다는 이유로 그 태런트란 자가 절 의심하더군요. 일이 분 더 빨리 왔으면 자기가 옷을 발견했을 거면서. 하지만 이번 일에는 수수께끼가 정말 많지요. 그 큰 콧수염에 몸집 작은 사나이도 보기와는 다른 뭔가를 숨기고 있어요. 그러고 보니 저는 왜 신부님이 그 불쌍한 사람을 직접 죽이지 않았는지 알 수 없군요."

기자가 비웃듯이 말했다.

브라운 신부는 화도 나지 않을 정도로 어처구니없고 당황스러울 뿐이었다.

"지금 그 말은, 스메일 교수를 죽이려 한 게 나였다는 뜻인가요?"

신부는 간명하게 물었다.

"아뇨, 아뇨."

기자가 손을 내밀어 크게 휘저으며 말했다.

"골라내야 되겠군요, 죽은 사람이 너무 많으니. 스메일 교수 뿐만이 아닙니다. 다른 사람이 죽은 건 모르셨나요? 스메일 교수보다 더 확실히 죽었죠. 그리고 난 신부님께서 왜 그 사람을 혼자 내버려뒀는지 모르겠다는 겁니다. 종교가 달라서요? 저런, 안타까워라 기독교의 분열이여…… 잃어버린 교구를 되찾고 싶으셨군요."

"난 여관으로 돌아가겠어요. 그 사람들이 안다고 했지요. 그러면 그 사람들은 말해주겠군요."

신부가 조용히 말했다.

잠시 후 신부의 당혹감은 새로운 재난의 소식에 더욱 뒤죽박죽되었다. 사람들이 모여 있는 응접실로 들어가는 순간, 신부는 그들의 얼굴에서 그들이 무덤의 사고 후 또 다른 사고로 인해 충격받았음을 읽을 수 있었다.

그가 들어갔을 때 레너드 스마이스가 말하고 있었다.

"이 모든 일의 끝은 어디일까요?"

"결코 끝나지 않을 거예요, 틀림없어요."

다이애나 여사가 공허한 눈길로 허공을 바라보며 되풀이해 말했다.

"우리 모두가 사라질 때까지 결코 끝나지 않아요. 한 사람 한 사람씩, 저주가 내릴 거예요. 저 불쌍한 목사가 말했듯이 천천히. 그렇지만 그 목사에게 저주가 내렸듯 우리 모두에게도 저주가 내릴 거예요."

"도대체 무슨 일이 일어난 게요?"

브라운 신부가 물었다. 잠깐 침묵이 흐른 후 태런트가 다소 공허한 목소리로 말했다.

"월터스 목사가 자살했습니다. 충격으로 인해 혼란스러웠던 것 같습니다. 하지만 자살한 건 틀림없어요. 해변에 튀어나와 있는 바위 위에 놓여 있는 그의 검은색 모자와 옷을 발견했습니다. 바다에 뛰어든 것 같아요. 처음에 사고가 일어났을 때 어째 정신을 잘 못 차리는 것 같더니…… 우리가 돌봐줬어야 했는데. 하지만 우리도 정신없는 상황이었으니……."

"어차피 아무것도 할 수 없었을걸요. 어차피 운명은 순서대로 다가오고 있는 걸 모르시겠어요? 교수는 십자가에 손을 대다가 제일 먼저 죽었고, 목사는 무덤을 열었기 때문에 두번째로 죽었고, 우리는 단지 예배당에 들어간 것뿐이지만 그래도 역시……."

여사가 말했다.

"잠깐만요. 이제 여기에서 멈추게 해야겠소."

브라운 신부가 그답지 않은 날카로운 목소리로 말했다.

그는 여전히 무의식적으로 찡그리고 있었지만, 그의 눈에는 의혹의 구름이 점차 걷히고 깨달음의 빛이 끔찍할 정도로 서서히 비쳤다.

"이런 바보 같으니! 오래전에 알았어야 했는데. 저주의 이야기에 다 나와 있는데."

신부는 중얼거렸다.

"지금 그 말씀은, 13세기에 일어난 일 때문에 우리가 정말로 죽음을 당할 거라는 말씀입니까?"

태런트가 나섰다. 브라운 신부는 머리를 흔들면서 조용히, 그러나 강하게 대답했다.

"난 우리가 13세기에 일어난 일 때문에 죽음을 당할 거라는 얘기를 하려는 게 아닙니다. 하지만 정말로 확실한 건 우리는 13세기에 일어나지도 않았던 일 때문에 죽음을 당할 수는 없단 거지요. 일어나지도 않았던 일이라는 얘기입니다."

"이거, 초자연적인 힘에 대해 이토록 회의적인 신부님이 계시다니 신선하군요."

태런트가 말했다.

"전혀 그렇지 않아요. 내가 의심하는 건 초자연적인 부분이 아닙니다. 자연적인 부분이죠. 난 지금 이런 말을 한 사람의 심정이 이해가 됩니다. '나는 불가능한 일은 믿을 수 있다. 하지만 이치에 맞지 않는 일은 믿을 수 없다.'"

신부가 침착하게 대답했다.

"패러독스로군요, 그렇죠?"

태런트가 말했다.

"상식입니다. 내가 말하고자 하는 건 패러독스가 아니라 상식이에요. 보통의 인간이 이해할 수 있는 상식. 우리는 우리가 이해할 수 없는 일을 다룬 초자연적인 이야기를, 우리가 이해하는 일을 반박하는 자연스러운 이야기보다 더 쉽게 받아들입니다. 저 위대한 정치가 글래드스턴 경이 임종의 순간에 아일랜드의 민족운동가 파넬의 귀신에게 홀렸다는 얘기를 듣는다면, 나는 '세상엔 참 알 수 없는 일들이 많아'라고 생각하겠지요. 그렇지만 만약 글래드스턴 경이 빅토리아 여왕을 처음으로 배알하는 날 모자를 벗지도 않고 여왕의 어깨를 툭툭 치면서 시가를 권했다는 얘기를 듣는다면, 난 '있을 수 없는 일이야'라고 했을 겁니다. 그건 불가능한 일은 아닙니다. 믿을 수 없는 이야기일 뿐이지요. 그렇지만 우리는 글래드스턴 경이 귀신에게 홀리지 않았다는 이야기보다 글래드스턴 경이 여왕 앞에서 그러지 않았다는 이야기를 더 강하게 확신합니다. 왜냐하면 그 이야기는 우리가 이해하는 세계의 법칙을 파괴하거든요. 이 저주의 이야기도 마찬가지입니다. 내가 믿지 않는 것은 그 전설이 아닙니다. 그 사실이지요."

다이애나 여사는 카산드라*적인 명함에서 곧 깨어났는지 새로운 일에 대한 끝없는 호기심이 다시 한번 그녀의 눈 속에서 빛을 발했다.

"정말 신부님은 신기한 분이로군요! 어째서 사실을 믿지 않으시나요?"

다이애나가 말했다.

"그것이 사실이 아니기 때문입니다."

브라운 신부가 대답했다.

"중세 시대에 대해 조금밖에 모르는 사람에게 그 저주의 이야기는 마치 글래드스턴 경이 여왕에게 시가를 내밀었다는 이야기처럼 가능한 일입니다. 하지만 누가 중세 시대에 대해 잘 알고 있습니까? 길드가 무엇인지 아십니까? '살보 마나기오 수오'**라는 말은 들어봤습니까? 누가 '세르비 레기스'***인지

---

* 트로이의 왕녀로 트로이의 멸망을 예언.

214

는 아시나요?"

"물론 모르죠. 라틴어가 너무 많아요!"

여사가 다소 시무룩하게 말했다.

"당연히 모르겠지요. 만약 투탕카멘이나 세계의 반대편에 보존되어 있는 아프리카인의 이야기였다면, 아니면 바빌로니아나 중국의 이야기였다면, 아니면 달나라 인간처럼 멀리 떨어져 알 수 없는 종족의 이야기였다면, 우리의 신문들은 그에 대한 모든 이야기를 해주고 칫솔이나 칼라 단추의 발명에 이르기까지 모든 정보를 가르쳐주었겠지요. 하지만 사람들은 누가 자기 교구의 교회를 지었는지, 누가 자기 마을과 시장과 지금 걸어가고 있는 이 길에 이름을 붙였는지에 대해서는 알지도 못하고 알고 싶어하지도 않습니다. 난 지금 내가 많이 알고 있다는 얘기를 하는 게 아닙니다. 하지만 나는 적어도 그 저주의 이야기가 처음부터 끝까지 가짜라는 것만은 알 수 있습니다. 대금업자가 어떤 사람에게 가게와 연장 도구까지 압류하는 것은 불법이었습니다. 한 장인이 그토록 혹독한 파멸의 지경에 이르렀는데, 그것도 유대인에게 그런 일을 당하게 되었는데, 길드가 그

** salvo managio suo. save your own tools, 즉 길드 장인들의 도구는 차압당할 수 없다는 의미이다.

*** servi regis. 왕의 하인이란 뜻으로 중세에 유대인을 의미했다.

를 보호해주지 않았다는 것은 있을 수 없는 일입니다. 그 시대의 사람들에겐 그 시대만의 죄악과 비극이 있었죠. 그들은 때때로 사람에게 고문을 가하거나 사람을 화형에 처하기도 했습니다. 하지만 어떤 사람이 하느님과 희망을 저버리고 아무도 자기를 돌봐주지 않기 때문에 자살한다는 것, 그건 중세에서는 있을 수 없는 이야기입니다. 그건 지금 우리의 경제 개념에서나 가능한 얘기지요. 유대인도 한 영주에게 소속될 수가 없었습니다. 보통 유대인들은 왕의 하인으로 특별한 지위를 차지했습니다. 무엇보다도, 유대인이 종교 때문에 화형당한다는 건 있을 수 없는 일이었습니다."

"패러독스가 점점 불어나는군요. 하지만 중세 시대에 유대인들이 박해받은 사실은 부인할 수 없잖습니까?"

태런트가 물었다.

"이렇게 말하는 편이 더 맞겠군요. 유대인들이야말로 중세에 박해받지 않은 유일한 민족이었지요. 중세를 풍자하고 싶다면, 지금 내가 말하는 경우를 예로 들면 될 거요. 삼위일체 이론에 대해 실수를 저지른 어떤 불쌍한 기독교인은 화형을 당하는데, 부자 유대인은 그리스도와 성모 마리아를 비웃으며 당당하게 거리를 걸어 다녔습니다. 자, 결국 저주의 이야기는 이런 식으로 다 거짓이었습니다. 그건 중세의 이야기도 아니고 중세에 관한 전설은 더욱 아닙니다. 그건 누군가가 소설이나 신문을 읽고 만들어낸 이야기이거나, 아니면 일시적 충동으로 만들어 낸 이야기입니다."

브라운 신부가 말했다.

갑자기 얘기가 역사 쪽으로 빠지자, 다른 사람들은 잠시 멍해졌다. 그리고는 왜 신부가 그것을 강조하고 또 그것을 이 수수께끼의 중요한 부분으로 생각하는지 알고 싶다는 표정을 지었다. 그러나 직업이 직업인 만큼 이 복잡한 이야기에서 실용적인 세부사항을 추려낸 태런트는 갑자기 중요한 점을 깨닫게 되었다. 그는 수염 달린 턱을 여느 때보다도 앞으로 내밀고 음침한 눈을 크게 떴다.

"아, 일시적 충동으로 만들어냈다고요!"

"그건 좀 과장이긴 합니다. 비상하게 잘 짜여진 구성에 비해 이야기의 세부사항이 부주의했다고 할 수 있지요. 하지만 이야기를 지어낸 사람은 중세 역사의 세부사항이 그다지 중요하리라고는 생각지 않았을 겁니다. 일단 그의 계산은 거의 적중했다고 볼 수 있지요. 그자의 다른 많은 계산들처럼."

브라운 신부가 침착하게 말했다.

"누구의 계산이 적중했다고요? 누구를 얘기하고 계시는 거죠? 도대체 왜 그런 말로 사람을 계속 오싹하게 만드는 건가요?"

여사가 참을 수 없다는 듯이 갑작스레 물었다.

"난 지금 살인자에 대해 이야기하고 있습니다."

브라운 신부가 말했다.

"무슨 살인자요? 불쌍한 교수님이 누군가에게 살해당했다는 건가요?"

그녀가 날카롭게 물었다.

"살해당했다고 말할 수는 없죠. 아직 그가 완전히 죽은 건 아니잖습니까."

태런트가 말했다.

"살인범은 스메일 교수가 아니라 다른 사람을 죽였습니다."

신부가 엄숙하게 말했다.

"아니, 누구를 말입니까?"

태런트가 말했다.

"살인범은 덜햄의 교구 목사 존 월터스를 죽였습니다. 그자는 저 두 사람을 죽이려고 한 거지요. 왜냐하면 그 희귀한 무늬 십자가를 그 두 사람이 가지고 있었으니까요. 그 점에서 살인범은 편집광이라고 할 수 있지요."

브라운 신부가 정확하게 대답했다.

"전부 이상하게 들리는군요. 우리는 목사가 확실히 죽었다고도 말할 수 없습니다. 아직 시체를 발견하지 못했어요."

태런트가 중얼거렸다.

"아 봤습니다. 모두들 봤습니다."

브라운 신부가 말했다.

그러자 급작스럽게 침묵이 밀려왔다. 다들 잠재의식 속에서 기억을 더듬느라 조용했다. 그때 여사가 뭔가 깨달은 듯 새된 비명을 질렀다.

"여러분이 보신 바로 그 모습입니다."

신부가 말을 이었다.

"살아 있는 그 사람과 만난 적은 없지만 그 몸은 보았죠. 확실히 보았습니다. 네 개의 커다란 촛불에 비춰 보았죠. 그 모습은 자살하여 바다에 둥둥 떠다니는 모습이 아니라 십자군 전에 지어진 교회 무덤에 잠든 왕자의 모습으로 누워 있었지요."

"쉽게 말해서, 그 미라가 바로 살해된 사람의 시체라는 걸 우리더러 믿으라는 얘기로군요."

태런트가 말했다.

브라운 신부는 잠깐 동안 입을 다물더니 다른 이야기를 할 것처럼 다시 입을 열었다.

"우선 십자가를 한번 생각해봅시다. 아니 십자가를 매달고 있던 끈을 생각해보지요. 사실 여러분에겐 그저 구슬이 연결되어 있을 뿐이고 특별한 점을 찾을 수 없는 끈이지요. 하지만 당연하게도 제겐 달라 보였습니다. 그 끈이 거의 턱에 닿을 듯이 놓여 있었던 건 기억하시겠지요. 마치 목걸이 자체가 매우 짧은 것처럼 구슬도 거의 보이지 않았습니다. 하지만 보인 구슬은 좀 특별한 식으로 배열되어 있는 듯했습니다. 처음 하나, 그 다음 세 개, 또 하나, 그 다음 세 개. 사실 나는 첫눈에 그것이 묵주라는 것을 알아차렸습니다. 끝에 십자가가 달린 보통의 묵주에 지나지 않았죠. 하지만 묵주에는 적어도 오십 개 이상의 구슬이 달려 있습니다. 당연히 나는 나머지 구슬들은 어디에 있을까 궁금해졌습니다. 그때에는 그걸 이해할 수가 없었습니다. 그리고 나중에야 묵주의 나머지 부분이 어디로 갔는지 알게 되었습니다. 묵주는 돌관의 뚜껑을 떠받치고 있던 나무막대에 묶여 있었던 겁니다. 그래서 가엾은 스메일 교수가 단지 십자가를 잡아당기기만 했는데도 나무막대가 튀어나오면서 돌관의 뚜껑이 교수의 머리를 덮쳤던 것입니다."

"이럴 수가! 무슨 말인지 조금씩 알 것 같아요. 만약 그게 사실이라면 정말 신기한 이야기입니다."

태런트가 말했다.

"그걸 깨달았을 때, 나머지에 대해서도 계속해서 생각했어야 했는데…… 보시오, 우선, 이 무덤에 대해서는 그저 조사만 있었지 어떤 공식적인 고고학계의 발표도 없었습니다. 가엾은 월터스 목사는 순수한 유적 발굴가로서, 미라에 관련된 전설에 어떤 진실이 있는지 알고 싶어서 무덤을 열었을 뿐입니다. 나머지 다른 이야기들은 모두 헛소문입니다. 그런 발견에 대해서 다들 미리 예상하거나 과장해서 사실인 듯 떠들어대죠. 실제로 목사는 시체가 미라 처리가 되지 않은 채 이미 오래전에 먼지가 되어버렸다는 걸 발견했겠죠. 그렇게 촛불 하나만 놓아두고 작업을 하고 있는 목사의 뒤에 다른 그림자가 나타났던 겁니다."

"아!"

다이애나 여사가 숨이 끊어지는 듯한 소리를 냈다.

"무슨 말씀을 하시는지 이제 알겠어요. 바로 우리가 그 살인범을 만났다는 얘기로군요. 그 살인범과 이야기를 나누고 농담도 하고, 그자에게 낭만적인 이야기를 듣고, 그리고 유유히 도망치도록 내버려뒀군요."

"변장했던 성직복을 바위 위에 놓아두는 건, 매우 간단한 일이죠. 처음에 그자는 교수가 저 울적해 보이는 기자와 얘기를 나누는 동안 교수를 앞질러 교회에 들어가서 빈 돌관 옆에서 늙은 목사를 죽이고 그의 옷을 입었습니다. 그리고 실제로 관 안에 들어 있었던 망토로 목사의 시체를 감싼 다음 관 속에 집어넣었죠. 그 다음 내가 설명한 대로 묵주를 이용해 살인 장치를 만들어놓았던 겁니다. 그렇게 두번째 살해 준비를 마친 다음 바깥으로 올라와 우리에게 최대한 정중하고 인정 많은 시골 목사인 척했던 것입니다."

"그자도 상당히 위험했군. 그 목사를 알고 있는 사람에게 발견되었다면요."

태런트가 말했다.

"그러니까 반쯤 미친 겁니다. 그리고 그 위험은 그자로서는 감수할 만한 것이었죠. 결국 도망칠 수 있었으니까."

브라운 신부가 동의했다.

"굉장히 운이 좋은 놈이에요. 도대체 누굽니까?"

태런트가 으르렁거렸다.

"지금 운이 좋다고 말했지만, 꼭 그런 것 같진 않군요. 아직 모르는 일입니다."

신부는 탁자에 앉아 잠시 동안 얼굴을 찡그렸다가 말을 이었다.

"그자는 오랜 세월 동안 교수의 곁을 배회하면서 협박을 했었지요. 그자가 매우 주의했던 것이 바로 자기 정체를 밝히지 않는 것이었습니다. 아직도 밝혀지지 않았지요. 하지만 가엾은 스메일 교수가 살아난다면, 살아나리라고 생각하는데, 그러면 우리는 더 많은 사실을 알 수 있게 되겠지요."

"스메일 교수는 먼저 무슨 일을 할 거라고 생각하세요?"

다이애나 여사가 물었다.

"그가 가장 먼저 할 일은, 이 살인마를 잡도록 탐정을 고용하는 일일 겁니다. 내가 그놈을 잡아내고 싶어요."

태런트가 말했다.

"아마, 교수께서 가장 먼저 해야 할 일이 있지요."

브라운 신부가 오랫동안 찡그렸던 인상을 펴고 갑자기 미소를 지으며 말했다.

"그게 뭔데요?"

다이애나 여사가 우아하게 열정을 내보이며 재촉했다.

"여러분에게 사과를 해야 할 겁니다."

브라운 신부가 말했다.

이 저명한 고고학자가 천천히 회복되는 동안 브라운 신부가 침대맡에 앉아 교수와 얘기를 다시 나눌 수 있게 된 것은 이 시점의 일은 아니었다. 사실, 주로 얘기한 사람은 브라운 신부가 아니라 교수였다. 교수는 비록 말을 많이 할 수는 없었지만, 조금이나마 할 수 있는 한 신부와 얘기를 나누었다. 브라운 신부는 아무 말 하지 않으면서도 상대방의 기운을 북돋워주는 재능을 가지고 있어서 스메일은 기운이 나서 쉽게 얘기할 수 없는 이상한 일까지도 이야기하곤 하였다. 이를테면 열에 들떠 종종 꾸게 되는 기괴한 꿈 이야기를 하는 것이었다. 머리에 큰 충격을 받은 후 회복하는 일은 도무지 예측할 수 없는 일이다. 게다가 그 머리가 스메일 교수처럼 흥미로운 머리일 경우에는 왜곡된 것과 사실이 아닌 것이 사실과 뒤섞여 혼란이 오게 된다. 그가 꾸는 꿈은 그가 공부했던 강하고 견고한 고대 그리스 미술에서 볼 수 있는 그림에서 나온 것이 많았다. 꿈속에는 사각과 삼각 후광을 머리 뒤에 올려놓은 이상한 성자들이 가득했고, 어둡고 평평한 얼굴에 씌워진 황금 왕관들이 가득했고, 동쪽에서 온 독수리들이 가득했고, 여자처럼 머리를 뒤로 묶은 턱수염 난 사나이들의 머리 모양이 가득했다. 다만 교수가 신부에게도 이야기했듯, 더 단순하고 깨끗한 그의 상상과 기억 속에 자꾸 떠오르는 기억 하나가 있었다. 그러니까 저 복잡한 비잔틴 무늬들이 불길에 황금이 쓸려가듯 사라져버리고 나면, 어둡고 깨끗한 바위 벽 위에 빛나는 형태의 물고기 모양이 새겨져, 그 선을 따라 손을 대면 파란 빛을 발하는 것이었다. 그것은 그가 저 어두운 길의 구석에서 처음 적의 목소리를 들었던 순간 보았던 바로 그 표지였다.

"결국 말입니다. 난 그 그림과 목소리에서 어떤 의미를 찾았습니다. 이전에는 결코 이해하지 못했던 거지요. 백만 명의 보통 사람들 가운데 한 명의 미친 사람이 있어 나를 박해하고 죽음으로 몰고 가려 하지만, 사회와 동떨어져 있는 건 내가 아니라 그자인데, 왜 내가 두려워해야 하는가? 어두운 카타콤에 기독교의 비밀의 표지를 그렸던 그 사나이가 받았던 박해와는 다르다는 겁니다. 그 사나이는 정말 고독한 광인이 되어버렸지요. 보통 사람들의 사회 전체가 뭉쳐서 그를 구하려 한 것이 아니라 그를 처벌하려 한 것이니까요. 저는 가끔씩 안절부절 못하고 흥분하곤 했습니다. 이 사람 아니면 저 사람이 나의 심판자일 것이다. 태런트일 수도, 레너드 스마이스일 수도 있다. 그 누구라도 될 수 있다. 모두 한통속이면 어쩌지? 배에 탄 모든 사람들일 수도 있고, 기차에 탄 모든 사람들일 수도 있고, 마을에 사는 모든 사람들일 수도 있다. 그러니까 한번 그런 생각을 하면, 모든 이들이 살인자가 되는 겁니다. 나는 내가 지하의 어둠 속으로 다니는 사람이고, 또 날 죽이겠다는 사람이 있으니 내가 그렇게 느끼는 것도 당연하다고 생각했습니다. 그런데 만일 날 죽이겠다는 사람이 대낮에 나타나 모든 땅을 소유하고 모든 군대와 대중들에게 명령을 내린다면 어떻게 할 것인가? 만약에 땅 속에 연기를 피워 나를 구멍에서 끌어낸 다음, 내가 코를 내미는 순간 나를 죽인다면 어떻게 할 것인가? 살인이 그런 규모로 일어나면 어쩌지? 세계는 이런 것들을 잊어버린 겁니다. 얼마 전까지 전쟁을 잊어버렸듯이."

교수가 말했다.

"그렇습니다. 하지만 전쟁은 벌어졌습니다. 물고기들은 다시 땅 속으로 쫓겨나겠지요. 그렇지만 다시 한번 더 밝은 지상으로 나올 수 있을 겁니다. 파도바의 안토니우스*의 재치 있는 말씀도 있잖습니까? '대홍수 때에 살아남는 것은 오직 물고기들뿐' 입니다."

브라운 신부가 말했다.

---

* Antonius de Padna. 가톨릭 성인. '기적의 성인' 이라 불릴 정도로 많은 기적을 행하였다. 물고기들에게 설교하고 있는 유명한 그림이 있듯 그의 설교에는 남다른 능력이 있었다고 한다.

날개 달린 단검

예술가가 즐거우려면 가면이 어느 정도

얼굴에 맞아야겠지요. 자신의 외면에 걸치려고

만든 것이지만 내면 속에 일치하는 부분이

조금이라도 있어야 한단 말이지요.

밖으로 드러나도록 만든 것이지만 자신의 영혼을

재료로 만들 수밖에 없습니다.

한동안 브라운 신부는 모자걸이에 모자를 걸 때마다 자신도 모르게 몸을 가볍게 떨곤 했다. 사소해 보이지만 아주 특이한 버릇은 매우 복잡한 사건의 여파로 생긴 후유증이었다. 바쁜 일상 속에서 그 사건과 관련된 다른 일들은 다 잊어버렸지만, 그 버릇은 남아서 그 사건을 떠올리게 했다. 얼어붙을 듯 추운 어느 12월 아침의 일이었다. 사건은 경찰청 소속 의사인 보인 박사가 신부를 호출하면서 시작되었다.

보인 박사는 체구가 크고 피부가 거무스름했으며, 여느 아일랜드인처럼 이해하기 힘든 면을 가지고 있었다. 아일랜드인들은 과학적 비판주의나 유물론, 견유 철학 등에 대해서는 깊게 논쟁을 벌이지만 종교에는 관심이 없었다. 논쟁할 때도 자기 나라의 전통적 종교나 조금 언급할 뿐, 다른 종교의식과 관련된 것에 대해서는 아예 입을 다무는 사람들이었다. 그들의 교리가 외면상의 겉치레인지 근본적인 토대가 있는지에 대해서는 말하기 어렵다. 아마도 이 둘 다일 것이며 유물론적 요소까지 가미되었을 것이다. 어쨌든 그는 종교와 관련된 사건이 발생하면 별다른 구실을 붙이지 않고 브라운 신부를 불렀다.

"신부님이 이 일에 적임자인지는 확실히 모르겠군요."

그는 이런 식으로 첫 인사를 했다.

"확실한 일은 아무것도 없는 사건이라서요. 의사가 필요한지 경찰이나 성직자가 필요한지 잘 모르겠단 말이지요."

"당신은 경찰이면서 의사니까 저보다는 적임자겠군요. 저야 소수자에 불과한걸요."

신부가 웃으면서 말했다.

"신부님이야말로 정치인들이 말하는 훈련된 소수정예지요. 제 말은 성직자면서 우리가 하는 일과 전혀 무관하지 않다는 말입니다. 그런데 이번 사건이 우리 쪽인지, 신부님 쪽인지 아니면 정신과 의사들이 맡아야 할지 모르겠단 말입니다. 이 근처 언덕 위에 하얀 집이 있는 건 신부님도 아시지요. 그 집에 사는 사람이 살인 위협을 받고 있다고 보호를 요청했습니다. 최대한 자세히 사실을 조사했지요. 살인사건이 발생할지도 모르는 일이니 처음부터 이야기하는 게 좋겠군요.

서부 지방에 아일머라는 부유한 지주가 있었습니다. 그는 느지막이 결혼을 해서 필립, 스티븐, 아놀드라는 아들 셋을 두었지요. 그런데 그 아이들이 생기기 전에 총명하고 장래성 있어 보이는, 존 스트레이크라는 사내아이 하나를 입양했습니다. 그때는 상속자가 없을 거라고 생각했기 때문이었지요. 입양된 아이가 어디 출신인지는 확실히 모르겠습니다. 어떤 사람은 업둥이였다고 하고, 어떤 사람은 집시였다고도 하더군요. 나중 얘기는 아일머가 느직이 손금이나 점성술 같은 이상한 신비주의에 관심을 가졌기 때문에 나온 얘기 같기도 합니다. 그의 친아들들은 스트레이크가 일부러 신비주의를 조장했다고도 하더군요. 이 밖에도 아주 많은 일들이 있었다는군요. 스트레이크는 엄청난 망나니였고, 특히 거짓말을 잘했는데, 순간적으로 거짓말을 생각해내는 데 천재적이어서 형사도 속일 정도였다는군요. 하지만 그건 예전에 벌어진 일 때문에 생긴 편견일지도 모릅니다. 무슨 일이 있었는지 궁금하시죠. 아일머 노인은 자신의 전 재산을 양아들에게 상속했습니다. 노인이 죽자 세 아들은 유언장의 타당성에 이의를 제기했지요. 아버지가 스트레이크를 두려워했기 때문에 모든 재산을 양도했다고 주장했습니다. 제대로 말도 못하고 바보처럼 횡설수설했다는군요. 스트레이크는 노인의 임종시에도 간호사나 가족을 아랑곳하지 않고 그를 쳐다보며 위협했다고 합니다. 아주 묘하고 비열한 방법으로 말이지요. 아무튼, 세 아들은 아일머 노인의 정신 상태가 정상이 아니었다는 걸 입증해냈던 것 같습니다. 법원에서 그 유언장을 무시하고 세 아들의 상속권을 인정했거든요. 그러자 스트레이크가 갑자기 아주 무시무시하게 소리를 지르면서 세 아들을 차례로 모두 죽여버리겠다고 맹세했다고 합니다. 결국 스트레이크의 복수를 피할 수 없었던가 봅니다. 경찰의 보호를 요청한 건 마지막으로 남은 셋째아들 아놀드 아일머이니깐요."

"마지막으로 남은 셋째아들이라……."

신부는 이렇게 말하며 어두운 얼굴로 의사를 쳐다보았다.

"그렇습니다, 다른 두 아들은 벌써 죽었지요."

잠시 침묵이 흐른 후 의사가 말을 이었다.

"그런데 좀 의심스러운 부분이 있습니다. 살해되었을 가능성은 있지만 살해되었다는 증거가 없거든요. 시골 대지주로서 지위를 누리고 있던 첫째아들은 정원에서 자살한 것으로 추정되고 있습니다. 둘째아들은 제조업자였는데, 자신의 공장에서 기계에 머리를 부딪히면서 발을 잘못 딛는 바람에 떨어져 죽었습니다. 만약 스트레이크가 죽인 거라면 교묘하게 해치우고 즉시 빠져나간 게 되겠지요. 그렇지 않다면, 모든 일이 우연에 기반

한 음모이론을 믿고 있는 편집광의 망상일 수도 있고요. 그럴 가능성이 더 크긴 하지만요. 이 부분이 바로 신부님의 도움이 필요한 부분입니다. 제가 원하는 건, 경찰관이 아니면서도 이쪽으로 감각이 있는 신부님이 아놀드 아일머 씨와 직접 이야기를 해보고, 그가 어떤 인물인지 파악했으면 하는 겁니다. 신부님은 망상에 사로잡힌 사람이 어떤지, 진실을 이야기하는 사람이 어떤지 알고 계시니, 우리가 이 사건을 처리하기 전에 먼저 그를 만나주었으면 하는 겁니다."

"진작 이 사건을 의뢰하지 않은 게 좀 이상하군요. 이 사건에 미심쩍은 부분이 있었다면 꽤 오랫동안 그런 상태였을 텐데, 이제서야 보호를 요청한 특별한 이유라도 있나요?"

브라운 신부가 물었다.

"저도 같은 생각을 했습니다. 그가 이유를 설명하긴 했지만, 얼빠진 변덕쟁이가 갑자기 변덕을 부려 발생한 일이 아닌가 하고 있습니다. 그는 하인들 모두가 갑자기 일을 그만두고 집을 떠나버렸기 때문에 경찰에 가택 보호를 요청할 수밖에 없었다고 하네요. 그런데 사람들에게 물었더니, 하인들이 그 언덕 위에 있는 집에서 탈출을 감행한 거라고 하더군요. 물론, 한쪽 이야기이긴 하지만 마을엔 소문이 무성합니다. 마을 사람들 말에 의하면, 그는 초조, 불안, 공포, 강요로 도저히 같이 지낼 수 없는 사람이 되어, 하인들에게 집을 지키도록 시켰다고 합니다. 마치 보초나 병원의 야간 근무 간호사처럼 말이지요. 아일머 씨는, 혼자 있으면 안 된다며, 하인들도 혼자 놔두지 않았다는 군요. 결국 하인들은 입을 모아 그가 미쳤다고 말하면서 그 집을 떠났다고 합니다. 시중드는 하인을 무장 경호원처럼 부리다니, 이상한 일이지요."

"하인들이 경찰처럼 일하지 않으니까 경찰이 하인처럼 일하기를 원하는 모양이군요."

"저도 그런 생각이 들었지만, 타협점을 찾을 때까지는 그 사건을 단호하게 거절할 수가 없었습니다. 그래서 생각한 타협점이 바로 신부님이지요."

"그렇군요. 원한다면 내가 가서 만나보도록 하지요."

땅이 완만하게 솟아 있는 그 작은 마을은 주변이 숲으로 둘러싸여 잘 보이지 않았다. 동북쪽 하늘로 불그스름하게 무리진 구름이 떠오르기 시작했다. 그 구름이 없는 쪽의 하늘은 맑고 차가웠다. 언덕 위의 집은 어둡고 불길한 이 빛을 등지고 서 있었고, 엷은 색 기둥이 한 줄로 늘어서 고전적인 분위기의 짧은 주랑을 이루고 있었다. 구불구불한 길이 굽이진 언덕을 가로질러 그 집을 지나 캄캄한 숲속으로 이어졌다. 집 바로 앞에 숲이 있어서 공기는 점점 차가워졌다. 얼음으로 만든 집이나 북극에

다가가는 느낌이었다. 그렇지만 신부는 매우 현실적인 사람이었으므로 그런 공상을 즐길 생각은 하지도 않았다. 공상은 공상에 불과했다. 그는 그저 눈을 올려 뜨고 검푸른 구름이 집 위로 스멀스멀 올라가는 걸 바라보며 경쾌하게 한마디 내뱉을 뿐이었다.

"눈이 오겠군."

이탈리아식으로 낮게 장식된 철 대문을 통해 정원으로 들어섰다. 정원은 황량한 느낌을 주었다. 질서 속의 무질서 같았다. 짙은 녹색의 식물은 서리가 흩뿌려져 회색으로 보였고, 화단에는 가장자리가 들쭉날쭉한 잡초가 길게 자라 있었다. 집은 왜소한 관목 숲의 중간쯤에 서 있었다. 이곳의 식물들은 대부분 상록수이거나 내한성 식물이었다. 숲이 우거지고 무성하긴 했지만 울창하다고 하기에는 북쪽 지방의 숲이 너무 많아 북극 밀림이라고 해도 좋을 것 같았다. 어떻게 보면 집 자체는 기둥이 늘어선 고전적인 외관이라 지중해라도 바라보고 있을 것 같지만, 지금은 북해의 바람 속에서 이울어가는 것처럼 보였다. 여기저기에 장식된 고전적인 장식물들이 그 차이를 더 선명히 드러내었다. 손질되지 않은 회색 정원 위에 서 있는 건물의 모서리에서 여인상 기둥과 희비극의 조각들이 내려다보고 있었다. 조각의 얼굴은 동상에 걸린 것처럼, 기둥머리에 있는 소용 돌이 모양의 장식은 추위 때문에 구불구불해진 것처럼 보였다.

브라운 신부는 풀로 덮인 계단을 올라가 큰 기둥 옆에 있는 네모난 현관에서 문을 두드렸다. 3,4분 정도 지나 다시 문을 두드렸다. 문 쪽으로 등을 돌리고 가만히 서서 참을성 있게 기다리며 천천히 어두워지는 풍경을 바라보았다. 북쪽에서 다가온 커다란 구름의 그림자 아래쪽이 점점 어두워졌다. 현관의 기둥 너머를 보니 신부의 머리 위로 다가온 구름이 석양 속에서 거대하고 꾸물꾸물 기어오는 게 보였다. 거대한 젖빛 구름이 지붕 위를 노 저어오듯 천천히 다가와 차양처럼 현관 위로 드리워지고 가장자리가 희미하게 회색으로 물들어, 정원 위로 점점 낮게 가라앉는 것처럼 보였다. 조금 전까지 엷은 색조의 맑았던 하늘이 몇 가닥 은빛 줄만 남긴 채 연한 석양에 물들었다. 기다리고 있어도 안에서는 아무 소리도 들리지 않았다.

브라운 신부는 기운차게 계단을 내려가 다른 입구가 있는지 집 주위를 둘러보았다. 마침내 입구 하나를 찾았다. 평평한 벽에 나 있는 쪽문을 쾅쾅 두드리고는 또 기다렸다. 손잡이를 돌려보니 분명히 문에 빗장이 걸려 있거나 아니면 다른 방법으로 단단히 고정되어 있었다. 집 측면을 따라 걸어가며 사람이 어디쯤 있을지 생각했다. 괴짜인 아일머가 집안 깊숙한 곳에 숨어서 밖에서 부르는 소리도 못 듣는 것은 아닌지, 아니면 밖에서 부르는 소리는 모두 복수심에 불타는 스트레이크가 부르는 소리라고 생각하고 외부로부터 더욱 심하게 차단한 것은 아닌지 의심스러웠다. 도망간 하인들은 아침에 떠날 때 문을 하나 열었을 테고 주인이 다시 잠갔을 것이다. 그렇지만 어떻게 됐든 하인들이 도망친 상황에서 이렇게 철저하게 방어해놓지는 못했을 것 같았다. 그는 집 주위를 계속 배회했다. 약간 과시하는 듯한 분위기는 있지만 그다지 커다란 집은 아니었기 때문에 몇 분 지나지 않아 집을 한 바퀴 돌 수 있었다.

잠시 후에, 찾아내려고 애쓰던 것을 마침내 찾아냈다. 프랑스식 문이 있는 방을 찾아낸 것이다. 창에는 커튼이 쳐져 있고 담쟁이 때문에 그늘져 있었지만 열려 있는 작은 틈이 보였다. 분명히 일부러 열어놓은 것이었다. 그는 방 가운데로 들어갔다. 구석으로 편안하게 벽걸이가 장식된 방이었다. 한쪽에는 올라가는 계단이 있고, 다른 쪽에는 밖으로 나가는 문이 있었다. 정반대 쪽에는 안으로 들어갈 수 있는 붉은 유리로 된 문이 또 하나 있었다. 그 현란한 문은 집을 지을 당시보다 후대에 유행했던 스타일로 싸구려 붉은 스테인드글라스를 끼워놓았다. 오른쪽의 둥근 탁자 위에는 어항이 놓여 있었다. 녹색 물로 가득 찬 큰 어항에 물고기와 그 비슷한 것들이 마치 호수 속에 있는 것처럼 움직였다. 그 정반대 쪽에는 녹색 잎이 무성하고 매우 큰 야자나무가 있었다. 이 모든 것이 먼지투성이였고 초기 빅토리아 시대의 물건들이라 커튼이 드리워진 반침(半寢)에 전화기가 있는 건 약간 놀라웠다.

"누구요?"

스테인드글라스 문 뒤에서 의심쩍어하는 목소리가 날카롭게 들렸다.

"아일머 씨를 만나러 왔습니다."

문이 열리고 청록색 실내복을 입은 한 신사가 미심쩍은 표정으로 걸어나왔다. 그는 일어난 지 얼마 되지 않은 듯 머리카락이 헝클어져 단정치 못했다. 그러나 눈은 깨어 바짝 경계태세를 갖추고 있었고, 놀란 것 같기도 했다. 이런 모순된 모습은 망상과 공포의 그림자 속에서 시들어가는 사람에게 충분히 나타날 수 있다는 걸 브라운 신부는 알고 있었다. 옆에서 볼 때는 반듯한 매부리코 얼굴이었으나 정면에서 보니 듬성한 갈색 턱수염 때문에 첫인상이 단정치 않았고 쓸쓸해 보이기까지 했다.

"내가 아일머요. 날 찾아올 사람은 없는데요."

아일머의 불안해하는 눈초리 때문에 신부는 곧장 용건을 말해야 할 것 같았다. 만약 그가 쫓기고 있다는 게 단지 편집광적 망상이라고 한다면, 빨리 얘기하는 게 더 성질을 돋우지 않을 것 같았다.

"정말로 찾아오기로 한 사람이 없는지 궁금하군요."

"신부님 말이 맞아요. 찾아올 사람이 하나 있지요. 그 사람이 아마 내게 최후의 손님일 겁니다."

"그렇지 않길 바랍니다. 적어도 제가 그 사람처럼 보이지 않는다는 말씀 같아 다행이군요."

아일머는 사납게 웃으며 몸을 흔들었다.

"분명히 신부님은 아닐 겁니다."

"아일머 씨, 멋대로 들어와 죄송합니다. 실은, 당신이 곤경에 빠져 있는데 당신을 도울 수 있을지 만나봐달라는 제 친구의 부탁을 받고 왔습니다. 실제로 전 비슷한 사건을 겪은 적도 있고요."

"비슷한 사건이라니, 이런 사건이 또 있을 리 없습니다."

"아일머 씨 집안에서 일어난 불행한 비극이 평범한 죽음은 아니었다는 말씀이십니까?"

"내 말은 평범한 살인이 아니라는 뜻이지요. 우리 모두를 죽음으로 몰아가고 있는 자는 지옥의 갭니다. 그의 힘은 지옥으로부터 나오지요."

"모든 악은 한 가지에서 출발합니다. 그런데, 어떤 근거로 가족들이 평범하게 살해되지 않았다고 생각하시지요?"

아일머는 그를 찾아온 손님에게 의자에 앉으라는 몸짓을 하며 자신도 다른 의자에 앉았다. 그는 손으로 무릎을 짚으며 눈살을 찌푸렸다. 그러나 신부가 쳐다보자 한결 부드럽고 사려 깊은 표정으로 바뀌었고, 목소리도 한층 따뜻하고 침착해졌다.

　"신부님, 저를 비논리적인 인간이라고 생각하지 마십시오. 제 나름대로는 합리적으로 생각한 끝에 내린 결론입니다. 안타깝게도 이성적으로 그런 결론을 이끌어냈죠. 저는 이런 주제에 관한 글을 아주 많이 읽었습니다. 제 아버지는 신비한 일들에 대해 연구하셨는데, 세 아들 중 저만 그런 성향을 물려받았지요. 그래서 아버지 서재도 제가 물려받았습니다. 하지만 지금 제 얘기는 제가 읽은 걸 바탕으로 말하는 게 아니고 제가 직접 본 사실에 근거해서 말하는 겁니다."

　브라운 신부는 고개를 끄덕였고, 아일머는 적당한 말을 고르는 듯하더니 이야기를 계속 했다.

　"제 큰형의 경우 처음에는 살인이라고 의심하지 않았습니다. 큰형은 총에 맞은 채 발견되었는데, 그 장소에는 아무런 흔적도 없었습니다. 발자국도 없었고 총이 옆에 놓여 있었지요. 그런데 죽기 직전에 협박 편지를 받았더군요. 그 원수놈이 확실합니다. 왜냐하면 편지에 날개 달린 단검 모양의 서명이 표시되어 있었으니까요. 그건 그놈이 잘 부리던 사악한 재주 중 하나였거든요. 그리고 하녀가 땅거미 질 무렵에 무언가 정원 담을 따라 움직이는 것을 보았는데, 고양이라고 하기에는 너무 큰 것이었다더군요. 편지는 저기에 두었습니다. 만약 살인자가 왔다면 그가 들어왔던 흔적을 전혀 남기지는 않았다는 게 제가 말씀드릴 수 있는 전부입니다.

하지만 둘째형 스티븐이 죽었을 때는 조금 달랐습니다. 그래서 확신하게 됐지요. 공장 탑 아래쪽에 발판이 달려 있었는데, 기계는 그 발판에서 돌아가고 있었습니다. 형이 철 망치에 맞아 아래로 떨어진 다음 발판을 살펴보았는데 형이 맞을 만한 별다른 물건이 없었습니다. 하지만 전 분명히 보았어요.

공장 탑으로 연기가 잔뜩 피어오르고 있었는데, 탑 꼭대기에 검은 망토 같은 걸로 감싼 어두운 사람 모습이 연기 사이로 보였지요. 그때, 유황 연기가 다시 가로막았습니다. 연기가 가셨을 때 멀리 있는 굴뚝을 보았지만 아무도 없었습니다. 저는 합리적인 사람입니다. 그리고 합리적인 사람들 모두에게 묻고 싶습니다. 그 사람이 어떻게 아무도 올라갈 수 없는, 아찔하도록 높은 탑을 오르내릴 수 있었는지 말입니다."

그는 수수께끼에 대한 해명을 요구하는 듯한 표정으로 신부를 쳐다보았다. 잠시 후 그는 갑자기 말을 꺼냈다.

"형의 머리는 박살이 나 있었는데 몸에는 별 상처가 없었지요. 형의 주머니에서 발견된 경고 메시지에는 바로 그 전날 날짜가 적혀 있고 날개 달린 단검이 찍혀 있었습니다.

날개 달린 단검 표시는 누구든지 사용할 수 있는 게 아니라고 확신합니다. 그 가증스러운 놈에 관한 한 아무것도 우연은 없습니다. 모든 게 계획적이지요. 정말로 아주 음흉하고 복잡한 계획입니다. 그의 머리는 정교한 책략뿐 아니라 온갖 종류의 비밀스러운 언어와 기호, 그리고 거짓 신호와 이름 없는 것들의 이름으로 말없는 그림이 그려져 있습니다. 그는 세상에서 가장 악질적인 종류의 인간이죠. 아주 사악하고 불가사의합니다. 이 표시가 어떤 의미를 나타내는지 모두 속속들이 알고 있는 것처럼 말하지는 않겠습니다. 그렇지만, 이 표시는 그놈이 불행한 우리 가족 주변을 맴돌던 시절부터 보이던 행동과 관련이 있습니다. 그가 했던 행동 중에서 가장 놀랍고 믿기 어려운 행동들과 관련이 있다고 확신합니다. 흙이나 잔디를 밟은 흔적도 없는데 필립이 자기 집 잔디에서 맞아 죽은 기이한 사건과 날개 달린 단검 사이에 아무런 연관성이 없다고 생각하십니까? 깃털 달린 화살처럼 날아오는 단검과 올라가면 휘청거리는 굴뚝의 높은 꼭대기에서 날개 같은 망토를 걸친 사람 사이에 아무런 공통점이 없다고 생각하세요?"

"그가 공중에 떠 있을 수 있다는 건가요?"

"마법사 시몬*은 그렇게 할 수 있었습니다. 암흑 시대의 예언 중에는 적그리스도가 태어날 수 있다는 얘기가 있습니다. 이 얘기는 그 가운데서도 가장 유명한 겁니다. 아무튼 문헌에는 날아다니는 단검에 대한 이야기가 나오지요. 실제로 그가 날 수 있는지 없는지는 몰라도 그걸로 일격을 가할 수는 있었을 겁니다."

"어떤 문헌에 나오는 건지 기억합니까? 잘 알려진 책인가요?"

알쏭달쏭한 얼굴에서 갑자기 거친 웃음이 터져나왔다.

"어떤 책인지 보실 수 있습니다. 저도 오늘 아침에 읽었으니까요."

아일머는 의자에 등을 기대고 그에겐 좀 짧아 보이는 청록색 실내복 아래로 긴 다리를 내뻗었다. 그는 수염이 난 턱을 가슴에 기댔다. 별다른 움직임 없이 그는 손을 실내복 주머니에 넣었다가 뻣뻣한 팔로 펄럭거리는 종이 한 장을 꺼냈다. 전체적으로 그의 몸짓은 움직이기 힘든 것처럼 보였다.

브라운 신부는 그가 보여준 종이를 가까이 들여다보며 눈을 깜박거렸다. 독특한 재질의 종이였는데 보통 사용하는 종이가

---

* 신약성경 「사도행전」에 나오는 유명한 마법사.

아니라 화가의 스케치북에서 뜯어낸 것처럼 거칠었다. 종이 위에는 헤르메스의 지팡이처럼 날개로 장식한 단검이 붉은 잉크로 굵게 그려져 있었고 이런 말이 적혀 있었다.

이 편지를 받은 다음날 죽음이 찾아올 것이다.
너의 형들이 그랬던 것처럼.

브라운 신부는 종이를 바닥에 던지고 갑자기 의자에 바로 앉았다.

"이런 것 때문에 지각을 잃으면 안 됩니다. 이런 악마는 항상 우리에게서 희망을 앗아가 우리를 무력하게 만들려고 합니다."

놀랍게도 힘없이 늘어져 있던 그가 꿈에서 깨어 무언가를 깨달은 듯 의자에서 벌떡 일어났다.

"신부님 말이 맞습니다, 맞아요. 결국 그 악마는 내가 그렇게 절망하지도 않았고 무력하지도 않다는 걸 알게 될 겁니다. 저는 신부님이 생각하는 것보다 더 희망과 활력에 넘칩니다."

아일머가 섬뜩할 정도로 생기를 띠었다. 그는 주머니에 손을 넣은 채 서서 눈살을 찌푸리며 신부를 내려다보았다. 긴장감 어린 침묵이 감도는 동안 신부는 그가 오랫동안 위험에 노출되어 머리가 이상해진 게 아닌가 잠시 의심했다. 그러나 말하는 걸 보면 그는 매우 침착한 편이었다.

"불쌍한 저희 형들은 무기를 잘못 사용했기 때문에 실패했다고 생각합니다. 필립 형이 늘 권총을 소지한 것을 아는 사람들은 그가 자살했다고 하지요. 스티븐 형은 경찰의 보호를 받고 있었지만 알 수 없는 면이 있었습니다. 스티븐 형은 사다리를 올라가 잠깐씩 발판에 서 있었는데 경찰이 자기 뒤를 따라 올라오지 못하게 했거든요. 형들은 모두 아버지가 돌아가시던 날에도 신비주의를 회의적으로 바라보며 비웃었습니다. 하지만 저는 항상 형들이 아는 것 이상의 무언가가 아버지에게 있다는 걸 알고 있었습니다. 아버지는 결국 자신이 공부해온 파멸의 흑마술에 의해 쓰러진 겁니다. 악당 같은 스트레이크의 흑마술 때문에 말입니다. 하지만 형들은 해독제를 잘못 알고 있었지요. 흑마술의 해독제는 야만적인 현실주의나 세상에 알려진 지혜가 아닙니다. 흑마술의 해독제는 백마술이죠."

"백마술이 무엇을 의미하느냐에 따라 다르겠지요."

아일머는 마치 비밀을 이야기하는 것처럼 낮은 목소리로 말했다.

"제 말은 은빛 마술이란 뜻입니다. 은빛 마술이란 게 무엇을 의미하는지 아십니까?"

잠시 말을 멈춘 후 아일머가 다시 말했다.

"잠깐 실례하겠습니다."

아일머는 몸을 돌려 빨간 유리로 된 가운데 문을 열고 뒤쪽 통로로 갔다. 집은 브라운 신부가 생각했던 것보다 좁았다. 문을 열면 안쪽의 방으로 연결되지 않고 복도로 연결되어 정원의 다른 문으로 끝나는 게 보였다. 또 다른 방문은 복도의 한쪽 끝에 있었다. 신부는 그 방이 필시 주인의 침실일 거라고 혼잣말을 했다. 그쪽에서 그가 실내복을 입고 나왔기 때문이었다. 그쪽에는 평범하고 칙칙한 여러 벌의 구식 모자와 외투가 걸려 있는 흔한 모양의 모자걸이말고는 별다른 게 없었다. 그러나 다른 쪽에는 좀더 흥미로운 게 있었다. 은으로 장식된, 어두운 색의 낡은 참나무 찬장이 놓여 있고 그 위에는 트로피와 구식 무기 장식품이 걸려 있었다. 아놀드 아일머는 그 옆에 멈추어 총구가 종 모양으로 되어 있는 골동품 권총을 오랫동안 바라보았다.

복도 끝에 있는 문은 아주 조금 열려 있었다. 좁은 틈을 통해서 한 줄기 밝은 빛이 들어왔다. 신부는 자연적인 현상에 대해 아주 빠른 직감을 가지고 있었다. 그 빛은 이상하게 너무 밝아서 밖에 무슨 일이 생겼다는 걸 알 수 있었다. 사실은 신부가 집에 다가오면서 예감한 것이었다. 그는 깜짝 놀라는 아일머를 지나쳐 달려가 문을 열었다. 언뜻 보기에 무언가 텅 빈 불꽃 같은 게 있었다. 좁은 틈을 통해서 본 빛은 밝은 햇빛이 아니라 하얀 눈빛이었다. 주변 전체가 창백하게 빛나는 눈송이로 뒤덮여 주변이 온통 하얗고 순수해 보였다.

"백마술이군요."

브라운 신부가 명랑한 목소리로 말했다. 그리고는 복도 쪽으로 뒤를 돌아보면서 다시 중얼거렸다.

"그리고 은빛 마술도 행해진 것 같군요."

하얀 눈이 은 위에 내려 광채를 더했고 무기류의 금속 부분을 빛나게 했다. 곰곰이 생각하던 아일머가 별난 권총을 손에 들고 그림자 속에서 얼굴을 돌리자 텁수룩한 머리에 은빛 불꽃의 후광이 있는 것처럼 보였다.

"내가 왜 이렇게 나팔처럼 생긴 총을 골랐는지 아십니까? 이런 종류의 총알로도 장전할 수 있기 때문이죠."

그는 식기대에서 사도상이 새겨진 작은 숟가락을 집어들었다. 똑바로 힘을 주자 머리 부분이 부러져 떨어졌다.

"다른 방으로 돌아가시지요."

"던디*의 죽음에 대해 읽어보신 적이 있습니까?"

다시 자리를 잡고 앉자 그가 물었다. 신부가 불안해하자 그

---

* Dundee, John Graham of Claverhouse(1649~1678). 스코틀랜드의 군인.

는 잠시 초조한 기색을 보이더니 다시 이전의 태도로 돌아왔다.

"클레버하우스의 그레이엄에 대해 잘 아실 겁니다. 장로주의 지지자들을 박해했고 낭떠러지도 곧장 오를 수 있는 검은 말을 가지고 있었지요. 그가 악마에게 자신을 팔았기 때문에 은색 총알에 맞았다는 건 모르시지요? 신부님은 그나마 다행입니다. 신부님은 적어도 악마의 존재를 믿을 만큼 지식이 많으시니까요."

"오, 그렇지요. 저는 악마의 존재를 믿습니다. 제가 믿지 않는 것은 던디에 대한 겁니다. 던디의 맹약 전설과 꿈에 나올까 무서운 말 말입니다. 존 그레이엄은 그저 17세기의 직업 군인이었습니다. 대부분의 군인보다 조금 나았죠. 만약 그가 장로주의 지지자들을 박해했다면, 그건 그가 용이 아니라 용기병이었기 때문에 가능했죠. 제 경험으로는 악마에게 자신을 판 사람은 그렇게 잘난 체하는 젊은이가 아닙니다. 제가 아는 악마 숭배주의자들은 좀 다릅니다. 사회적으로 물의를 일으킬 수 있으니 이름을 말할 순 없고 던디가 살았던 시대의 사람을 예로 들지요. 스테어의 달림플이란 사람에 대해 들어보셨습니까?"

"아뇨."

아일머가 퉁명스럽게 대답했다.

"그가 한 일에 대해서는 들어보았을 겁니다. 던디가 자행한 일보다 훨씬 나쁘죠. 하지만 사면되어 불명예를 벗었습니다. 그가 바로 글렌코의 대학살*을 주도한 인물입니다. 그는 매우 학식 있고 명석한 변호사이며 정치가였지요. 정치에 대해 아주 진지하고 넓은 견해를 갖고 있었고, 세련되고 지적인 외모의 조용한 사람이었죠. 주로 그런 사람이 악마에게 자신을 팝니다."

아일머는 의자에서 몸을 반쯤 기울여 매우 열중해 듣더니 강하게 동감을 표시했다.

"아, 맞아요! 그 말이 맞습니다. 세련되고 지적인 얼굴! 그게 바로 존 스트레이크의 얼굴이죠."

그리고는 일어나서 호기심이 가득한 얼굴로 신부를 빤히 쳐다보았다.

"여기서 잠깐 기다려주세요. 보여드릴 게 있습니다."

아일머는 가운데 문으로 나가며 문을 닫았다. 신부는 그가 아마도 찬장이나 자신의 침실로 갔을 거라고 생각했다. 브라운 신부는 앉아서 멍한 눈초리로 카펫을 바라보았다. 카펫에는 출입구의 유리를 통해 희미한 붉은 빛이 비치고 있었다. 바람이

---

* 스코틀랜드 파이랜드의 골짜기에서 맥도널드 일족이 캠벨과 달림플에게 학살당한 사건을 가리킨다.

심한 날 해가 이 구름에서 저 구름으로 떠돌아다니듯 그 빛은 루비같이 밝아졌다가 다시 어두워지곤 했다. 어둑한 초록색 어항 속에서 이리저리 헤엄쳐 다니는 물고기 외에는 아무런 움직임도 없었다. 그 속에서 브라운 신부는 골똘히 생각에 잠겼다.

몇 분 후 그는 조용히 일어나 전화기가 있는 반침으로 다가가 경찰 본부에 있는 그의 친구 보인 박사에게 전화를 걸었다.

"자네에게 아일머와 이 사건에 대해 할 말이 있네. 이상한 이야기이지만 여기에 뭔가 있는 것 같네. 내가 자네라면 지금 당장 이곳으로 사람을 보내겠네. 집 주위에 네댓 명을 배치하는 게 좋을 것 같아. 만약 무슨 일이 생긴다면, 도망치는 와중에 깜짝 놀랄 만한 일이 있을 걸세."

그런 다음 신부는 다시 자리로 돌아와 유리문으로 들어오는 붉은빛이 감도는 카펫을 바라보았다. 창으로 스며든 하얀 빛 속의 무언가가 생각의 언저리를 맴돌게 만들었다. 창과 문의 상징 속에서 모든 수수께끼의 베일이 감춰지고 드러나는 것 같았다.

닫힌 문 뒤쪽에서 사람의 목소리와 사람의 소리 같지 않은 신음 소리가 섞여서 들려왔다. 그와 동시에 총을 발사하는 소리도 들렸다. 총성의 울림이 사라지기도 전에 문이 갑작스럽게 열리더니 집주인이 비틀거리며 방으로 들어왔다. 실내복의 어깨 부분이 반쯤 찢어져 있었고, 손에 들고 있는 장총에서는 연기가 나고 있었다. 사지가 떨리는 것처럼 보였지만 부자연스러운 웃음 때문에 몸이 부분적으로 흔들리는 것뿐이었다.

"하얀 마술에 영광을! 은 총알에 영광을! 지옥의 사냥개가 사냥하듯, 드디어 형들의 복수를 했어요."

그는 의자에 털썩 주저앉았고 총은 손에서 미끄러져 바닥에 떨어졌다. 브라운 신부는 재빠르게 그를 지나쳐 유리문을 통해 복도로 나갔다. 신부는 반쯤 들어가려는 것처럼 손으로 침실문의 손잡이를 잡고 무언가를 확인하듯 잠시 몸을 구부렸다가 바깥문으로 달려가서 문을 열어젖혔다.

조금 전까지는 아무것도 없었던 마당에 눈이 쌓여 있었고 그 위에 검은 물체가 보였다. 처음에는 거대한 박쥐처럼 보였지만 다시 보니 그건 분명 사람의 형체였다. 얼굴은 땅에 처박혔고, 머리는 라틴 아메리카풍의 넓고 검은 모자로 덮여 있었다. 날개 달린 박쥐처럼 보였던 건 양쪽에 펄럭거리는 물체 때문이거나 아주 넓은 검은 망토의 헐렁한 소매가 양쪽으로 넓게 퍼져 있었기 때문이었다. 두 손은 보이지 않았지만, 브라운 신부는 손 한쪽이 어디에 있는지 알 것 같았다. 가까이 다가가자 망토 끝자락 밑에 금속으로 된 무기가 희미하게 빛났다. 그 중에서도 가장 기이한 것은 단순하면서도 화려한 문장이 빚어내는 효

과로, 하얀 땅에 내려앉은 검은 독수리 문양이었다. 그 주위를 걸으며 모자 아래를 자세히 살펴보자 어렴풋이 얼굴이 보였다. 아일머의 말처럼 세련되고 지적이었으며, 심지어 회의적이고 엄숙하기까지 했다. 바로 존 스트레이크의 얼굴이었다.

"이런, 이럴 수가! 새처럼 내리 덮친 커다란 흡혈 박쥐 같구만."

브라운 신부가 중얼거렸다.

"그가 어떻게 들어왔을까요?"

현관 쪽에서 목소리가 들려왔다. 아일머가 서 있었다.

"걸어서 들어온 건지……"

브라운 신부가 모호하게 대답했다.

아일머는 하얀 풍경 위를 휩쓸듯이 팔을 뻗어 저어 보였다.

"저 눈을 보세요."

아일머는 심각한 목소리로 혀를 굴리며 말했다.

"눈에 발자국이 없잖아요. 말씀드린 대로 백마술처럼 깨끗하지요? 저 더러운 검은 오점이 떨어진 것말고는 수 킬로미터 내에 아무런 흔적이 없지 않습니까? 신부님 발자국과 제 발자국 몇 개 외에는 발자국이 없습니다. 어디에도 집으로 다가온 흔적이 없단 말입니다."

그는 호기심 어린 얼굴로 작달막한 신부를 잠깐 동안 주의

깊게 쳐다보더니 말했다.

"조금 더 말씀드리자면, 그가 입고 다니는 저 망토는 걸치고 걸어다니기엔 너무 깁니다. 키가 큰 편이 아니니 망토를 걸치고 걸었다면 끝자락이 질질 끌렸을 거예요. 원하신다면 그의 몸 위로 망토를 펼쳐보세요."

"두 사람에게 무슨 일이 일어난 겁니까?"

"설명하기엔 너무 순식간에 일어난 일입니다. 문에서 내다보고 있었는데, 마치 공중에서 돌아가던 바퀴가 몰아치는 것처럼 제 주위에 바람이 이는 것 같아서 뒤돌아섰습니다. 그러면서 마구잡이로 총을 쐈어요. 그랬더니 지금 보시는 대로입니다. 하지만 도덕적으로 확신컨대, 총에 은으로 된 탄환이 없었다면 지금 이런 장면은 볼 수 없었을 겁니다. 아마 눈 위에 누워 있는 시체가 바뀌었겠지요."

"그런데, 시체를 당신 방으로 옮길까요? 저 복도에 있는 방이 당신 침실 맞지요?"

"아니오, 아닙니다. 경찰이 올 때까지 그대로 두어야 합니다. 이 사건과 관련해서 저를 변호할 만한 것들이 충분해야 하니까요. 무슨 일이 발생한다 해도 지금은 술을 한잔 해야겠습니다. 그들이 저를 사형시킬 수도 있을 테니까요."

아일머가 급히 대답했다.

아일머는 가운데 방에 있는 야자나무와 어항 사이의 의자에 쓰러지듯이 앉았다. 비틀거리며 방으로 들어갈 때는 어항을 칠 뻔했다. 그는 찬장과 구석장에 손을 넣어 더듬으며 브랜디 병을 가까스로 찾아냈다. 처음부터 그가 질서정연한 사람으로 보였던 건 아니지만, 지금 이 순간엔 극도로 산만해 보였다. 그는 브랜디를 한 입에 털어넣고는 정적을 깨려는 듯 마구 떠들어대기 시작했다.

"신부님이 직접 두 눈으로 확인하셨지만 여전히 못 미더워하시는 것을 잘 알고 있습니다. 제 말을 믿어주세요. 스트레이크의 영혼과 아일머 가의 영혼 사이에 일어난 다툼 뒤에는 무언가가 더 있습니다. 신부님은 믿지 못할 이유가 없잖습니까. 신부님은 무지한 사람들이 미신이라고 부르는 것들의 상징 아닙니까. 이 모든 일이 마법처럼 일어났다는 사실을 믿으셔야 합니다. 자, 보세요. 사람들이 미신이라 말하는 운명이나 마법 속에 많은 진실이 있다고 생각지 않으세요? 은 탄환도 마찬가지입니다. 가톨릭교도로서 어떻게 생각하고 계시나요?"

"저는 불가지론자라고 하는 게 좋겠군요."

"말도 안 됩니다. 무언가를 믿는 것이 신부님 직업이지 않습니까?"

"물론 믿는 것도 있습니다. 그렇지만 믿지 않는 것도 있지요.”

아일머는 몸을 앞으로 기울여 최면술사처럼 집중해서 신부를 쳐다보았다.

“신부님은 믿고 계십니다. 모든 걸 믿고 계시지요. 우리는 모든 걸 부인하는 순간 모든 걸 믿게 됩니다. 부인하는 사람이 바로 믿는 사람이지요. 믿지 못하는 자들도 믿게 됩니다. 이런 모순이 마음속에선 모순으로 느껴지지 않지요. 우주가 이 모든 걸 포함한다고 느껴지지 않습니까? 영혼은 별의 바퀴처럼 굴러서 모든 게 제자리로 돌아옵니다. 아마 스트레이크와 저도 여러 형태로 살아왔을 겁니다. 동물과 동물로, 새와 새로 만났을 겁니다. 아마도 영원히 이런 관계로 살게 될 겁니다. 우리는 서로를 찾고 필요로 하기 때문입니다. 영원한 증오는 영원한 사랑입니다. 선과 악은 서로 다른 게 아니라 하나의 바퀴로 돌고 돕니다. 진실은 하나입니다. 우리가 진실의 그림자 속에 있다는 걸 마음속에서부터 깨닫지 못하시겠습니까? 신부님이 믿고 있는 것 이상의 믿음은 갖지 못하시겠어요? 모든 것은 같은 것의 여러 측면일 뿐입니다. 이 하나의 중심에 여러 사람이 한 사람으로 녹아 있고 그 사람이 신으로 녹아 있다는 걸 못 믿으시겠어요?”

“네, 믿을 수가 없습니다.”

브라운 신부가 말했다.

밖에는 석양이 저물기 시작했고 땅은 눈으로 뒤덮여 하늘보다 밝았다. 브라운 신부는 커튼이 반쯤 쳐진 창을 통해 중앙 현관에 몸집이 큰 사람이 서 있는 걸 희미하게 볼 수 있었다. 신부는 맨 처음 이 집으로 들어왔던 프랑스식 창문 밖을 무심히 응시했다. 두 사람이 창문을 어둑어둑하게 가리고 꼼짝않고 있었다. 색칠된 유리가 있는 안쪽 문은 조금 열려 있었고, 짧은 복도 뒤로 두 개의 긴 그림자 끝이 보였다. 그림자는 저녁빛 때문에 과장되어 실제와는 달라 보였지만 사람 모양의 회색 캐리커처 같았다. 보인 박사가 전화 메시지를 듣고 출동한 것이었다. 집은 포위되었다.

"못 믿으실 이유가 있습니까? 영원한 드라마의 일부를 직접 보시지 않았습니까? 존 스트레이크가 흑마술로 아놀드 아일머를 죽이겠다는 협박 편지도 보셨습니다. 아놀드 아일머가 존 스트레이크를 백마술로 죽이는 것도 보셨고요. 아놀드 아일머가 살아서 이야기를 하고 있는 것도 보고 있습니다. 그래도 못 믿으시겠습니까?"

아일머가 여전히 최면을 거는 듯한 눈으로 물었다.

"그래요, 못 믿겠습니다."

브라운 신부는 이렇게 말하며 방문을 마치고 돌아가려는 듯

의자에서 일어났다.

"왜 못 믿는 겁니까?"

아일머의 질문에 신부가 목소리를 약간 높였고 그의 목소리가 방 사방에 종소리처럼 울렸다.

"왜냐하면 당신은 아놀드 아일머가 아니기 때문입니다. 나는 당신이 누구인지 알고 있습니다. 당신 이름은 존 스트레이크. 당신은 마지막 남은 아일머의 아들을 죽였고, 그 사람은 지금 바깥의 눈 위에 누워 있습니다."

아일머의 눈이 커졌다. 그는 눈알이 튀어나올 것처럼 눈을 치켜 뜨고 최면을 걸어 신부를 조종하려는 듯 마지막 노력을 다했다. 그러더니 갑자기 옆으로 비켰다. 그때 그의 뒤에 있던 문이 열리면서 사복 차림의 덩치 큰 형사가 그의 어깨에 한 손을 조용히 올려놓았다. 다른 한 손엔 권총이 들려 있었다. 그가 거칠게 주위를 둘러보자 사복 차림의 경찰들이 조용한 방의 구석구석 서 있었다.

이날 저녁 브라운 신부는 보인 박사와 아일머 가의 비극에 대해 다시 한번 긴 대화를 나누었다. 존 스트레이크가 자신의 신원을 고백하고 죄상까지 고백했기 때문에 사건의 핵심에 대해서는 더이상 의심의 여지가 없었다. 다만 존 스트레이크가 자신이 승리했다고 기뻐한 것도 사실이었다. 그는 마지막 남은 아일머 가의 아들을 살해하는 일을 필생의 업으로 생각했던 것 같다. 그에 비해 자신의 삶 자체에는 아무런 관심도 없었다.

"편집광적인 사람입니다. 다른 일에는 관심도 없더군요. 심지어 다른 살인사건에도 말이지요. 그의 그런 면 때문에 내가 살 수 있었지만 말입니다. 오늘 오후엔 몇 번씩이나 되짚어 생각하며 스스로를 진정시켜야 했습니다. 내가 박사 같은 사람이었다면 날개 달린 흡혈귀니 은 탄환이니 하는 엉뚱하면서도 기발한 이야기를 지어내지는 않았을 겁니다. 납으로 만든 평범한 납 탄환으로 나를 쏘고 집을 빠져나갔을 거란 말이지요. 나에겐 이런 일이 자주 일어난단 말입니다."

"왜 그러지 않았는지 정말 모르겠습니다. 이해가 안 됩니다. 난 아직도 어떻게 된 일인지 잘 모르겠단 말이지요. 신부님은 어떻게 알아내셨나요? 도대체 뭘 알아낸 거지요?"

"박사님이 아주 중요한 정보를 주었습니다."

브라운 신부가 겸손하게 대답했다.

"특히 하나는 정말 중요한 정보였지요. 스트레이크가 아주 상상력이 풍부한 거짓말쟁이이며, 거짓말을 할 때도 매우 침착하다고 했던 것 말입니다. 오늘 오후에는 그런 능력이 필요했을 겁니다. 위급한 순간을 아주 잘 대처해냈지요. 단 한 가지 실수라면 초자연적인 이야기를 선택했다는 거였습니다. 내가 성직자니까 무엇이든 믿을 거라고 생각했던 모양입니다. 많은 사람들이 주로 그런 어리석은 생각을 하지요."

"아직도 무슨 말인지 모르겠습니다. 처음부터 얘기해보십시오"

"맨 처음 눈에 띈 건 실내복이었습니다. 지금까지 내가 알고 있는 것 중에서도 정말 뛰어난 속임수였지요. 집에서 실내복 입은 사람을 만나면 자연히 집주인이라고 생각하게 되니까요. 처음에는 나도 그랬습니다. 하지만 시간이 좀 지나자 아주 사소하지만 이상한 일이 생기기 시작했습니다. 권총을 아래로 내려놓는데, 처음 보는 총이 장전되어 있는지 확인하려는 것처럼 거리를 두고 찰깍 소리를 내더군요. 그가 브랜디를 찾는 모습이나 어항에 부딪힐 뻔한 것도 맘에 걸렸습니다. 사람들은 아무리 사소한 물건이라도 자기 방에 오랫동안 놓여 있었으면 기계적으로 피하는 습관이 생기기 마련이잖습니까. 하지만 이런 것들은 그저 일시적으로 떠오른 생각이었습니다. 첫번째 중요한 이유는 바로 이거였습니다. 그가 두 문 사이에 있는 작은 복도에서 나왔고, 그 복도에는 다른 방으로 들어가는 문이 또 하나 있었습니다. 그래서 그 방이 방금 그가 나온 침실일 거라고 생각했지요. 하지만 내가 손잡이를 돌려보았을 때 문은 잠겨 있더군요. 이상해서 열쇠 구멍으로 들여다보았지요. 그런데 그 방은 완전히 비어 있었습니다. 침대도 없고 아무것도 없는 게 분명 안 쓰는 방이었습니다. 그래서 그가 어떤 방에서 나온 게 아니라 집 밖에서 온 거라는 생각을 하게 됐지요. 그렇게 생각하니 모든 걸 알겠더군요.

불쌍한 아놀드 아일머는 틀림없이 잠을 자고 있었을 겁니다. 아마 위층에서 자고 있다가 실내복 차림으로 내려와 유리문을 지났고, 복도 끝에서 검은 옷을 입은 그가 겨울 햇살을 뒤로 하고 서 있는 걸 보았겠지요. 키가 크고 턱수염이 난 그 사람은 챙이 넓은 검은 모자를 쓰고 크게 펄럭거리는 검은 망토를 입고 있었습니다. 그 이상은 보지 못했을 겁니다. 스트레이크가 그에게 달려들어 목을 조르고 칼로 찔렀을 테니까요. 물론, 검시하기 전엔 확실히 말할 수 없겠지만요. 그런 다음 스트레이크는 좁은 통로의 모자걸이와 낡은 찬장 사이에 서서 승리에 찬 눈으로 최후의 적을 내려다보다 예기치 못한 소리를 듣게 된 겁니다. 응접실 뒤에서 발걸음 소리를 들은 것이지요. 프랑스식 창문으로 들어온 내 발걸음 소리 말입니다.

그는 아주 민첩하게 아일머인 것처럼 가장했습니다. 단순히 겉모습만 위장한 게 아니라 이야기까지 지어냈지요. 즉흥적인 이야기였습니다. 그는 커다란 검은 모자와 망토를 벗고 죽은 사람의 실내복을 입었습니다. 그리고는 좀더 무시무시한 일을 했지요. 내 생각엔 다른 어떤 것보다 훨씬 무시무시한 일이었습니다. 모자걸이에 시체를 코트처럼 걸어놓고 그 위에 자신의 긴 망토를 걸쳐놓은 것이었습니다. 그리고 뒤꿈치 아래까지 잘 덮었는지 확인하고 머리를 챙 넓은 모자로 완전히 가려놓았습니다. 방문이 잠겨 있었으니 그 좁은 복도에서 시체를 숨기려면 그 방법밖에 없었겠지요. 아주 기발한 방법이었습니다. 나는 바로 그 모자걸이 옆을 지나쳐 갔는데, 그 사실을 미처 알아채지 못하고 그저 모자걸이로만 생각했으니깐요. 모르고 그 옆을 지나쳤던 걸 생각하면 정말 소름이 오싹합니다.

아마 시체를 그대로 둘 수도 있었을 겁니다. 하지만 그랬다면 내가 금세 시체를 발견했겠지요. 그리고 왜 시체가 거기에 걸려 있는지 박사님이 말한 것처럼 설명을 요구했을 겁니다. 그는 좀더 대담한 수법으로 자신이 시체를 발견한 것처럼 꾸미고 나서 그 이유를 설명하려고 한 거지요.

그는 기이하고 무시무시할 정도로 상상력이 풍부했습니다. 서로가 상대방이 되는 역할 바꾸기를 생각해냈던 거지요. 게다가 그는 이미 아놀드 아일머의 옷을 입고 있었으니, 이미 죽은 아일머가 존 스트레이크 역할을 못할 이유가 뭐가 있겠습니까? 이렇게 뒤바뀐 상태에서 상상력이 풍부한 그의 공상을 뒷받침하려면 무언가가 있어야 했겠지요. 운명의 적수 두 명이

상대의 옷으로 바꿔입는 무시무시한 가장 무도회 같았습니다. 가장 무도회만이 죽음의 춤을 출 수 있는 배경이 될 수 있지요. 춤추는 사람 중 한 명은 죽어야 했습니다. 그렇기 때문에 그가 이 모든 일을 자신의 마음속에 접어두고 웃을 수 있었던 것 같습니다."

브라운 신부가 그의 커다란 회색 눈으로 허공을 응시하였다. 깜박거림에도 흐려지지 않는 그의 눈은 신부의 얼굴에서 단연 돋보였다. 그는 진지하면서도 간결하게 말을 이었다.

"모든 건 신이 내리십니다. 특히, 이성, 상상력 그리고 정신의 위대한 재능은 바로 신이 주신 선물이지요. 사람들은 모두 선합니다. 사람들이 아무리 타락해도 원래 선한 인간임을 잊지 말아야 하는 거지요. 그자는 매우 우수하지만 빗나가기 쉬운 능력을 가진 사람이었습니다. 이야기를 지어내는 능력으로 보건대, 그는 훌륭한 이야기꾼입니다. 다만 자신의 창작 능력을 왜곡해서 실용적인 목적으로 사용했고, 결국 부도덕한 결말로 끝났을 뿐입니다. 진실한 이야기가 아니라 거짓 이야기로 사람을 속였던 거지요. 처음에는 어린아이같이 이야기를 좀 부풀려 말하다가 정교한 변명과 기발하고 세밀한 거짓말로 아일머 노인을 속이게 되었겠지요. 하지만 어린이들은 영국의 국왕을 보거나 동화 나라의 왕을 보거나 똑같이 말하지 않습니까. 그러던 것이 사악함과 자만심을 유지하려는 마음 때문에 점점 커졌겠지요. 자신의 출신에 대해 신비한 이야기를 지어내고 발전시키면서 점점 허영심을 키워갔을 겁니다. 그래서 아일머의 아들들은 그가 항상 아버지에게 마법을 건다고 말했던 것이지요. 그건 사실입니다. 〈아라비안 나이트〉에서 이야기꾼이 폭군에게 마법을 거는 것과 비슷하지요. 마침내 그는 비상한 거짓말쟁이들의 이해할 수 없는 만용으로, 자신이 시인이라도 된 양 자존심을 내세우며 세상을 향해 갔습니다. 그는 목숨을 걸고서라도 〈아라비안 나이트〉를 지어낼 수 있었을 겁니다. 그리고는 결국 목숨이 위태로워진 지경이 된 거지요.

나는 그가 범죄를 은폐하려는 이유 외에도 이야기를 꾸며내는 것 자체를 즐겼다고 확신합니다. 사실을 사실과 다르게 이야기하는 방법을 택했지요. 죽은 사람을 산 사람으로, 산 사람을 죽은 사람으로 바꾸는 것에 불과했지만요. 그는 이미 아일머의 실내복을 입고 있었으니 계속해서 아일머의 몸과 영혼으로 들어가 아일머 행세를 한 것이지요. 눈 위에 차갑게 누워 있는 시체가 마치 자신의 시체인 양 바라보았지요. 그러고 나서 먹이를 찾아 하강한 독수리처럼 보이기 위해 망토를 독수리 날개처럼 펼쳐놓았습니다. 그리고는 은 탄환으로만 검은 새를 떨어뜨릴 수 있다는 음울한 이야기로 장식한 거지요. 그의 뜨거운 예술적 기질이 마법사가 사용하던 백마술과 은 탄환을 생각해낸 거겠지요. 백마술이니 은 탄환이니 하는 것을 지어낸 까닭이 찬장에서 반짝이는 은 때문이었는지, 아니면 문 뒤에서 빛나는 눈 때문이었는지는 잘 모르겠습니다. 하지만 무엇 때문이든 그는 자신만의 시 같은 작품을 만들어낸 것이지요. 그것도 노련한 사람처럼 아주 즉흥적으로 말입니다. 그는 시체를 스트레이크의 시체인 양 눈 위에 재빨리 옮겨놓음으로써 역할 바꾸기를 완성했던 거지요. 스트레이크가 빠른 날개와 죽음의 발톱을 가진 괴물처럼 공중 어디든 떠다닐 수 있는 사람이라는 생각을 주입시키려고 최선을 다했습니다. 발자국이며 다른 흔적이 없다고 열심히 설명하면서 말이지요. 예술가적인 상상력은 정말 존경스럽기까지 합니다. 실제로 그의 주장에 대해 반박의 여지가 있는 것을 오히려 유력한 증거로 바꾸면서 이렇게 말했습니다. 망토가 너무 길기 때문에 그것이 평범한 사람들처럼 땅 위로 걸어다니지 않는다는 사실을 증명해준다고 말입니다. 그런데 그 이야기를 하면서 나를 너무 열심히 쳐다보았습니다. 그래서 그 순간에 그가 거짓말을 하려 애쓰고 있다는 걸 알았지요."

보인 박사는 생각에 잠긴 표정이었다.

"그때까지 이미 사실을 알고 있었나요? 제 생각엔, 역할을 바꾼다는 생각도 아주 희한하고 대담해 보이지만 어떻게 그렇게 빨리 그런 걸 추측해낼 수 있었는지가 더 신기하군요. 언제부터 의심했고 언제 확신이 들었나요?"

"박사한테 전화할 때는 정말로 의심스러운 게 있었습니다. 하지만 그저 닫혀진 문을 통해 들어오는 붉은빛이 카펫에 밝게 비치다가 다시 어둡게 비치기를 반복했던 게 전부였지요. 그 외엔 아무것도 없었지요. 핏방울이 복수심에 우는 듯 점점 생생해지는 것처럼 보였습니다. 이야기가 다른 길로 샜군요. 사실 햇빛이 그 문을 통해 들어올 수는 없었습니다. 그 뒤로는 두 번째 문이 열려 있었고, 정원 쪽으로는 닫혀 있었기 때문이지요. 그가 만약 밖에 나갔다가 그의 원수를 보았다면 소리를 질렀을 겁니다. 그런데 얼마쯤 지난 다음에야 소리가 들렸지요. 그가 무슨 일인가 하러 나갔다는 느낌이 들었습니다. 뭔가를 준비하는 것 같았어요. 하지만 그때까지는 확실치 않았습니다. 나중에 그가 눈으로 부적처럼 술수를 쓰고 주문을 거는 듯한 목소리로 나에게 최면을 걸려고 할 때 알았습니다. 아마 틀림없이 아일머 노인에게 사용했던 방법이겠지요. 하지만 이게 전부가 아닙니다. 그건 그가 사용한 방법일 뿐이고, 그는 종교와 철학의 문제라는 이야기도 했습니다."

"저는 현실적인 사람이라서 그런지 종교나 철학에는 별로 영향을 안 받습니다."

"현실적으로 행동하기 전에는 절대 현실적인 사람이 아니지요. 박사님은 나를 잘 알고 있습니다. 내가 광신자가 아니란 걸 박사님도 알고 있으리라 생각합니다. 모든 종교에는 별의별 유형이 다 있지요. 사악한 종교에 빠져든 선한 사람도 있고, 선한 종교에 빠진 악한 사람도 있습니다. 그런데 내가 경험으로 알게 된 한 가지 작은 사실이 있지요. 동물의 묘기나 좋은 포도주 상표처럼 직접적인 경험을 통해서 우리는 알게 된다는 지극히 현실적인 얘기지요. 나는 철저히 철학적인 범죄자도 만난 적이 없지만, 동양학이나, 윤회, 회귀, 그리고 운명의 수레바퀴나 자기 꼬리를 무는 뱀 따위를 철학적으로 설명해내려 하지 않는 범죄자도 본 적이 없습니다. 그 뱀의 하인에게 내려진 저주는 실제로 존재하지요. 그들은 배로 기게 되고 흙을 먹게 될 겁니다. 불한당이나 방탕한 사람들 중에 그런 영혼에 대해 이야기하지 않는 사람은 없습니다. 진짜 종교에서 나온 이야기는 그렇지 않은데 말입니다. 하지만 여기 우리가 사는 세상에선 악한들의 종교가 되어버렸습니다. 목소리 높여 떠들어대는 자들은 모두 악한들이라는 걸 나는 알고 있습니다."

"악한들도 자신이 선택한 종교에 대해 신앙을 고백할 수 있다고 생각하는데요."

"그래요, 어떤 종교든 믿을 수는 있지요. 모든 걸 가장한다면 어떤 종교든 믿는 척할 수도 있습니다. 단순히 습관적인 위선일 뿐이라면, 분명 그렇게 할 수 있습니다. 누구나 어떤 종류의 가면이든 쓸 수 있고요. 누구든 자신이 특정 관점을 가지고 있는 듯 말하는 방법을 배울 수 있습니다. 나도 거리로 나가서 감리교 신자나 샌더매니안*교 신자라고 말할 수 있습니다. 확신에 찬 목소리로 말할 수 있을지는 모르겠지만 말이지요. 하지만 지금 우리가 얘기하고 있는 건 예술가 부류입니다. 예술가가 즐거우려면 가면이 어느 정도 얼굴에 맞아야겠지요. 자신의 외면에 걸치려고 만든 것이지만 내면 속에 일치하는 부분이 조금이라도 있어야 한단 말이지요. 밖으로 드러나도록 만든 것이지만 자신의 영혼을 재료로 만들 수밖에 없습니다. 만약 그가 감리교 신자라고 말했다면, 신비주의자나 운명론자라고 했을 때처럼 그렇게 이야기를 잘 꾸며내지 못했을 겁니다. 그가 의도한 대로 되려면 그 비슷한 생각을 그가 하고 있어야 된다는 얘기지요. 자기가 꾸며낸 이야기를 믿게 만들려고 그가 나와

---

*Sandermanian. 1730년에 스코틀랜드의 목사 존 글라스가 국교에서 떨어져나와 설립한 종교로 후에 로버트 샌더맨이 잉글랜드와 아메리카로 확장시키면서 샌더매니안으로 알려지게 되었다.

한판 겨룬 거지요. 그런 사람들이 게임을 걸어올 때면 대개는 가장 이상화된 형태로 이야기를 꾸민다는 걸 알 수 있지요. 그런 사람들은 상처를 입고 피를 뚝뚝 흘리면서도 아주 진지하게 불교가 기독교보다 낫다고 할 수 있는 사람들입니다. 아니, 아주 진지하게 불교가 기독교보다 더 기독교적이라고 말할 겁니다. 그것만으로도 충분히 기독교에 대한 그의 개념에 무시무시하고 오싹한 빛을 비출 수 있는 거지요."

"신부님이 그자를 비난하려는 건지 변호하려는 건지 모르겠군요."

"재능 있다고 말한다고 해서 그 사람을 변호하는 건 아니지요. 그것과는 거리가 멉니다. 예술가들은 어느 정도 진심으로 자신을 속인다는 심리학적인 사실을 말한 것뿐이지요. 레오나르도 다 빈치는 그림을 처음 그리는 사람인 양 그림 그리는 일을 어려워했지요. 아무리 노력해도 항상 하찮은 대상을 과장되게 모방하는 일처럼 여겨졌으니까요. 그가 감리교도*였다면 훨씬 더 공포스럽고 굉장한 작품을 만들어냈을 겁니다."

신부가 밖으로 나가 집 쪽을 돌아보니 더해진 추위에도 불구하고 무언가 사람을 취하게 하는 데가 있었다. 나무들은 아주

---

* 감리교의 창시자인 존 웨슬리는 신비주의적 비전을 본 것으로 유명하다.

춥고 깨끗한 성촉절*의 은빛 칸델라브라처럼 서 있었다. 살을 에는 추위 속에 순수한 고통의 은빛 검이 청정의 한가운데를 뚫는 것 같았다. 하지만 살인적인 추위는 아니었다. 그것이 우리 안의 불멸의 무한한 생명력을 방해하는 장애물들을 처치했다는 점만 빼면. 석양 속의 희미한 초록빛 하늘에는 베들레헴의 별처럼 별이 하나 떠 있어 투명한 동굴처럼 보였다. 마치 하늘에 차가운 초록빛 용광로가 있어서 모든 것을 깨우고 온기와 같은 생명을 불어넣는 것 같았다. 모든 것이 차갑고 투명해질수록, 날개 달린 생물처럼 빛나고 색유리처럼 선명해졌다. 하늘은 진실로 설레였고, 얼음 같은 칼날로 진실과 실수를 갈랐다. 그러나 남겨진 모든 것들이 살아 있는 것처럼 느껴지지는 않았다. 모든 기쁨이 빙산의 한가운데 묻힌 보석 같았다. 깨끗하고 생기 있는 공기를 깊이 마시고 녹색 황혼 속으로 한발 한발 나아가면서 신부는 자신의 기분을 이해할 수 없었다. 혼란스럽고 소름끼치는 무언가가 잊혀진 채 뒤에 남겨져 있는 것 같기도 하고, 살인자의 발자국이 눈에 가려진 것처럼 깨끗이 지워진 것 같기도 했다. 신부는 눈을 밟으며 집을 향해 가면서 혼자 중얼거렸다.

---

* 2월 2일 성모 마리아의 순결을 기념하는 축제일.

"백마술이 있을 거라던 말은 맞았군. 어디서 마법을 찾을 수 있는지만 알았어도……."

다녀웨이 가의 운명

일곱번째 후계자로 나 돌아와

일곱번째 시각에 나 떠나리

그 시각에 나의 손 잡을 이 없고

내 마음 가진 여인에게 재앙 있으리

풍경화가 두 명이 같은 경치를 바라보며 서 있었다. 신기하게도 두 사람 모두 그 바다 경치에 깊은 인상을 받았지만, 사실 두 사람이 똑같은 인상을 받은 것은 아니었다. 한 사람은 런던의 신진 화가로, 그에게는 이것이 기이하면서도 새로운 느낌의 경치였다. 다른 한 사람은 이 지방의 화가였지만 그의 명성은 그 지역 너머까지 퍼져 있었다. 그날따라 경치는 전보다 더 묘한 느낌을 주었다.

이들이 보고 있는 장면은 해질녘의 황혼을 배경으로 펼쳐진 모래사장이었으며, 전체적으로 암록색, 청동색, 갈색, 담갈색의 어두운 색조를 띠고 있었다. 그렇다고 아주 단조로운 것만은 아니었다. 그 어두운 색조들도 황혼에 비쳐 빛날 때는 금빛보다 더 신비로워 보였다. 길게 뻗은 해안선은 들판에서 바다의 모래사장까지 길게 서 있는 건물에서 끝이 났다. 건물 가장자리에 난 황량한 잡초와 골풀들은 해초와 거의 맞닿을 듯했다. 이 건물에서만 찾아볼 수 있는 특징은 건물 윗부분 윤곽이 폐허처럼 울퉁불퉁하고, 여러 개의 넓은 창과 커다란 틈이 나 있어 어둑어둑해질 무렵에는 황량한 건물 뼈대만 보이는 듯했다. 건물 아래쪽에는 창이 거의 없고, 있다 해도 대부분이 컴컴하게 벽돌로 막혀 있어서 해질녘에는 창의 윤곽을 거의 찾아볼 수 없을 정도였다. 딱 하나의 유리창만 제구실을 하고 있었는데, 무엇보다 신기한 점은 그 창을 통해 빛이 새어나오고 있었다는 것이었다.

"저렇게 낡은 집에선 도대체 어떤 사람이 살 수 있을까?"

런던에서 온 화가가 큰 소리로 말했다.

그는 몸집이 큰 데다가 보헤미안처럼 하고 있었다. 젊은 사람이었지만 텁수룩한 붉은 턱수염 때문에 실제보다 나이가 좀 들어 보이기도 했다. 첼시에서는 해리 페인이라는 이름으로 유명한 사람이었다.

"유령이나 살 수 있을 거라고 생각하지?"

해리 페인의 친구인 마틴 우드가 대답했다.

"근데, 저기 사는 사람들, 정말 유령 같기는 해."

역설적으로 들리겠지만 런던에서 온 화가는 떠들썩하게 팔팔한 데다가 연신 감탄을 터뜨리는 모습이 꼭 시골 사람처럼 보였다. 반면, 이 지방의 화가는 좀더 통찰력 있고 경험이 풍부한 사람이었기 때문에 성숙하고 상냥한 태도로 그를 대했다. 사실 이 지방 화가는 무신경한 표정의 각진 얼굴에 깨끗하게 면도를 하고 어두운 색의 옷을 입었기 때문에 더 과묵하고 고지식해 보였다.

"저 집은 세월을 말해주지. 지나간 시간들과 그때마다 저 안에 살았던 가족들을 상징하기도 해. 위대한 다너웨이 가의 마지막 후손이 저 집에 살고 있다네. 요즘 가난뱅이들도 저 사람들처럼 가난하지는 않을 거야. 저 사람들은 돈이 없어서 위층은 개조할 생각도 못한다네. 그래서 폐허가 된 아래층 방에서 박쥐나 부엉이처럼 살고 있지. 그런데 말야, 저 집엔 장미 전쟁 시기에 그려진 초상화가 여러 점 있어. 영국에서 제일 처음 그려진 초상화라고 할 수 있지. 그 중 몇 점은 정말 훌륭해. 나도 우연히 보게 되었어. 저 사람들이 내게 철저한 감정을 의뢰한 적이 있었거든. 특히, 그림 중 하나는 초기 작품인데 너무 뛰어나서 전율이 느껴질 정도야."

"저 건물만 쳐다보고 있어도 전율이 느껴지는 것 같아."

페인이 말했다.

"그래, 사실 그렇기도 하지."

한동안 흐르던 침묵은 연못가의 골풀들 사이에서 무언가가 바스락거리는 소리에 깨졌다. 이어 시커먼 무언가가 화들짝 놀란 새처럼 잽싸게 둑을 스쳐 지나가자 그들은 깜짝 놀랐다. 그러나 그 검은 그림자는 한 손에 검은 가방을 들고 부산하게 걸어가고 있는 사람이었다. 그의 긴 얼굴은 혈색이 좋지 않았고, 조금 음산하고 의심스런 태도로 날카로운 눈을 들어 런던에서 온 이방인을 힐끗 쳐다보았다.

"의사인 바넷 선생님이시네."

우드가 안심한 듯 말했다.

"안녕하세요, 선생님. 저 집에 가시는 길이세요? 아픈 사람이 없어야 할 텐데."

"저런 집에선 항상 누군가가 아프지요. 저 집의 공기는 병에 걸리기에 딱 좋아요. 저는 오스트레일리아에서 온 그 젊은이가 부럽지 않습니다."

"오스트레일리아에서 온 젊은이라뇨?"

페인이 멍한 표정으로 갑자기 물었다.

"아, 친구분이 그 사람에 대해 말해주지 않던가요? 사실 저도 그가 오늘 도착할 거라고 생각하고 있습니다만, 구식 멜로드라마의 로맨스 같은 이야기지요. 식민지에서 폐허가 된 성으로 돌아오는 후계자입니다. 모든 게 완벽하지요. 담쟁이 덩굴로 덮인 탑에서 바라만 보고 있던 아가씨와 그를 결혼시키기 위해 온 가족이 모인 것까지 말입니다. 이해할 수 없는 구식 풍습이죠, 안 그런가요? 하지만 가끔 일어나는 일이긴 해요. 그가 재산을 좀 가지고 있다는 것이 이 결혼식에서 유일하게 밝은 면이죠."

"다너웨이 양은 담쟁이 덩굴로 덮인 그 탑에서의 결혼식에 대해 어떤 생각을 하고 있을까요?"

마틴 우드가 냉담하게 물었다.

"지금쯤 별의별 생각을 다 하고 있겠지요. 이렇게 잡초만 무성하고 미신으로 가득 찬 낡은 소굴에서 무슨 생각을 할 수 있겠습니까? 단지 꿈을 꾸며 이 생각 저 생각 사이를 떠도는 거지요. 다너웨이 양은 양가의 정혼과 식민지 출신 남편을 다너웨이 가 운명의 일부로 받아들이는 것 같습니다. 그 사람이 등이 굽은 흑인에 외눈박이 살인광이라고 해도 그녀는 그저 이 어두운 풍경을 잘 마무리하는, 꼭 어울리는 상대라고 생각할 거예요."

"런던에서 온 제 친구에게 그렇게 생생하게 말씀하시면 이 친구는 그대로 믿습니다. 이 친구를 데리고 저 집에 가보려고 했거든요. 화가라면 다너웨이 가의 초상화를 볼 수 있는 기회를 그냥 지나칠 수 없으니까요. 하지만 오스트레일리아에서 온 손님을 대접하고 계실 테니 나중에 가는 게 좋겠군요."

우드가 웃으며 말했다.

"지금 같이 가서 만나보죠. 그들의 어두운 삶을 밝게 해주는 것이라면 무엇이든 제게 도움이 될 겁니다. 분위기를 돋우려면 친구도 여러 명 있는 게 좋지요. 제 생각엔 많으면 많을수록 좋을 것 같은데. 자, 저랑 함께 가시지요."

가까이 다가갈수록 그 집은, 다리를 건너야만 넘을 수 있는 지저분한 연못에 고립된 하나의 섬 같았다. 반대쪽에는 돌로 된 단인지 제방인지가 넓게 펼쳐져 있었다. 거기엔 커다란 틈이 있어 잡초와 가시덤불들이 여기저기 나 있었다. 어스레할 때에는 크고 황량하게만 보이던 석단(石壇)의 구석 틈새에 그토록 많은 야생의 흔적들이 들어 있었다는 사실이, 페인은 믿기지가 않았다. 한쪽으로 툭 튀어나온 석단은 일종의 거대한 현관 계단이었다. 뒤로는 현관문을 지나 튜더 양식의 낮은 아치 길이 펼쳐져 있었지만 동굴처럼 깜깜하기만 했다.

활기 넘치는 의사가 별다른 격식 없는 안내를 받으며 안으로 들어섰을 때 페인은 깜짝 놀랐다. 비좁은 나선형 계단을 따라 폐허가 된 탑을 올라가게 될 거라고 상상했는데 실제로 집으로 들어가는 첫계단은 내리막이었다. 그들은 무너진 짧은 계단을 내려가 크고 어슴푸레한 방들로 들어섰다.

벽에 걸려 있는 시커먼 그림들과 먼지 쌓인 책장들을 빼면 전형적인 지하 감옥이었다. 여기저기 놓여 있는 낡은 촛대에 꽂힌 초가, 지난날에는 화려했지만 지금은 먼지투성이가 되어 버린 건물 곳곳을 비추고 있었다. 하지만 페인은 이러한 인공 조명에서는 아무런 감흥도 느끼지 못했다. 그는 긴 방을 지나가면서 벽에 나 있는 유일한 창문을 보았다. 신기할 정도로 낮은 17세기 후반 양식의 타원형 창문이었다. 그러나 정작 신기한 것은 하늘을 직접 볼 수 없고 반사된 하늘만 볼 수 있다는 점이었다. 희미하게 들어오는 한줄기 햇빛은 둑에 걸린 그림자 아래로 연못에 반사되는 빛이었다. 페인은 거울을 통해서만 바깥 세상을 보았다던 레이디 샬럿*이 떠올랐다. 그렇지만 이 집의 레이디 샬럿은 어떤 의미에선 거울 속의 세상만 볼 뿐 아니라, 거꾸로 뒤집힌 세상을 보고 있는 셈이었다.

"다너웨이 저택은 은유적으로나 말 그대로나 무너질 것 같습니다. 집이 늪지나 모래 속으로 천천히 가라앉는 것 같아요. 바

---

*The Lady of Shallot. 영국의 계관시인 알프레드 테니슨 경의 시의 제목. 이름은 엘레인으로 캐멀롯 아래 강 속의 섬의 탑에 살았다는 아름다운 여인이다. 저주를 받아 거울 속을 통해서만 세상을 볼 수 있었다. 원탁의 기사 랜슬롯을 사랑했으나 보답받지 못하고 비극적으로 죽었다.

다에서 보면 초록색 지붕만 보일 때까지 말예요."

우드가 낮은 목소리로 말했다.

누군가 그들을 맞이하러 소리 없이 다가오자 강건한 바넷 박사도 움찔 놀랐다. 사실, 방이 너무 조용했기 때문에 그들은 방안에 사람이 있다는 걸 알고 놀라지 않을 수 없었다. 어두운 방안에 희미한 세 개의 형체가 미동도 없이 앉아 있었다. 더군다나 세 명 모두 검정색 옷을 입어 어두운 그림자처럼 보였다.

한 사람이 창문에서 회색 불빛이 비치는 등을 가까이 가져오자 그의 얼굴이 드러났다. 어스름하게 보이는 머리카락처럼 거의 회색 빛으로 보이는 얼굴이었다. 이 사람은 집사인 바인 노인으로 괴짜 부모였던 다너웨이 경이 죽자 그 이후로 오랫동안 부모 역할을 대신해왔다. 만약 이빨만 없었다면 매우 잘생긴 얼굴이었을 것 같았다. 사실, 하나밖에 남지 않은 이빨 때문에 그는 이따금 사악한 인상을 주었다. 그는 의사와 그의 친구들을 절도 있게 맞이한 다음, 검은 옷을 입은 다른 두 사람이 앉아 있는 곳으로 안내했다. 둘 중 한 사람이 가톨릭 신부라는 사실만으로도 페인에게는 우울하리만큼 오래된 이 집과 어울리는 느낌을 주는 것처럼 보였다. 그는 가톨릭이 박해받던 어두운 시절의 지하 감옥에서 툭 튀어나온 것 같았다. 페인은 그가 이 음침한 곳에서 기도문을 중얼거리고, 묵주를 굴리며 기도하거나, 종을 치거나, 여러 가지 알 수 없는 우울한 일을 하는 모습을 상상할 수 있었다. 바로 그때 페인은 신부가 그 젊은 여자에게 종교적인 위안을 주기 위해 온 것일지도 모른다는 생각이 들었다. 하지만 그의 위안이 그렇게 큰 위로가 되거나 기운을 돋우지는 못할 것 같았다. 사람들에게 그 신부는 평범하고 특징 없는 얼굴에 별로 중요하지 않은 사람처럼 보였다. 하지만 젊은 여자는 매우 달랐다. 그녀의 얼굴은 평범이나 시시한 것과는 거리가 멀었다. 드레스와 머리카락은 검고 안색은 몹시 창백해서 얼굴만 두드러지게 보였는데 정말 생생하게 살아 있는 아름다움이었다. 페인은 감히 그녀를 쳐다볼 수 없을 때까지 계속 쳐다보았다. 마치 죽기 전에 실컷 쳐다보려는 사람 같았다.

우드는 초상화를 다시 보려는 의도로 따라왔기 때문에 평소 친분이 있던 가족들과 즐겁고 품위 있는 말만 몇 마디 주고받았다. 그는 하필이면 새 식구를 맞이하는 날에 집을 방문하게 된 것에 대해 양해를 구했다. 하지만 가족들은 오히려 손님들이 방문하여 마음을 다른 데 쓸 수 있게 되었고 충격도 덜게 되어 다행이라고 말해주었다. 그는 머뭇거리지 않고 중앙 응접실을 지나 초상화가 걸려 있는 서재 뒤쪽까지 페인을 안내했다. 거기에는 그가 특히 보고 싶어하던 그림이 있었는데 내용이 단

280

순하지 않고 거의 수수께끼에 가까웠다. 작달막한 신부가 그들을 따라 걸어왔다. 그는 오래된 기도문뿐만 아니라 오래된 그림에 대해서도 잘 알고 있는 것 같았다.

"이런 그림을 발견하게 되다니 정말 자랑스럽네. 이건 홀바인*의 그림인 것 같아. 그렇지 않다면, 홀바인이 살았던 시대에 홀바인만큼이나 훌륭한 화가가 또 있었을 거야."

우드가 말했다.

그 시대의 강건하면서도 솔직하고 생생한 표현 양식에 맞게 그려진 초상화였다. 금과 모피로 장식된 검은 옷을 입은 남자로, 중후하고 육중한 몸에 조금 창백해 보이는 얼굴과 날카로운 눈을 하고 있었다.

"이런 곳에 영원히 묻혀 있을 뻔하다니…… 정말 그림이 아깝지. 발견하지 못했다면 앞으로도 계속 전해지지 못했을 거야. 진짜처럼 실감나지 않나? 본질적인 건 아니지만, 이 딱딱한 액자 때문에 얼굴이 튀어 보이니까 오히려 얼굴이 더 많은 걸 말해주는 것 같지 않아? 눈은 얼굴보다 더 생생하군. 내가 보기엔, 눈이 얼굴보다 훨씬 진짜 같아. 교활하고 영리한 안구가 저

---

* Hans Holbein(1497~1543). 독일의 화가, 소묘가. 엄밀한 자연주의를 기초로 한 소묘와 객관적인 사실주의를 기초로 한 초상화, 특히 영국왕 헨리 8세의 왕실을 기록한 그림들로 유명하다.

창백한 얼굴 밖으로 튀어나올 것만 같단 말야."

"형체도 액자와 마찬가지로 조금 딱딱한 것 같군. 중세 말이면 북부 지방에서는 해부학이 그렇게 발달하지 않은 상태지. 그래서인지 다리가 그림 전체의 비례에 상당히 맞지 않는 것 같아."

페인이 응수했다.

"난 그렇게 생각하지 않네. 사실주의가 막 완성되기 시작할 때와 한참 무르익기 시작할 때의 화가들은 우리가 생각하는 것보다 훨씬 현실감 있게 그렸어. 초상화의 사실적인 세부 사항을 양식화된 요소들 속에 집어넣었지. 자넨 이 그림 속 주인공의 눈썹이나 눈구멍이 조금 늘어졌다고 하겠지. 하지만 자네가 저 사람을 보았다면 실제로 눈썹 하나가 다른 쪽보다 올라가 있다는 걸 알게 될 거야. 그가 절름발이인지 어떤지는 몰라도 저 검은 다리가 구부러져 있을 거란 말이지."

우드가 조용히 답했다.

"늙은 악마처럼 보이는군!"

페인은 서둘러 말을 이었다.

"신부님, 제가 험한 말을 쓴 걸 용서해주시리라 믿습니다."

"전 악마의 존재를 믿지요. 신기하게도 악마는 절름발이였다는 전설이 있기는 하지요."

282

신부가 수수께끼 같은 표정으로 말했다.

"제 말은…… 정말로 그가 악마였다는 말씀은 아니시지요? 그런데 저 사람은 대체 누구죠?"

페인이 변명하려 했다.

"저분은 헨리 7세와 헨리 8세의 신하였던 다너웨이 경이라네. 그런데 다너웨이 경에 대한 신비한 전설이 여러 개 있지. 그중 하나는 저 액자에 적힌 시와 관련되어 있는데, 후에 누군가가 문서로 남겨놓았네. 이 집에 있는 책 속에서 내가 찾았지. 기이한 내용이야."

우드가 대답했다.

페인은 그림틀에 고대어로 새겨진 시를 보려고 몸을 앞으로 구부리고 목을 길게 뺐다. 오래된 글자와 철자를 생략하면 대충 다음과 같은 시가 되었다.

일곱번째 후계자로 나 돌아와
일곱번째 시각에 나 떠나리
그 시각에 나의 손 잡을 이 없고
내 마음 가진 여인에게 재앙 있으리

"좀 섬뜩하긴 한데 몇몇 단어를 몰라서 무슨 뜻인지 전체적으로는 파악이 안 되는군."

페인이 말했다.

"전체적으로 파악해도 마찬가지로 섬뜩하지. 내가 찾아낸 이 낡은 책의 기록은 후세에 만들어진 것이네. 그가 자살하면서 아내에게 혐의를 씌워 아내가 처형당하도록 했다는 내용이지. 또 다른 문서는 7대 후, 그러니까 조지 왕 시대의 비극에 대해 전하고 있는데, 다너웨이의 후손이 자살한 내용이야. 조심조심 아내의 술잔에 독을 탄 다음 자살한 거지. 이 두 사람 모두 저녁 일곱시에 자살했다고 해. 추리해보면 시에서 말하는 것처럼, 그가 정말로 매번 일곱번째 후손으로 환생해 그와 결혼할 어리석은 아가씨를 위해 일을 꾸민다는 걸세."

우드가 낮은 목소리로 말했다.

"그 주장에 의하면 다음 일곱번째 후손은 편치 못할 것 같군."

우드는 한결 목소리를 낮추어 말했다.

"새로 오는 후계자가 바로 일곱번째라네."

해리 페인은 짐을 떨쳐버리려는 듯 갑자기 넓은 가슴과 어깨를 들었다.

"대체 우리가 무슨 헛소리를 하고 있는 거야. 우린 계몽 시대에 충분히 교육받은 사람들이라구. 이런 빌어먹을 축축한 곳에 들어오기 전엔 이런 이야기를 하게 될 줄 생각도 못했는데. 이런 얘기를 비웃게 될 줄만 알았더니만."

"맞아. 이런 지하 궁전에서 오래 살다 보면 모든 게 다르게 보이기 시작할 걸세. 나는 저 그림이 점점 호기심이 생기기 시작했네. 내가 이걸 관리하는 일에 관여했기 때문 일거야. 어떤 때는 저 그림 속의 얼굴이 여기서 살다가 죽은 사람들의 얼굴보다 더 생생하게 보이지. 일종의 부적 같기도 하고 자석 같기도 하네. 저 얼굴이 명령을 하고 사람들과 사물의 운명을 마음대로 그리는 것처럼 보이지. 자네에게는 매우 비현실적으로 보이겠지."

우드가 말했다

"이게 무슨 소리지?"

페인이 갑자기 소리쳤다.

모두 조용히 귀를 기울였지만 바다 멀리서 굉음만 들릴 뿐이었다. 그들 모두 똑같은 느낌이 들었다. 처음에 들렸던 소리보다는 둔해졌지만 파도 소리 속에 사람 목소리가 들리는 것 같았다. 그리고 소리가 점점 가까이 다가왔다. 그 다음 순간 무슨 소리인지 확실해졌다. 누군가가 밖의 어스름 속에서 소리치고 있었다.

페인은 뒤에 있는 낮은 창 쪽으로 몸을 돌려 구부리고 밖을 내다보았다. 이 창문에서는 제방과 하늘이 반사된 연못밖에는 아무것도 볼 수 없었다. 그런데 그렇게 거꾸로 보이는 모양이 이전에 그가 보았던 것과 달랐다. 물 속에 보이는 제방의 그림자에서 제방 위에 서 있는 사람의 다리가 반사되어 두 개의 어두운 그림자로 보였다. 그렇게 좁은 틈으로는 창백하고 희미한 석양에 반사된 두 개의 검은 다리밖에 볼 수 없었다. 그러나 머리가 보이지 않는다는 사실 때문에 뒤따르는 소리가 구름 속에서 들리는 것처럼 무시무시하게 들렸다. 크게 외치는 목소리는 제대로 들리지 않아 무슨 말인지 알 수 없었다. 특히 페인은 긴장된 얼굴로 그 작은 창을 통해 자세히 살피며 긴장된 목소리로 말했다.

"정말 이상하게 서 있군!"

"아니야, 그게 아니라네. 반사되어서 그렇게 보이는 거라네. 물결이 흔들리기 때문에 그렇게 보이는 거라구."

우드가 안심시키는 듯한 목소리로 속삭였다.

"어떻게 보이는데요?"

곧바로 신부가 물었다.

"왼쪽 다리가 구부러져 보여요."

우드가 말했다.

페인은 타원형의 창이 신비한 거울처럼 생각되었다. 그 창

안에 불가사의한 운명의 이미지들이 있을 것 같았다. 거기에는 그가 이상하다고 생각한 다리말고도 무언가 다른 게 있었다. 빛을 등져 어두운 선처럼 보이는 세 개의 얇은 다리였다. 다리 세 개 달린 괴물 같은 거미나 새가 그 낯선 사람 옆에 서 있는 것 같았다. 다음 순간, 그 다리 세 개 달린 물건이 마치 이교도의 제단 같다는 이상한 생각이 들었다. 어느 틈에 그 물체는 사라지고 사람의 모습도 지나가 보이지 않았다.

등을 돌리자 집사인 바인 노인의 창백한 얼굴이 막 입을 열고 하나밖에 없는 이빨을 보이며 무슨 말인가 하려고 했다.

"그분이 오셨습니다. 오늘 아침 오스트레일리아에서 배가 도착했습니다."

서재를 지나 중앙 응접실로 들어설 때 새신랑이 입구로 들어오면서 내는 덜컥거리는 발걸음 소리가 들렸다. 그의 뒤로 여러 가지 짐을 실은 가벼운 여행가방이 따라 들어왔다. 그 짐 가운데 어떤 물건을 보자 페인은 안심이 되어 웃음을 터뜨렸다. 그 다리 세 개 달린 물건은 사진기에 쓰는 삼각대였던 것이다. 그 짐을 가지고 온 남자도 마찬가지로 평범해 보였다. 그는 어두운 색 옷을 입었는데, 특별히 격식을 차리지는 않았지만 예복 비슷한 것이었다. 회색 무명으로 만든 윗도리에 장화를 신고 있었는데, 조용한 방이 무색하게, 걸을 때마다 크게 소리가 울렸다. 그가 앞으로 걸어오면서 새로운 식구들에게 인사할 때 그의 걸음걸이를 보니 다리를 저는 것 같았다. 하지만 페인과 함께 있던 사람들은 그의 얼굴을 보고 그 얼굴에서 눈을 뗄 수가 없었다.

그는 자신을 환영하는 모임에서 분명 뭔가 이상하고 불편한 기운이 감도는 걸 느낀 것 같았다. 그러나 장담하건대 결코 그 이유를 알아내지 못하리라. 그와 이미 약혼한 여인은 그를 매혹시킬 수 있을 만큼 아름다웠지만, 그녀의 표정 역시 그를 놀라게 한 것 같았다. 집사 노인은 중세 시대의 신하처럼 그를 안내했지만, 그가 마치 그 집안의 유령인 것처럼 대했다. 신부도 이해할 수 없는 듯한 얼굴로 그를 쳐다보았기 때문에 그는 더욱 용기를 잃은 듯했다. 새로운 모순된 감정이 페인의 마음 속에 생겨나기 시작했다. 그는 저 낯선 이방인이 악마라는 생각이 들었다. 그가 자신의 운명을 모르고 있기 때문에 상황이 더 나쁘게 여겨졌다. 마치 그가 오이디푸스의 무서운 순수함으로 죄를 짓기 위해 나아가는 것 같았다. 그는 아무것도 모르고 들뜬 마음으로 저택에 다가가 첫 인상을 사진 찍기 위해 사진기를 만졌다. 사진기도 비극적인 퓌톤*의 제단을 닮은 것 같았

---

* Python. 그리스 신화에 나오는 거대한 구렁이로 땅의 여신 가이아의 아들이다. 아폴론의 미움을 사 죽임을 당했다.

다.

잠시 후 작별 인사를 할 때 오스트레일리아에서 온 남자가 분위기를 이미 확실히 파악한 것 같아, 페인은 깜짝 놀랐다. 그는 낮은 목소리로 이렇게 말했다.

"가지 마세요…… 아니면 곧 다시 와주세요. 당신은 좀 사람다워 보입니다. 이곳에 오니 정말 심란합니다."

지하 동굴 같은 집에서 나와 저녁 공기를 마시고 바다 냄새를 맡자 페인은 마치 지하 세계의 꿈 속에서 빠져나온 것처럼 느껴졌다. 불안하면서도 실재하지 않는 것처럼 사건들이 서로 다른 사건 위에서 무너져내리는 듯한 꿈. 이방인이 이웃에 도착한 사건은 약간 불만족스러웠고 말 그대로 미심쩍었다. 오래된 초상화와 똑같은 얼굴이 또 있다는 사실과 그가 새로 나타났다는 사실이 머리 둘 달린 괴물처럼 그를 괴롭혔다. 이 모든 게 악몽 속에서 벌어진 일 같지는 않았다. 그러기엔 그 얼굴, 그가 본 그 얼굴이 너무 생생했다.

"저어…… 그 젊은이가 집안끼리의 약속 같은 것 때문에 다너웨이 양과 약혼했다고 하셨나요? 꼭 무슨 소설에 나오는 얘기 같군요."

어두워진 바닷가의 어두운 모래 위를 함께 걸으며 페인은 의사에게 물었다.

"역사소설 같지요. 다너웨이 가는 몇 세기 전에 모두 잠들었습니다. 그래요, 어떤 집안은 몇 대에 걸쳐 특별한 관계를 유지하면서 재산을 합치기 위해 항상 육촌이나 팔촌 간에 결혼하는 풍습이 있지요. 멍청한 전통입니다. 그런 식으로 집안끼리 계속 결혼하면 유전 법칙에 의해 곧 이상해져버립니다."

"그럼 그들 모두가 이상해졌다는 말인가요?"

페인이 약간 뻣뻣하게 말하자 의사가 대답했다.

"흠, 물론 그 젊은이가 다리를 저는 건 확실하지만 이상한 것 같지는 않아요."

"그 젊은이라고요! 만약에 그 젊은 숙녀가 이상한 것처럼 보인다는 말씀이시면 오히려 선생님께서 이상하신 겁니다."

페인이 갑자기 이유 없이 화를 냈다.

"이런 일에 대해서는 제가 당신보다 더 잘 알고 있다고 생각하는데요."

의사의 표정이 어두워졌다.

그들은 그가 분별없이 무례했다고 느꼈고, 똑같이 분별없이 무례하게 군 것에 대해 마음이 불편한 채로, 끝까지 조용히 걸어갔다. 페인은 혼자서 그 일에 대해 깊이 생각했다. 그의 친구 우드는 뒤에 떨어져 그 그림과 관련된 일에 대해 골몰하고 있었다.

오스트레일리아에서 온 남자는 누군가 기운을 북돋워줄 사람을 원했기 때문에 페인은 그 집에 자주 초대되었다. 꼭 그 오스트레일리아인을 즐겁게 해주기 위해 가는 것이라고는 할 수 없지만, 그는 몇 주 동안 다너웨이 가의 어두운 실내를 자주 볼 수 있었다. 다너웨이 양도 오래전부터 우울하게 지내온 터라 기분을 좀더 띄워줄 필요가 있었다. 아무튼 그는 그녀의 기분을 즐겁게 하기 위해 기꺼이 노력을 마다하지 않았다. 그러나 양심에 거리낄 정도는 아니라도, 상황이 애매하고 불편했다. 다너웨이 가의 새 식구는 오랜 계약 때문에 약혼을 했든 어쨌든 몇 주가 지났는데도 자신이 약혼했다는 사실을 의식하지 못하는 것처럼 행동했다. 그는 어두운 회랑에서 서성거리거나 음산하고 불길한 그림을 멍한 눈으로 응시하며 서 있었다. 분명히 그 감옥 같은 집의 그림자가 그에게 드리워지기 시작했고 오스트레일리아인다운 자신감은 거의 사라져버렸다. 한편 페인은 자신에게 가장 중요한 고민에 대해 해결책을 찾지 못하고 있었다. 그는 그림을 걸어준다는 핑계로 어슬렁거리며 친구인 마틴 우드에게 자신의 짝사랑에 관해 속마음을 털어놓았으나 그에게서 별로 만족스런 답을 듣지 못했다.

"이미 약혼한 사람들 사이에 끼어들면 안 될 것 같은데."

우드가 간단하게 말했다.

"물론 약혼한 사람들 사이에 끼어들면 안 되지. 하지만 정말 약혼한 것도 아니잖아. 물론 그녀에게는 한마디도 안 했네. 하지만 그녀를 쭉 지켜보니 그녀도 약혼을 했다고 생각하지 않아. 설사 그렇다고 해도…… 그 사람도 약혼을 했다고 말하지 않네. 앞으로 약혼을 할 거란 말도 없고 말야. 이렇게 망설이고 있는 건 모두에게 옳지 않다고 생각하네."

"그건 자네 생각이지. 나에게 물어본다면 이렇게 대답하겠네. 그 사람은 두려워하고 있을 뿐이야."

우드는 약간 엄격하게 말했다.

"거절당할까봐 두려워한다?"

"아니, 승낙할까봐 두려워하는 거지. 그렇게 시비조로 나오지 말게. 내 말은 그녀가 두려워서 그렇단 게 아니고, 그 그림이 무서워서 그렇단 뜻일세."

"그림이 무섭다!"

페인이 따라했다.

"정확히 말하면 그 저주가 두려운 거겠지. 그와 그녀에게 해당하는 다너웨이 가의 운명에 대한 시가 기억나지 않나?"

"그래, 그렇지만 이봐. 다너웨이 가의 운명 때문이라면 둘 다 말도 안 되네. 자네는 우선 그 계약 때문에 내 뜻대로 할 수 없는 거고, 그 다음에 그 운명의 저주 때문에 계약이 지켜질 수 없다고 했네. 그런데 그 저주 때문에 계약이 파기될 수 있다면 그녀가 그 계약에 얽매여야 되는 이유가 어디 있나? 그 두 사람이 서로 결혼하길 두려워한다면 얼마든지 다른 사람과 결혼할 수 있고, 그걸로 끝나는 거지. 왜 내가 그들이 지키고 싶어하지 않는 것을 지키기 위해 고통받아야 하는 거야? 자네 입장은 정말 이치에 맞지 않네."

"물론 모두가 혼란스럽지."

우드는 시무룩하게 말한 다음, 캔버스의 틀에 못질을 계속했다.

어느 날 아침, 갑자기 새로운 후계자가 긴 침묵을 깼다. 유별나지만 그게 원래 그의 방식인 것처럼 꾸미지 않고 있는 그대로였다. 하지만 옳은 일을 하겠다는 열망으로 가득 차 있었다. 그는 솔직하게 조언을 구했다. 페인처럼 한 사람, 한 사람에게 개별적으로 묻지 않고 모두를 모아놓고 한꺼번에 물었다. 정치가가 국민에게 자신을 맡기는 것처럼 모인 사람들 전부에게 자기 얘기를 솔직히 털어놓았다. 그는 이걸 일종의 '폭로'라고 했다. 다행히 다너웨이 양은 그 모임에 없었다. 페인은 그녀가 지금 어떤 감정일지 생각하니 떨렸다. 오스트레일리아에서 온 남자는 매우 솔직했다. 그는 가족 회의 같은 모임을 소집해서 그의 카드를 전부 보여주고 정보나 도움을 요청하는 게 자연스러

운 일이라 생각했다. 점점 커지는 문제 때문에 밤낮으로 시달
린 사람처럼 그는 자못 비장하게 자신의 속내를 사람들에게 털
어놓았다. 그 짧은 시간 동안 낮은 창문과 가라앉은 길로 인한
이곳의 어두움이 그를 변화시켜 모든 사람들의 머릿속에 각인
된 초상화와 더욱 닮아 있었다.

다섯 명이 탁자를 둘러싸고 앉았다. 페인은 자기의 밝은색
트위드 양복과 붉은 머리가 방 안에서 유일하게 화려한 색이라
는 생각을 나른히 하고 있었다. 신부와 집사는 검은 옷을 입고
있었고, 우드와 다너웨이는 평소처럼 검정색에 가까운 짙은 회
색 옷을 입고 있었다. 그런 면이 젊은 다너웨이 가 그에게 사람
답다고 말한 의미였다. 그때 갑자기 이 젊은이가 의자를 돌리
고 이야기하기 시작했다. 멍해졌던 화가는 그가 세상에서 가장
무시무시한 이야기를 하고 있다는 걸 잠시 후에야 알았다.

"그 속에 뭐가 있나요? 저는 이 질문을 스스로에게 거의 미
칠 때까지 계속했습니다. 제가 이런 생각을 하게 될 줄은 정말
몰랐지요. 어쨌든 초상화와 거기에 새겨진 시, 여러분은 뭐라
부르는지 모르겠지만, 그 우연한 일치에 대해 생각해보고는 섬
뜩해졌습니다. 정말 그 속에 뭐가 있는 걸까요? 다너웨이 가의
운명이 있는 겁니까, 아니면 빌어먹을 이상한 우연이 있는 겁
니까? 저에게 결혼할 권리가 있습니까? 아니면 누구도 모르는

무언가를, 커다랗고 검은 무언가를 하늘에서 가져와야 하는 건 가요?"

두리번거리는 그의 눈이 탁자 주위를 둘러보다 평온한 신부의 얼굴에 머물러 그에게 무슨 말을 하려는 듯했다. 한동안 잠잠했던 페인의 실용주의가, 미신을 심판하려는 이 자리에서 초자연적 존재를 들먹이는 데 반발하여 슬그머니 고개를 들었다. 페인은 다너웨이의 옆에 앉아 있었는데 신부가 대답하기 전에 말하기 시작했다.

"우연의 일치라는 거 정말 신기합니다. 저도 인정하지요. 하지만 확실히 우리는……"

페인은 억지로 쾌활한 어조를 꾸미며 말하다가 번개에 맞은 것처럼 말을 멈췄다. 그가 끼어들어 말하자 다너웨이 가 갑자기 고개를 어깨 너머로 돌렸다. 동시에 그의 왼쪽 눈썹이 치켜 올라가는 순간 그 모습은 오싹한 초상화 얼굴과 똑같아 보였다. 나머지 사람들은 순간적으로 본 그 모습에 모두 혼란스러워졌다. 집사는 공허한 신음 소리를 냈다.

"불길하군요. 우린 지금 너무 무시무시한 얘기를 하고 있어요."

"그렇습니다."

신부가 낮은 목소리로 동의했다.

"우린 무시무시한 일에 대해 의논하고 있습니다. 제가 아는 한 가장 무섭고 터무니없는 일을 의논하고 있지요."

"뭐라고 하셨나요?"

다너웨이 가 여전히 그를 쳐다보며 말했다.

"터무니없는 일이라고 했습니다. 지금까지 저는 그림에 대해 아무 말도 하지 않았습니다. 저랑 상관없는 일이었으니까요. 저는 이 동네를 일시적으로 맡고 있을 뿐입니다. 그런데 다너 웨이 양이 저를 만나고 싶어했지요. 하지만 여러분이 개인적으로, 그리고 직접적으로 그 이유를 물어보신다면 쉽게 대답할 수 있습니다. 어떠한 합당한 이유가 있더라도 아무하고나 결혼할 수 없다는 다너웨이 가의 운명 같은 것은 당연히 존재하지 않습니다. 인간에게는 미리 운명이 정해져 있지 않습니다. 자살이나 살인 같은 죄는 말할 것도 없고 사소한 죄라도 어떤 사람이 저지르도록 미리 정해져 있지 않단 말씀이지요. 이름이 다너웨이라는 이유만으로, 자신의 의지와는 상관없이 사악한 일을 행하도록 운명지어져 있는 게 아닙니다. 제 이름이 브라운이기 때문에 그런 것과 마찬가지죠. 브라운 가의 운명, 브라운 가의 숙명이 더 듣기 좋군요."

"다른 분들도 이 일에 대해 그렇게 생각하고 계신지 말씀해 주세요."

그 오스트레일리아인이 반복해서 말했다.

"좀 다른 것에 대해 생각해보라고 말하고 싶군요. 요즘 부각되고 있는 사진 예술은 어떻게 되어가나요? 사진기는 어떻게 되었고요? 이 아래층은 어두운 걸로 압니다만 단 위의 빈 아치는 멋진 사진 스튜디오로 쉽게 바꿀 수 있을 겁니다. 몇 명이 작업하면 금세 유리지붕을 달 수 있을 것 같은데요."

신부가 쾌활하게 대답했다.

"저 아름다운 고딕식 아치를 신부님처럼 내키는 대로 다른 걸로 만들 수 있는 사람은 세상에 또 없을 것 같군요. 저 아치는 신부님이 믿는 종교에서 지금까지 만든 것 중에 가장 훌륭한 것들 중 하나입니다. 신부님이 그런 종류의 예술에 일가견이 있으신 줄 미처 몰랐습니다. 그런데 보통 사람들은 잘 모르는 사진에 대해 어떻게 그렇게 잘 아십니까?"

마틴 우드가 불만스럽게 말했다.

"저는 보통 사람들보다 햇빛에 민감할 뿐입니다. 특히 이런 음침한 일과 관련된 경우에는 더 그렇지요. 사진은 햇빛에 따라 달라지는 특징이 있습니다. 그리고 세상의 모든 고딕식 아치를 가루로 만들어서 한 사람의 성스런 영혼을 구할 수도 있다는 걸 모르신다면 저의 종교에 대해서 본인이 생각하는 것만큼 잘 알지 못하는 겁니다."

젊은 오스트레일리아인은 활력을 되찾은 것처럼 벌떡 일어섰다.

"오호! 정말 훌륭하신 말씀입니다. 이곳에서 그런 말을 들을 줄은 몰랐어요. 신부님, 제가 용기를 잃지 않았다는 걸 보여드릴 수 있는 일을 하겠습니다."

집사는 그 젊은이의 도전적인 태도 속에서 죽음의 조짐을 느낀 듯 덜덜 떨면서 예의 주시하는 눈빛으로 가만히 그를 바라보았다.

"아, 뭘 어떻게 하시려고요?"

"그 초상화를 사진으로 찍을 겁니다."

하늘에서 재앙의 폭풍이 덮친 것은 그로부터 일주일이 채 안 되었을 때였다. 성스러운 태양은 어두워져, 신부가 호소한 것은 허사로 돌아가고 다너웨이 저택은 또 다시 다너웨이 가의 운명에 휩싸였다. 새로 스튜디오를 만드는 일은 쉬웠다. 안에서 보면, 낮에 햇빛이 잘 들어오지 않는다는 점을 제외하곤 다른 스튜디오와 매우 비슷했다. 아래층의 어두컴컴한 방에서 나온 젊은이는 단순히 현대적인 감각 이상을 발휘하여 미래풍으로 장식이 없게 꾸몄다. 우드는 이 저택에 대해 잘 알고 있었지만 미적으로 불만스러웠던 부분에 대해 처음으로 자세히 살펴보았다. 그의 제안에 따라, 윗부분만 파손된 채 그대로 남아 있던 작은 방은 쉽게 암실로 바뀌었다. 햇빛이 가득한 밝은 방에서 나와 암실로 들어가면 빨간 램프의 진홍색 빛에 의지해 더듬거려야 했다. 우드는 그 빨간 램프의 핏빛 어둠이 연금술사의 동굴만큼 몽환적이기 때문에 예술 파괴 행위를 하게 될 거라고 웃으며 말했다.

불가사의한 초상화를 사진 찍기로 한 날, 다너웨이는 동틀녘에 일어나 서재에서 초상화를 들고 나선형 계단으로 올라갔다. 환한 햇빛 속에서 이젤 위에 그림을 올려놓고 그 앞에 사진기가 부착된 삼각대를 세워놓았다. 그는 이 저택의 초상화에 대한 이야기를 쓴 훌륭한 골동품 연구가에게 그 사진을 보내고 싶다고 했다. 하지만 사람들은 이번 일에 대해 그런 표면적인 이유 외에 더 깊은 의미가 숨어 있다는 걸 알고 있었다. 그림을 사진 찍는 일은 다너웨이와 악령 들린 그림 사이의 영혼의 대결이라기보다, 다너웨이와 자기 자신의 의혹 사이의 대결이었다. 그는 환한 햇빛 속에서 찍은 사진과 어두운 그림을 마주 세워놓고, 새로운 사진의 밝은 빛이 오래된 그림의 그림자를 몰아내는지 보고 싶어했다.

아마도 이런 이유 때문에, 몇 가지 세부적인 일이 처음에 예상한 것보다 지체되었는데도 다너웨이는 혼자 사진을 찍으려고 했을 것이다. 아무튼 새로운 실험을 하는 날, 그는 스튜디오를 찾아온 사람들을 실망시켰다. 그는 아무도 관여할 수 없게 혼자서만 그 일에 몰두하며 마음을 졸였다. 그가 내려오지 않았기 때문에 집사는 음식만 놓고 왔다. 몇 시간 후에 다시 갔을 때에는, 음식을 먹어놓고도 고맙다는 인사는커녕 투덜대기만 했다. 페인은 그가 어떻게 하고 있는지 보러 한번 올라갔지만 이번에도 내려오라는 말에 대답도 하지 않았다. 브라운 신부는 나서지 않고 조용히 걸어다니다가 사진을 보낼 전문가에게 온 편지를 다너웨이에게 가지고 갔다. 그러나, 편지만 쟁반에 놓아두고 내려왔다. 어떻게 생각하면 신부 자신이 만들었다고도 할 수 있는 햇빛이 가득한 커다란 유리집과 한창 몰두하고 있는 취미에 대해 그가 무슨 생각을 하든 전혀 개입하지 않고 내려온 것이었다. 신부는 빈방에 그를 혼자 남겨놓은 채 바닥에 연결된 유일한 계단을 통해 마지막으로 내려온 사람이었으므로, 잠시 후에 자신이 본 것에 대해 기억해야 했다. 다른 사람들은 서재로 통하는 응접실의 거대한 관처럼 보이는 검은 흑단 시계 바로 아래에 서 있었다.

"신부님이 마지막으로 올라가셨을 때 다너웨이는 무얼 하고 있었나요?"

페인이 잠시 후에 물었다.

신부는 손을 이마에 갖다 댔다.

"제 말을 듣고 저한테 초자연적인 현상이 일어났다는 말은 하지 말아주세요. 저 방에서는 환한 빛 때문에 좀 어지러웠고 아무것도 제대로 볼 수 없었습니다. 솔직히, 그 초상화 앞에 서 있는 다너웨이의 모습에 대해 좀 꺼림칙한 느낌이 든 건 사실입니다."

신부는 말하면서 슬프게 웃었다.

"아, 절름발이 다리 때문입니다. 우리 모두 다 아는 사실이지요."

바넷이 갑자기 말했다.

"다 알기는커녕 아무것도 모르는 것 같은데요. 도대체 그 사람 다리는 왜 그런 겁니까? 그 선조의 다리는 또 왜 그렇고요?"

페인이 갑자기 목소리를 낮추며 말했다.

"아, 그것에 관한 내용이 내가 읽은 책에 나오네. 그 책을 가지고 오겠네."

우드는 바로 뒤에 있는 서재로 들어갔다.

"제 생각에는 페인 씨가 그렇게 물어보는 특별한 이유가 있을 것 같은데요."

브라운 신부가 조용히 말했다.

"확실히 말하겠지만, 무심코 말한 겁니다."

페인이 대답했다. 이번엔 목소리를 낮추지 않았다.

"어쨌든, 합리적인 설명이 있습니다. 어디선가 온 사람이 점점 초상화를 닮아갔습니다. 우리가 다너웨이에 대해 아는 게 뭐가 있죠? 그는 좀 이상하게 행동했어요."

다른 사람들 모두가 놀란 듯이 그를 바라보았다. 그러나 신부는 매우 침착하게 받아들였다.

"어느 누구도 저 오래된 초상화를 사진으로 찍은 적이 없습니다. 그래서 그가 그렇게 찍고 싶어했던 것이죠. 사실 당연한 일입니다."

신부가 말했다.

"그렇지요. 당연한 일이죠."

우드가 웃으며 끼어들었다. 그는 막 책을 들고 돌아와 있었다.

그가 얘기하는 동안 그의 뒤에 있는 커다란 검은 시계의 태엽 장치가 움직였다. 연이은 시계추 소리에 방 전체가 얼어붙었고 시계추는 정확히 일곱 번 울리고 나서 멈췄다. 마지막 시계추 소리와 동시에 위층에서 굉음을 내며 부딪히는 듯한 소리가 들리고 벼락처럼 집이 흔들렸다. 브라운 신부는 그 소리가 멈추기도 전에 나선형 계단을 벌써 두 계단이나 올라가 있었다.

"세상에! 그 사람은 혼자 있잖아요."

페인이 자기도 모르게 외쳤다.

"그래요. 그가 괜찮은지 가봐야겠습니다."

브라운 신부가 뒤도 돌아보지 않고 말하면서 계단으로 사라졌다.

다른 사람들도 곧 정신을 차리고 허둥지둥 돌계단을 올라 새로 만든 스튜디오로 올라갔다. 다너웨이 가 혼자 있는 것은 사실이었다. 그는 카메라 위에 쓰러져 있었다. 삼각대는 기괴한 모습으로 주저앉아 있었고 그 위로는 검은 바지를 입은 다너웨이의 구부러진 다리가 네번째 각도를 이루며 나란히 뻗어 있었다. 그 모습은 마치 그가 거대한 거미와 뒤엉켜 있는 것 같았다. 그가 죽었는지 알아보려면 좀더 자세히 보거나 만져보아야 했다. 초상화는 이젤 위에 그대로 놓여 있었는데 초상화의 웃는 눈이 빛나는 것처럼 보였다.

한 시간 후에 브라운 신부가 놀라고 혼란스러워하는 사람들을 안심시키기 위해 내려왔을 때, 시계가 똑딱거리며 일곱시를 칠 때부터 거의 기계적으로 무언가를 중얼거리던 집사의 말은 들어보지 않아도 알 수 있었다.

일곱번째 후계자로 나 돌아와

일곱번째 시각에 나 떠나리

위로의 말을 건네려 하자 집사가 갑자기 정신을 차리더니 버럭 화를 냈다. 중얼거림은 격렬한 외침으로 바뀌었다.

"당신! 당신하고 햇빛! 이제는 다너웨이 가의 운명 따위는 없다는 말은 못하겠지!"

"제 생각은 변하지 않았습니다."

브라운 신부는 조용히 말했다.

신부는 잠시 말을 멈춘 후 덧붙였다.

"불쌍한 다너웨이의 마지막 소원을 들어주셔서 사진을 보내주시기 바랍니다."

"사진이라고요! 그게 무슨 소용입니까? 사실, 궁금하긴 했지요. 하지만 사진 같은 건 없습니다. 그는 하루 종일 안달하다가 결국 아무것도 찍지 못한 것 같으니까요."

의사가 날카롭게 말했다.

브라운 신부는 갑자기 방향을 바꾸었다.

"그럼 선생님이 찍으시죠. 가엾은 다너웨이의 말이 맞았어요. 사진을 찍는 일이 가장 중요합니다."

방문객들, 의사와 신부와 두 화가는 갈색과 황색의 모래를 가로질러 우울하게 줄을 지어 따라갔다. 처음에는 모두들 매우 놀란 듯이 조용했다. 그들이 잊고 있었던 바로 그때, 잊고 있었던 미신이 현실로 나타나는 듯 마른 하늘의 천둥 같은 소리가 났다. 사진을 찍으러 간 사람은 햇빛으로 방을 채우고 의사와 신부는 이성으로 그들의 마음을 채우고 있을 때였다. 그들은 자신들이 원하는 만큼 이성적이었을 것이다. 하지만 충만한 햇빛을 받으며 일곱번째 후계자가 돌아와, 충만한 햇빛을 받으며 일곱시에 죽어버렸다.

"이제 모든 사람들이 다너웨이 가의 미신을 믿게 될까 두렵습니다."

마틴 우드가 말했다.

"한 사람은 믿지 않을 거요. 누군가가 자살했다고 해서 내가 미신을 믿어야 하나요?"

의사가 날카롭게 말했다.

"가엾은 다너웨이 씨가 자살했다고 생각하는군요."

신부가 물었다.

"자살한 게 분명합니다."

의사가 대답했다.

"가능하지요."

신부가 동의했다.

"그는 위층에 완전히 혼자 있었고 암실에 별의별 독약을 다가지고 있었습니다. 게다가 다너웨이 가 사람들은 항상 그런 방식으로 자살하지 않았습니까."

의사가 말했다.

"그 집안의 저주가 이뤄지는 데 무언가가 있다고는 생각지 않으십니까?"

신부가 물었다.

"예, 있지요. 저는 한 집안의 저주라고 생각합니다. 다시 말하자면 한 가족의 체질이라는 거지요. 유전에 대해 말씀드린 적이 있습니다. 그들은 모두 반 미치광이라구요. 저렇게 한 집 안끼리 결혼해서 아이 낳고 기르면 원하든 원하지 않든 퇴화하게 되지요. 유전에 관한 법칙들은 피할 수 없는 겁니다. 과학적 사실도 부정할 수 없고요. 다너웨이 가 사람들의 정신은 산산조각이 났습니다. 그 집의 황폐하고 낡은 기둥과 돌이 조각나서, 바다와 소금기 있는 대기에 마모된 것처럼 말예요. 자살이라…… 물론, 자살한 거지요. 감히 말하지만 남은 사람들도 모두 자살할 겁니다. 아마 그게 최선의 방법이겠지요."

의사가 말했다.

이 과학자가 말하는 동안 갑자기 페인의 기억 속에 다너웨이 양의 얼굴이 놀라울 만큼 선명하게 떠올랐다. 헤아릴 수 없는 암흑으로 비극적일 만큼 창백한 그녀의 얼굴은 사람을 현혹시켜 죽음에 이르게 할 만큼 아름다웠다. 그는 말을 하려고 입을 떼었으나 할 말이 없었다.

"알겠습니다. 그렇다면 선생님도 결국 미신을 믿는다는 말씀이군요?"

브라운 신부가 의사에게 물었다.

"무슨 말씀이십니까? 제가 미신을 믿는다는 겁니까? 저는 과학적 필연에 의해서 자살했다고 믿을 뿐입니다."

"음, 제가 보기엔 선생님이 말씀하시는 과학적 미신과 다른 사람들이 말하는 마술적인 미신 사이에 별다른 차이가 없는 것 같습니다. 둘 다 결국에는 사람들을 무력하게 만듭니다. 자기 팔다리로 움직일 수 없는 사람이나 자기 생명과 영혼을 구원할 수 없는 사람이 되게 한단 말이죠. 초상화의 시에는 다너웨이 가의 운명이 살해되는 것이라고 적혀 있고 과학적인 설명에 의하면 다너웨이 가의 운명이 자살하는 것이군요. 둘 다 운명에 종속된 것 같아 보입니다."

"저는 신부님도 이런 일들에 대한 이성적인 견해를 믿는다고 말씀하신 걸로 알고 있는데요. 유전 형질에 대한 걸 안 믿으십니까?"

"저는 햇빛을 믿는다고 했습니다. 저는 양쪽 끝이 모두 어두운 지하 속 미신의 두 터널 사이를 선택하지 않을 것입니다. 이

걸 보면 알 수 있지요. 여러분 모두, 저 집에서 실제로 일어난 일에 대해서는 완전히 어둠 속에 있으니까요."

신부가 크고 명확한 목소리로 대답했다.

"자살에 대해서 말씀하시는 겁니까?"

페인이 물었다.

"살인에 대해서 말하는 겁니다."

브라운 신부가 말했다. 그의 목소리는 약간 높게 올라갔을 뿐인데 바닷가 전체에 울리는 듯했다.

"그건 살인입니다. 그렇지만 의지에 의한 살인입니다. 하느님께서 자유의지를 주셨으니 말이오."

페인은 그 순간에 다른 사람들이 어떻게 대답했는지 알 수 없었다. 신부의 말은 신기한 힘으로 그를 나팔 소리처럼 휘저어놓았고 모든 게 정지되었다. 그는 황폐한 모래톱 중간에 그대로 서서 다른 사람들이 앞서 가도록 내버려두었다. 모든 혈관에서 피가 스멀거리고 머리카락이 끝까지 쭈뼛해지는 느낌이었다. 그의 정신 속에서 뭔가 너무 빠르고 복잡한 일이 진행되더니 그가 분석할 수 없는 결론에 도달했다. 하지만 결론을 내린 것은 일종의 구원이었다. 그는 잠시 동안 그대로 서 있다가 발길을 되돌리고 모래톱을 가로질러 천천히 다녀웨이 저택으로 갔다.

페인은 다리가 흔들릴 정도로 걸어서 연못을 건너고 계단을 내려가 걸음 소리가 울리도록 긴 방을 가로질러갔다. 그는 아델레이드 다너웨이 가 타원형 창의 낮은 불빛을 후광처럼 등지고 앉아 있는 곳으로 갔다. 그녀는, 잊혀진 성녀가 죽음의 나라에 홀로 남겨진 것 같았다. 그녀가 쳐다보았다. 의아해하는 표정 때문에 그녀가 한층 아름다워 보였다.

"무슨 일이지요? 왜 돌아오셨나요?"

"잠자는 미녀를 위해 돌아왔습니다."

그가 잔잔히 웃음기가 남아 있는 어조로 말했다.

"의사 선생님이 그러셨죠. 이 낡은 저택은 오래 전에 잠들었다고. 하지만 당신이 그렇게 나이 든 것처럼 행동하는 건 바보 같은 짓예요. 햇빛 속으로 나와서 진실에 귀를 기울여보세요. 당신에게 해줄 말이 있습니다. 무시무시한 말이지요. 하지만 그 단어가 당신을 속박의 마법에서 풀어줄 겁니다."

그녀는 그가 무슨 말을 하는지 이해할 수 없었다. 하지만 일어나서 그를 따라 긴 방을 가로질러 계단을 올라갔다. 밖으로 나오니 저녁 하늘이 보였다. 황폐한 정원은 바다를 향해 뻗어 있었고, 녹슬어 초록색이 된 트리톤* 모양의 낡은 분수는 그 자

---

*Triton. 그리스 신화에 나오는 반인반어(半人半魚)의 해신. 분수의 장식물로서 소라고둥을 든 모습으로 자주 등장한다.

리에 그대로 있었지만, 말라빠진 뿔에서는 아무것도 흘러나오지 않아 물받이는 비어 있었다. 지나다니면서 저녁 하늘을 배경으로 하는 적막한 해안선을 몇 번 보기는 했지만 아무리 보아도 몰락한 운명의 전형처럼 보였다. 머지 않아 틀림없이, 움푹 패인 샘은 채워질 테지만 바다의 창백하고 쓴 녹색 물로 채워질 것이고 꽃들은 물에 잠기거나 해초에 감길 것이었다. 그래서 그는 스스로에게 다너웨이 가의 딸이 정말로 결혼할지도 모르겠다고 말했다. 하지만 그녀는 바다처럼 무관심하고 무자비한 죽음이나 운명과 결혼할 것이다. 그러나 지금 그는 거인의 손 같은 청동 트리톤에 손을 얹고 흔들어댔다. 마치 그것이 정원에 거주하는 우상이나 악마인 양 던져버리려는 것 같았다.

"뭐하시는 거예요? 우리를 자유롭게 해준다는 단어가 뭔가요?"

"그 단어는 살인입니다. 그리고 살인이 가져오는 자유는 봄의 꽃처럼 신선합니다. 아니, 제가 누구를 죽였다는 말은 아닙니다. 하지만 누군가가 살해될 수 있다는 사실 자체가 좋은 소식이죠. 당신은 사악한 꿈 속에서 살고 있었으니까요. 무슨 말인지 아시겠습니까? 당신의 꿈 속에서 당신에게 일어나는 일은 모두 당신 마음에서 비롯되는 겁니다. 다너웨이 가의 운명도 다너웨이 가에 차츰차츰 쌓인 겁니다. 그게 무서운 꽃처럼 피어난 겁니다. 아무리 운이 좋다 해도 도망갈 수 없지요. 모든 걸 피할 수 없습니다. 바인과 그의 늙은 아내 이야기이든, 바넷과 그의 새로운 유전 이야기이든 말이죠. 물론, 죽은 그 사람이 마술적인 저주의 희생자이거나 유전된 정신 이상자는 아닙니다. 그는 살해됐습니다. 우리에게 그 살인은 단순한 사고일 뿐이죠. 예, 망자를 위해 기도하지요. 하지만 행복한 사고예요. 햇빛 광선 때문입니다. 햇빛이 밖에서 들어왔기 때문이죠."

그녀가 갑자기 방긋 웃었다.

"무슨 말인지 알 것 같군요. 당신, 꼭 미치광이처럼 말하는 것 같지만 무슨 말인지 알겠어요. 그런데 누가 그 사람을 죽였다는 거죠?"

"저도 모릅니다. 하지만 브라운 신부님은 알고 계시죠. 신부님 말씀대로 살인은, 바다에서 불어오는 바람처럼 자유로운 인간의 자유의지에 의한 것입니다."

"브라운 신부님은 훌륭하신 분이세요."

그녀는 잠시 멈추었다가 말을 이었다.

"그 분은 제 존재를 밝혀주신 유일한 분이셨어요. 적어도 그 때까지는……."

"언제까지를 말하는 거죠?"

페인은 질문을 하면서 몸놀림이 성급해졌다. 그녀 쪽으로 기울며 동상을 떠미는 바람에 그 청동 괴물은 받침대 위에서 휘청거렸다.

"당신이 그러기 전까지 말예요."

그녀는 말하고 다시 웃음 지었다.

잠자던 궁전은 그렇게 깨어났다. 사실 깨어난 것은 이미 훨씬 전이었지만 말이다. 바닷가에 어둠이 내리기 전에 이 이야기는 완성되었던 것이다. 해리 페인은 여러 번 이 어두운 모래톱을 지나갔었지만, 다시 집을 향해 걸어가는 지금처럼 행복한 적은 없었다. 지금이 생에서 최고로 행복한 전환점이었고 마음속의 붉은 바다는 최고의 절정기로 물결쳤다. 그곳에 다시 꽃이 피고, 청동 트리톤이 금으로 만든 신처럼 빛나고, 분수는 물이나 포도주로 넘치는 그림을 그려보는 일은 어렵지 않았다. 그렇지만 이 모든 빛나고 꽃피는 아름다움이 그에게 펼쳐진 것은 '살인'이라는 단어 하나 때문이었고, 그는 아직 이 말을 이해할 수 없었다. 그는 그 말을 진실로서 받아들였고 그는 어리석지 않았다. 왜냐하면 그는 진실의 소리를 들을 수 있는 사리분별을 가진 사람 중 하나였기 때문이다.

한 달이 조금 더 지나서 페인은 런던의 집으로 돌아가 브라운 신부와의 약속을 지켰다. 그가 원하던 사진을 찍은 것이었다. 그의 연애도 한창 무르익어 그런 비극의 그림자 아래에 놓일 만큼 진행되었으나, 그림자가 그에게는 한결 가볍게 드리워졌다. 그렇지만 가문의 운명에 드리운 그림자가 아니라고 할 수는 없었다. 그 때문에 여러 면에서 신경이 쓰이기는 했으나, 다너웨이 가족이 다소 엄격한 일상으로 돌아가고 초상화도 서재의 원 위치로 돌아가자 그는 초상화를 마그네슘 광으로 촬영했다. 사진을 골동품 연구가에게 보내기 전에, 약속한 대로, 사진을 찍자고 강하게 주장했던 신부에게로 가져갔다.

"브라운 신부님, 저는 이 사건 전반에 대한 신부님의 태도가 잘 이해되지 않습니다. 이미 나름대로 문제를 풀어놓은 것처럼 행동하시지 않았습니까?"

신부가 침통하게 고개를 흔들었다.

"조금도 풀지 못했습니다. 좀 쉽게 생각할 필요가 있었는데 나는 너무 열중해 있었어요. 가장 현실적인 부분에 너무 갇혀 있던 거지요. 그 사건은 좀 이상한 사건이었답니다. 핵심까지는 단순했는데…… 그 사진 좀 볼까요?"

그는 잠시 동안 사진을 그의 근시 눈에 가까이 대고 본 다음 말했다.

"돋보기 있나요?"

페인이 돋보기를 갖다 주자 신부는 얼마 동안 돋보기를 통해 사진을 보더니 말했다.

"액자 옆에 있는 선반 가장자리에 꽂혀 있는 책의 제목 좀 보세요. 〈조운 교황의 역사〉군요. 음, 또 궁금했던 게…… 옳지, 맙소사, 그리고 위에 있는 건 아이슬란드에서 온 물건이군요. 세상에! 참 이상하게 알게 되었군. 거기 있을 때 눈치채지 못했다니 이렇게 멍청할 수가!"

"뭘 찾으셨는데요?"

"최종적인 연결 고리요. 이제 알아냈어요. 이 불행한 이야기가 처음부터 끝까지 어떻게 된 건지 이제 알아낸 것 같군요."

"하지만 어떻게……?"

"어떻게 알았느냐고요?"

신부는 웃으며 말했다.

"다너웨이 가의 서재에는 조운 교황 및 아이슬란드에 관한 책이 있었습니다. 제목이 〈프레데릭의 종교〉로 시작하는 다른 책은 말할 것도 없고 말이죠. 그러니 얘기를 끼워맞추기 어렵지는 않다오."

신부는 상대방이 곤혹스러운 표정을 짓는 것을 보자 웃음이 사라지고 좀더 진지하게 말했다.

"사실, 이 마지막 사실을 통해 사건을 최종적으로 연결할 수 있었지만 그게 주요한 사건은 아니오. 그보다 더 신기한 일들이 많이 있죠. 그 중 하나는 희한하게 증거를 얻었다는 거지요.

당신이 놀랄 만한 얘기로 시작해볼까요. 다너웨이는 그날 저녁 일곱시에 죽지 않았습니다. 훨씬 이전에 죽었던 게요."

"놀란 정도가 아닙니다. 왜냐하면 저나 신부님은 그 이후에 그가 걸어다니는 걸 보지 않았습니까."

페인이 우울하게 말했다.

"아니오, 그렇지 않아요."

신부는 조용히 대답했다.

"우리는 그 사람이 사진기에만 집중하며 안달하는 걸 보았다고 생각한 겁니다. 당신이 그 방에 갔을 때 그가 검은 천 속에 머리를 넣고 있지 않았습니까? 제가 갔을 때도 그랬습니다. 그래서 저는 그 방과 그의 모습이 이상하다고 느꼈던 겁니다. 다리가 굽은 것처럼 보이지 않은 게 아니고, 실제로 다리가 굽지 않았던 겁니다. 똑같은 종류의 어두운 색 옷을 입고 있었지요. 하지만, 다른 사람이 서 있는 것과 똑같은 식으로 서 있다고 생각되는 어떤 사람을 보면, 그 사람의 태도가 이상하게 긴장되었다는 걸 느낄 겁니다."

"설마, 거기에 우리가 몰랐던 다른 사람이 있었다는 말씀입니까?"

"살인자지요. 그는 새벽녘에 이미 다너웨이를 죽이고 시체와 자신을 암실에 숨겼습니다. 정말 숨기기 좋은 장소이지요. 사람들이 들어와도 그가 무엇을 하는지 볼 수 없으니까요. 그는 일곱시에 시체가 바닥에 떨어지도록 해놓았습니다. 물론 모든 건 저주에서 설명한 대로지요."

"하지만 이해할 수 없군요. 그는 왜 일곱시에 죽이지 않고 열네 시간 동안이나 시체를 가지고 있었을까요?"

"다른 질문을 해보죠. 왜 사진 찍은 게 하나도 없다고 생각하세요? 왜냐하면 살인자는 그가 사진을 찍기 전에 그를 죽이기로 결심했기 때문이지요. 다너웨이 가의 초상화가 사진으로 찍혀 전문가의 손에 들어가지 못하게 했다는 사실이 중요합니다."

잠시 침묵이 흘렀다. 잠시 후에 신부가 낮은 목소리로 계속했다.

"얼마나 단순한지 아시겠지요? 당신도 가능성의 한 면을 보셨지요. 하지만 당신이 생각했던 것보다 훨씬 단순했던 겁니다. 한 사람을 가짜로 그 오래된 그림과 닮아 보이게 할 수도 있다고 말했었지요. 하지만 그림이 사람을 닮도록 그림을 위조하는 게 확실히 더 간단하지요. 간단히 말하자면, 진실은, 좀 특별한 면에서 다너웨이 가의 운명은 없다는 겁니다. 오래된 그림도 없고, 오래된 시도 없고, 자기 아내를 죽이는 남편의 전설도 없습니다. 단지, 기꺼이 다른 사람을 죽여서 그의 아내가 될 여자를 빼앗으려는 아주 사악하고 영리한 남자가 있을 뿐입니다."

신부는 페인을 안심시키려는 듯 갑자기 슬프게 웃어 보였다.

"지금 내가 당신 얘기를 한다고 생각하는 것 같군요. 당신말고도 감정에 이끌려 그 집을 드나든 사람이 있습니다. 당신도 알지요. 아니면 안다고 생각하시겠지요. 하지만 마틴 우드라는 사람에게는 알 수 없는 면이 있습니다. 화가이면서 골동품 연구가죠. 단순히 미술적으로 아는 사람들은 그가 골동품 연구가라는 걸 잘 모를 것 같군요. 다너웨이 가에서 그림을 평가하고 목록을 정리하기 위해 그를 불렀던 걸 생각해보세요. 그런 경우 실제로 다너웨이 가에 어떤 보물이 있는지만 간단히 말해주면 됩니다. 그들은 전에 알지도 못했던 그림이 갑자기 나타난 것에 별로 놀라지 않았을 겁니다. 그들이 눈치채지 못하도록 잘했어야 했는데, 실제로 잘됐죠. 그가, 홀바인이 그린 게 아니라면 그처럼 천재적인 화가가 그렸을 거라고 했던 말은 맞는 말인 것 같군요."

"솔직히 저는 좀 놀랐습니다. 아직도 이해가 되지 않는 것들이 많습니다. 그런데 그는 다너웨이의 생김새를 어떻게 안 건가요? 실제로 어떻게 죽인 거죠? 의사들도 아직 정확히 모르는 것 같던데요."

"오스트레일리아에서 다너웨이 양에게 사진을 보내왔을 때 저도 사진을 보았는데 그때 그 사람도 있었습니다. 새 후계자가 누군지 알고 난 후에는 여러 가지 방법으로 알아볼 수 있었을 겁니다. 자세하게는 모르지만 별로 어렵지 않았을 거예요. 그 사람이 암실에서 도와주곤 했던 거 기억나나요? 암실은 정말 좋은 장소였을 겁니다. 독약이 묻은 핀으로 찌를 수도 있고, 독약도 가까이 있었지요. 이런 건 어렵지 않은데, 저를 혼란스럽게 했던 건 어떻게 우드 씨가 한 번에 두 장소에 있었느냐는 것이었지요. 서재로 책을 찾으러 갔을 때, 아래층으로 내려오지도 않고 어떻게 암실에서 시체를 가져와서 몇 초 후에 떨어지도록 사진기 앞에 기대놓았을까요? 서재에 가서 책을 살펴보지도 않았다니 내가 정말 멍청했지요. 정말 운이 좋아서 이 사진에서 겨우 볼 수 있었는데, 책이 조운 교황에 대한 것이라는 아주 단순한 사실을 알아낸 겁니다."

"마지막까지 가장 어려운 수수께끼를 내시네요. 대체 조운 교황이 무슨 상관 있다는 겁니까?"

"아이슬란드에 대한 책도 있었고, 프레데릭이라는 사람의 종교에 대한 책도 있었다는 사실을 생각해보세요. 이 책들을 통해서 돌아가신 다너웨이 경이 어떤 사람이었는지 알 수 있답니다."

318

"아, 그런가요?"

"제 생각에 그 분은 학문을 즐기고, 유머가 풍부한 괴짜였던 것 같습니다. 학문을 즐기는 사람이었다면 조운 교황이라는 교황은 없었다는 걸 알고 있었을 겁니다. 유머가 풍부한 사람이었다면 〈아이슬란드의 뱀〉이나 그 밖의 다른 제목들이 있을 수 없다는 걸 알고 있겠지요. 세번째 책 제목이 〈위대한 프레데릭의 종교〉였던가 그랬죠. 암튼 그런 제목도 있을 수 없습니다. 이제, 그 책들이 존재하지도 않는 책의 뒤에 입힌 제목들이란 걸 아시겠지요? 다른 말로 하면 책장이 아닌 책장이라고 할까요?"

"아! 이제 무슨 말인지 이해가 됩니다. 숨겨진 계단이 있었다……."

신부가 고개를 끄덕이며 말했다.

"우드 자신이 그 윗방을 암실로 선택했던 거죠. 유감입니다. 어쩔 수가 없었습니다. 아주 진부하고 어리석은 사건입니다. 이런 진부한 사건만큼이나 나 자신도 어리석었군요. 우린 몰락한 명문가와 황폐한 그 집안 저택에서 정말 케케묵은 옛날 이야기에 말려든 겁니다. 그 함정을 피하기를 바라는 것도 지나친 욕심이었죠. 그것은 신부를 가두는 지하 감옥이었던 셈입니다. 그러니 제가 그곳에 빠져들게 되었고요."

문크레센트의 기적

"어떻게 몇 년 동안 하루도 빠짐없이 매일

얼굴을 대한 사람에게 살해당할 수 있냔 말입니다.

더군다나 윈드 씨는 사람을 잘 판단하기로

유명했는데 말이죠."

"바로 그거예요."

"바로 그 이유 때문에 살해당한 거죠.

사람을 판단했기 때문에 말입니다."

문크레센트는 그 이름에서도 느낄 수 있듯 낭만적인 분위기가 있었다. 여기에서 일어났던 일들도 모두 그 나름대로 낭만적이었다. 문크레센트는, 미국 동부 해안가의 오래된 도시들의 상업화 경향과 함께 존재한다는 점에서, 역사적으로 중요하며 위대하다는, 감정의 진실된 요소를 표현하고 있었다. 이 건물은 처음부터, 조지 워싱턴과 토마스 제퍼슨 같은 지주 계급들이 공화국 설립을 지지했던 18세기 분위기를 느끼게 하는 고전 건축양식으로 지어졌다. 이곳을 찾은 여행자가 이 도시를 어떻게 생각하느냐는 질문을 받는다면 그것은 문크레센토의 인상이 어땠느냐는 질문으로 이해하면 된다. 조화를 거부하는 바로 그 독특함이야말로 문크레센트가 건재하게 된 주된 요인인 것이다. 문크레센트의 한쪽 끄트머리에 있는 창문에서 보면 앤 여왕의 정원처럼 잘 가꾸어진 나무와 울타리로 정돈된 '신사들의 공원'이 내려다보였다. 그렇지만 모퉁이를 돌아서 같은 아파트의 다른 창문에서는 지저분하고 거대한 창고의 흉물스런 벽이 마주보였다.

문크레센트 아파트는 그 막다른 곳에 미국식 호텔의 단조로운 형태로 재건축되었고, 거대한 창고보다야 낮았지만 과히 런던의 마천루라 할 만큼 높이 솟아 있었다. 하지만 이 건물 앞에 늘어선 가로수는 비바람으로 변색되고 잿빛을 띠고 있어 마치 건국의 아버지들의 영혼이 아직도 배회하는 듯한 스산한 느낌을 주었다. 아파트 내부는 뉴욕식 세간이 잘 갖추어져 있었으며 깔끔하고 정갈했다. 특히 잘 정리된 정원과 비어 있는 창고 벽 사이의 북쪽 끝에 있는 방은 아주 깔끔했다. 아파트는 영국식으로 말하자면 아주 작은 플랫으로 구성되어 있었다. 수백 개의 셀이 들어 있는 벌집처럼 각각은 응접실, 침실, 욕실로 똑같이 이루어져 있었다. 이 수많은 방들 중 하나에서 그 유명한 워렌 윈드가 책상에 앉아 굉장히 빠른 속도와 정확성으로 서신을 정리하고 지시를 내리고 있었다. 가히 작은 회오리 바람에 비견할 만한 속도였다.

워렌 윈드는 헝클어진 반백의 머리에 뾰족하게 턱수염을 길렀으며 허약해 보이는 것과는 달리 불같이 활동적인 사람이었다. 윈드의 두 눈은 별보다 맑게 빛나고 자석보다 더 강하게 사람의 마음을 끌어들일 정도로 근사했다. 그래서 윈드를 한 번이라도 만나본 사람은 누구든 뇌리에서 쉽게 그를 지울 수 없었다. 실제로 그가 많은 일에서 보여준 개혁과 조정은 적어도 그의 두 눈이 똑바로 달려 있다는 것을 보여주고 있었다. 그의 올바른 사람됨에 대한 갖가지 소문과 전설들이 빠른 속도로 입에서 입으로 전해졌다. 그는 어느 공식행사에서 회사 유니폼을 입고 줄지어 지나가던 여직원들 가운데 한 명에게 자비를 내려 결혼했다고 한다. 그의 아내가 안내원이나 여경이었다는 소문도 있다. 또한 쓰레기와 넝마 조각을 걸쳐 서로 분간이 안 가는 세 노숙자의 말을 빌리면, 윈드는 이들이 구걸하기도 전에 먼저 도움을 주었다고 한다. 그는 한순간의 주저함도 없이 한 사람에게는 신경 질환을 치료하도록 도와주었고, 다른 한 사람에게는 알코올 중독자 치료 시설을 소개해주었으며, 나머지 한 사람은 자신의 사환으로 채용하여 후한 월급을 주며 몇 년째 일하게 했다. 루스벨트, 헨리 포드, 애스퀴스 부인* 등 미국인들이 신문에서나 만날 법한 저명 인사들을

---

* Asquith, Margot(1864~1945). 영국의 자유당 출신 총리인 허버트 헨리 애스퀴스의 두번째 아내였던 그녀는 사교계에서 이름을 떨쳤다.

만날 때 그가 보여주는 신랄한 비난과 퉁명스런 대답은 화젯거리가 되었다. 윈드는 확실히 이런 저명 인사들에게 위압당하지 않았다. 바로 지금도 그를 만나러 높은 분이 찾아왔음에도 그는 차분하게 서류더미를 처리하고 있었다.

백만장자 석유왕 사일러스 밴덤은 길고 누르스름한 얼굴에 머리카락은 새까만 사람으로, 눈에 잘 띄는 외모는 아니었지만 창과 그 밖에 있는 흰 창고 벽을 배경으로 서 있어서 그런지 얼굴과 전체 모습이 어둡고 음침한 느낌을 주었다. 밴덤은 아스트라한 가죽으로 만든 근사한 코트를 입고 단추를 목까지 채우고 있었다. 반면 윈드는 책상과 의자에 기대어 작은 정원이 내려다보이는 창을 통해 들어오는 햇살을 받고 있었기 때문에 정열적인 얼굴과 맑은 두 눈이 더욱 빛났다. 그의 얼굴은 뭔가에 몰두해 있었는데 그렇다고 그 대상이 백만장자는 아니었다. 윤기 없는 금발에 덩치가 크고 힘이 넘쳐 보이는 윈드의 사환이 편지 한 꾸러미를 들고 책상 뒤쪽에 서 있었다. 윈드의 비서는 단정한 차림에 예리한 얼굴을 한 빨간 머리 젊은이였는데, 윈드의 의도를 미리 파악했는지, 아니면 언제라도 지시가 내리길 기다리는지 주인의 몸짓에 벌써 문의 손잡이를 잡고 있었다. 이 방은 깨끗한 정도가 아니라 휑하니 비어 있어 금욕적인 분위기를 자아냈다. 윈드는 위층 전체를 임대하여 창고로 개조하고 모든 서류와 소지품을 끈으로 묶거나 상자에 넣어 보관해두었다.

"윌슨, 관리인에게 이걸 전해주게."

윈드가 편지 꾸러미를 들고 있던 사환에게 말했다.

"그리고 미니애폴리스 나이트클럽 팜플렛을 가져다주게. 'G'라고 표시된 꾸러미에 있을 걸세. 삼십 분 후에 볼 예정이니 그때까지는 방해하지 말게. 아, 밴덤 씨, 제안하신 사안은 매우 장래성이 있는 것 같습니다만, 보고서를 검토한 후에야 최종적으로 결정할 수 있을 것 같습니다. 그러려면 내일 오후나 돼야 할 것 같으니, 전화로 알려드리겠습니다. 이렇게 오셨는데 확답을 드리지 못해 죄송합니다."

밴덤은 이것이 정중한 거절이라고 생각했는지, 그의 누르스름하고 음침한 얼굴에 빈정대는 듯한 표정이 드러났다.

"그만 가보겠습니다."

"와주셔서 감사합니다, 밴덤 씨. 처리할 일이 너무 밀려서 멀리 나가지 못하겠습니다. 양해해주십시오."

정중하게 인사를 마친 윈드는 비서에게 덧붙여 말했다.

"페너, 밴덤 씨를 차까지 모셔드리게. 그리고 처리할 일이 있으니 삼십 분 동안은 방해하지 말게."

세 사람은 복도에 나와 문을 닫았다. 덩치가 큰 하인 윌슨은 관리인이 있는 복도 쪽으로 갔고, 다른 두 사람은 승강기가 있는 그 반대쪽으로 걸어갔다. 윈드의 아파트는 14층이어서 주차장으로 가려면 승강기를 타야 했다. 방문을 막 나오니 행진하듯 당당히 복도를 걸어오고 있는 사람이 보였다. 그 사람은 키가 크고 어깨가 넓었는데, 흰색 계통의 옷을 입고 있어서 덩치가 더 커보였다. 그는 챙이 넓고 흰 파나마 모자를 쓰고 있었는데, 그 모자 가장자리에 드리운 흰 머리가 마치 술이나 후광처럼 보였다. 이런 후광 속에서 그의 얼굴은 로마 황제처럼 강인하고 잘생겼으며, 맑은 눈빛과 행복해 보이는 미소는 어린애 같아 보이기도 했다.

"워렌 윈드 씨 계십니까?"

그가 상냥하게 물었다.

"지금 급한 업무를 처리하고 계십니다. 무슨 일이 있어도 방해하지 말라고 하셨으니 전하실 말씀이 있으시면 비서인 제게 남기시지요."

페너가 말했다.

"교황이나 황제를 알현하러 갔는지 워렌 윈드 씨는 댁에 안 계신다오. 워렌 윈드 씨는 정말 엄청난 사람이오. 이만 달러밖에 안 되는 사업 건으로 만났는데 마치 내가 콜보이라도 되는 듯이 다시 전화하겠다더군요."

석유 재벌인 밴덤이 비아냥거리며 말했다.

"소년이면 좋지요. 불러주시면 더 좋고. 사실, 윈드 씨를 부르는 곳이 있어 왔소. 바로 위대한 서부에서 그를 부르고 있지. 여기서 당신들 모두가 코골며 잠자고 있는 동안 서부는 진정한 미국의 모습을 갖추었어요. 윈드 씨께 오클라호마에서 온 아트 앨보인이 인생을 바꿔주러 왔노라고 전해주시오."

낯선 방문객이 말했다.

"말씀드렸지만 지금은 아무도 만나지 않으실 겁니다. 삼십 분 동안 방해하지 말라는 지시가 있었습니다."

빨간 머리의 비서가 딱 잘라 말했다.

"여기 동부인들은 모두 방해받는 걸 싫어하는구만. 당신한테는 성가신 일이겠지만, 지금 서부엔 심상치 않은 바람이 불고 있소. 윈드 씨는 이런저런 구닥다리 종교에 얼마나 많은 돈을 퍼부어야 하는지 잘 알고 계실 거요. 하지만 텍사스와 오클라호마에서 일고 있는 새로운 영혼 운동을 무시하는 것은 곧 미래의 종교를 무시하는 것이라고 말하고 싶소."

앨보인이 기운차게 말했다.

"아, 나도 그 미래 종교라는 것에 대해 좀 알지요."

백만장자가 경멸하듯 말했다.

"그것도 아주 속속들이. 정말 들개처럼 비열한 놈들이지. 소피아라는 여자가 있었는데, 내 생각엔 사피라*라고 하는 편이 더 나았을 것 같소. 어쨌든 그녀는 그럴 듯한 협잡꾼에 불과했지. 실로 탁자와 탬버린들을 전부 묶어놓은 뒤, '보이지 않는 생명체'가 떼로 일어나게 했지. 그것들이 원할 때 사라질 거라고 말하더니 정말 그렇더군. 내 돈 수십만 달러도 함께 말이지.

덴버에 사는 주피터 예수도 잘 알고 있지. 몇 주 동안 그를 지켜보면서 내린 결론은 그도 사기꾼에 불과하다는 사실이오. 파타고니아의 예언자도 마찬가지였지. 그는 자신이 파타고니아에 번개를 내렸다고 말하더군. 지금까지 이런저런 일들을 겪으면서 나는 내 눈으로 직접 보는 것만 믿게 되었소. 나 같은 사람을 무신론자라고 부르더군요."

"나에 대해 오해가 있으신 것 같소."

오클라호마 출신의 사나이가 열정적으로 말했다.

"나도 무신론자이지만 우리 운동에서는 초자연적이거나 미신적인 것은 찾아볼 수가 없소. 난 분명하고 명백한 과학을 신봉하지. 진정한 과학은 건강이고, 진정한 건강은 숨쉬는 것. 대평원의 신선한 공기를 폐에 가득 채우고 후 불면 동부 오래된 도시들을 전부 바닷속으로 날려버릴 수 있을 거요. 또 최고권

* 성경에 나오는 인물로 초기 예루살렘 교회의 선물을 감추고 거짓말을 한 죄로 벌을 받았다.

력자들도 훅 불어 날려버릴 수 있고. 이것이 바로 우리가 집을 떠나 전개하고 있는 새로운 운동으로, 우리는 숨을 쉽니다. 기도가 아닙니다. 우리는 호흡합니다."

"그렇군요."

비서가 지겨운 듯 말했다. 그는 예민하고 지적인 얼굴이었지만 짜증이 쉽게 드러나는 인상이었다. 그런데도 그는 존경할 만한 인내심과 정중함으로, 마치 미국 전역이 들어야 할 것처럼 두 사람의 이야기를 경청하고 있었다. 이전에 조바심과 거만함으로 소문이 자자했던 모습과는 너무나 대조적이었다.

"초자연적인 것은 아무것도 없소. 모든 초자연적인 상상 이면에는 위대한 자연의 섭리가 있죠. 유대인이 계속 인간의 코로 삶의 활력을 숨쉬게 해달라는 것 외에 신에게 바라는 것이 뭐가 있겠소? 영혼은 그리스어로 호흡 운동을 의미하지. 생명, 진보, 예언, 이 모든 것이 호흡이오."

앨보인이 계속했다.

"음, 이 모든 것을 바람이라고 말하는 사람도 있을 수 있겠군요."

밴덤이 말했다.

"어쨌든 위선적인 신성을 타파했다니 다행입니다."

빨간 머리 때문에 더욱 창백해 보이는 비서의 예민한 얼굴에 쓸쓸함 같은 기묘한 감정이 점차 번졌다.

"글쎄요, 꼭 그런 것 같지는 않습니다. 당신들은 그저 믿고 싶은 것만 믿을 수 있기 때문에 무신론자가 되려고 하는 것 같군요. 전 어딘가에 신이 계시길 간절히 기도한 적이 있었습니다. 하지만 신은 없었습니다. 그것이 제겐 행운이었지요."

그가 말했다.

윈드의 방문 밖에서 기다리고 있던 사람들은 기척도 없이 한 명의 방문객이 더 늘어난 것을 보고 모두 소름 끼칠 정도로 놀랐다. 그 네번째 인물이 언제부터 거기 있었는지는 아무도 몰랐지만, 그의 모습으로 봐선 뭔가 급히 전할 말이 있는 것 같은데 존경스러울 정도로 오랫동안 기다리고 있었던 것 같았다. 하지만 다른 사람들 눈에는 버섯처럼 소리 없이 있다가 그 자리에서 갑자기 자라난 것처럼 보였다. 더군다나 외모도 커다란 검은 버섯과 비슷했다. 아주 작은 키에 작달막하고 통통한 모습을 검정색의 커다란 성직자 모자가 가리고 있었다. 버섯이 우산을 들고 다니는 습관이 있다면 넝마를 걸친 듯한 볼품없는 그의 몰골은 영락없는 버섯이었다.

비서인 페너는 이 사람이 신부인 것을 깨닫고는 한층 더 놀랐다. 그러나 신부가 둥근 모자 아래로 둥근 얼굴을 드러내고 순진하게 워렌 윈드와의 면담을 청하자 만날 수 없다고 딱 잘라 말했다. 그렇지만 신부는 물러날 기색이 없었다.

"반드시 윈드 씨를 만나야 합니다. 이상한 사람이라고 생각할 수도 있겠지만 반드시 윈드 씨를 만나야 합니다. 윈드 씨에게 말을 걸거나 하지는 않겠습니다. 그냥 안에 있는지 확인만 하면 됩니다."

"말씀드렸지만 윈드 씨는 안에 계십니다. 하지만 지금 만날 수는 없습니다."

페너가 성가시다는 듯 말했다.

"안에 계신지 확인만 하겠다니, 도대체 무슨 말씀을 하시는 겁니까? 당연히 안에 계시죠. 저희 모두 오 분 전에 그분이 계신 방에서 나와 지금까지 여기에 있었습니다."

"윈드 씨가 무사한지 확인만 하겠습니다."

"무슨 일인데요?"

비서가 화를 내며 말했다.

"그분에게 아무 일도 없는지 확인해야 하는 아주 중대한 이유가 있습니다."

신부가 침착하게 말했다.

"이런 이런…… 맙소사, 미신은 이제 지겹다구."

밴덤이 격노하여 말했다.

"이유를 말씀드려야 할 것 같군요. 모든 이야기를 털어놓기 전에는 문 틈으로라도 들여다보도록 허락하지 않을 것 같네요."

신부는 주변 사람들이 자신을 쳐다보고 있다는 걸 눈치채지 못한 채 차분히 이야기를 시작했다.

"이 아파트 앞의 가로수 길을 따라 걷다가 건물 끝의 모퉁이를 돌아 뛰어가는 남루한 몰골의 사람을 보았습니다. 그는 제 쪽으로 난 도로를 따라 요란한 소리를 내며 걸어왔는데 비쩍 마른 체구에 어디서 본 듯한 얼굴이었습니다. 그는 제가 한때 약간의 도움을 주었던 아일랜드인이었습니다. 그의 이름을 밝히지는 않겠습니다. 그가 비틀거리며 걸어오더니 저를 부르면서 이런 말을 하더군요.

'성인께서 도우셨구나, 브라운 신부님을 만나다니! 신부님은 오늘 저에게 두려움을 주시는 유일한 분이시군요.'

저는 그때 그가 뭔가 미친 짓을 했다는 것을 눈치챘습니다. 내 얼굴이 그를 겁줄 정도로 험악하지는 않을 테니 말이오. 그 자는 내게 워렌 윈드 씨를 아냐고 물었습니다. 물론 윈드 씨가 이곳 꼭대기에 살고 있다는 것을 알았지만 난 모른다고 대답했습니다. 그는 또 이런 말을 하더군요.

'그는 자신을 성자라고 생각하고 있습니다. 하지만 제가 그에 대해 말하는 것을 들으면 목매달 겁니다.'

그리고는 신경질적으로 '그럼, 목매달고말고'라는 말을 여러 번 되풀이했습니다. 그래서 윈드 씨를 해쳤는지 물었는데, 그의 대답이 더 이상했습니다.

　'권총에 탄알이나 산탄은 장전하지 않고, 오직 저주만 가득 담았어요.'

　그는 이 건물과 큰 창고 사이의 길로 내려가면서 탄환도 장전하지 않은 낡은 권총을 들고 이 건물을 부숴버리기라도 하듯 벽에 대고 발사하며 말했습니다.

　'제가 이렇게 엄청난 저주를 내렸으니, 주님의 정의가 그의 머리를, 지옥의 복수가 그의 발을 붙잡아 그를 유다처럼 갈기갈기 찢겨져 아무도 알아보지 못하게 될 겁니다.'

　제가 그 불쌍한 광인에게 한 말은 별로 중요하지 않을 것 같으니 생략하도록 하지요. 그자는 조용히 아래로 내려갔고 전 이 건물 뒤로 돌아가 어떻게 된 일인지 확인했습니다. 그리고 이 벽 아래에 있는 좁은 골목에서 녹슬고 낡은 권총을 발견했습니다. 그가 약간의 화약만 장전했다는 걸 알 정도로 저도 총에 대해서는 알 만큼 압니다. 벽에서 검은 화약 자국과 연기뿐 아니라 총구 흔적을 확인할 수 있었습니다. 하지만 총알로 인해 움푹 패인 자국은 찾을 수 없었지요. 파괴의 흔적도 없었구요. 검은 화약 자국과 윈드 씨에 대해 퍼붓던 저주를 제외하고는요.

그래서 워렌 윈드 씨가 괜찮은지 확인하려고 찾아온 겁니다."

비서 페너가 큰 소리로 웃었다.

"궁금증을 바로 해결해드리지요. 윈드 씨는 무사하십니다. 바로 몇 분 전에 책상에 앉아 뭔가를 작성하고 계시는 모습을 보고 나왔습니다. 지금 안에는 혼자 계신데 이곳은 거리에서 삼사십 미터 위에 있습니다. 그러니 신부님 친구분이 총알을 장전하여 발사했다 하더라도 윈드 씨가 맞았을 리는 없지요. 이 문말고 다른 출입구가 있는 것도 아니고, 더군다나 저희가 여기 밖에서 계속 기다리고 있었습니다."

"하지만 제 눈으로 직접 확인하고 싶습니다."

신부가 차분하게 말했다.

"그럴 수는 없습니다. 맙소사, 그 저주가 뭔가 대단한 거라고 말씀하시는 건 아니겠죠."

비서가 대꾸했다.

"그만 두시오. 성직자의 일은 축복과 저주요. 만약 윈드 씨가 저주를 받았다면 그에게 다시 축복을 내리면 되지 않습니까? 아일랜드 협잡꾼의 저주를 풀지 못한다면 신부님의 축복이 도대체 무슨 의미가 있죠?"

백만장자가 냉소적으로 말했다.

"지금 그런 걸 누가 믿겠소?"

서부에서 온 사람이 반박했다.

"브라운 신부님은 많은 부분을 믿고 계시잖아요."

조금 전의 푸대접과 지금의 말다툼에 기분이 상하고 화가 난 밴덤이 말했다.

"브라운 신부님은 은자가 주술로 불러낸 악어를 타고 강을 건넌 후 악어에게 죽으라고 말하자 죽었다는 것을 믿으시겠죠. 그리고 축복받은 성인이 죽으면 그 사체가 세 부분으로 나뉘어져 고향으로 여겼던 세 군데 교회에 안치된다고 믿으실 거고요. 또한 성자가 햇빛에 망토를 걸어놓고 다른 사람이 그것을 보트로 사용해 대서양을 건넜다는 것도 믿겠지요. 신부님은 성스런 당나귀가 다리가 여섯 개고, 로레토에 있는 집이 하늘로 날아갔다는 것도 믿으실 테지요. 그리고 수백 개의 돌이 하루종일 눈을 깜박거리고 흐느껴 운다고 믿으실 거고요. 그러니까, 한 사람이 열쇠 구멍으로 빠져나오거나 밀실에서 감쪽같이 사라졌다는 걸 믿는 건 아무것도 아니겠죠. 제가 보기에 브라운 신부님은 자연의 법칙을 중요하게 받아들이시는 분 같지는 않네요."

"어쨌든 제가 중요하게 받아들이는 건 워렌 윈드 씨의 법칙입니다. 윈드 씨의 법칙은 원치 않을 때 방해받지 않는 것입니다. 윌슨도 이 점에 동감할 겁니다."

비서가 피곤하다는 듯이 말했다.

심부름을 갔던 덩치 큰 하인이 팜플렛을 들고 조용히 이 문을 지나 복도 아래로 갔다.

"윌슨은 관리인 옆에 있는 의자에 앉아 윈드 씨가 찾을 때까지 엄지손가락만 만지작거리고 있을 겁니다. 윌슨이나 저는 윈드 씨가 호출하시기 전까지는 방 안에 들어가지 않을 겁니다. 저흰 어느 편에 서야 하는지 너무 잘 알고 있습니다. 그러니 성인들과 천사들이 저희를 그냥 내버려두게 해주십시오."

"성인들과 천사들이라……."

신부가 말했다.

"모두 터무니없는 말입니다. 비난하고 싶은 생각은 없습니다. 하지만 이런 일은 수도원이나 공상 속에나 있을 법한 일입니다. 유령이라도 미국식 호텔의 닫힌 문은 통과할 수 없습니다."

페너가 다시 말했다.

"하지만 사람은 열 수 있지요. 미국식 호텔이라도 말입니다. 제가 보기엔, 문을 열어보기만 하면 모든 일이 해결될 것 같소."

브라운 신부가 침착하게 대답했다.

"그 간단한 일로 인해 제 목이 달아날 수도 있습니다. 그리고 워렌 윈드 씨는 그렇게 단순한 비서는 원치 않으십니다. 신부님께서 믿고 있는 동화 같은 이야기를 믿을 정도로 단순한 사람들 말입니다."

비서가 대답했다.

"네, 사실입니다. 전 당신이 믿지 않는 많은 것들에 대해 믿음을 가지고 있지요. 하지만 내가 믿는 모든 것들과 나 스스로 옳다고 생각하는 이유를 모두 말하려면 엄청난 시간이 걸리겠지요. 하지만 저 문을 열고 내가 틀렸다고 입증하는 데는 단 이 초도 걸리지 않을걸요."

신부가 침착하게 말했다. 이 말을 듣고 있던 서부 사나이가 거의 이성을 잃었다.

"제가 신부님이 틀렸다는 걸 입증해드리죠. 제가 확인해보겠습니다."

앨보인이 갑자기 일어나 걸어나가더니 문을 열고 안을 들여다보았다. 첫눈에 들어온 것은 비어 있는 의자였다. 다시 보니 방 안도 텅 비어 있었다. 페너가 깜짝 놀라 다른 사람들을 밀치고 방 안으로 뛰어들었다.

"침실에 계실 겁니다. 분명 침실에 계실 겁니다."

비서가 퉁명스럽게 말했다. 그가 안쪽 방으로 들어가자 다른 사람들은 텅 빈 방에서 서로를 응시하며 서 있었다. 앞서 말한 대로 방 안 세간은 수수하고 소박해서 마치 그들에게 굳세게 도전하는 것처럼 보였다. 확실히 이 방 안에는 사람은 고사하고 쥐 한 마리 숨을 곳이 없었다. 미국에서는 보기 드물게 커튼과 찬장도 없었다. 책상조차도 서랍이 얕고 위로 열리는 일반 탁자와 다를 게 없었으며, 의자도 딱딱하고 등받이가 높았다. 비서는 다른 두 방도 뒤진 후에 곧 안쪽 문에서 나왔다. 그의 눈에는 사실을 받아들이지 못하고 부인하는 빛이 역력했고, 날카롭게 말할 때는 그의 입이 거의 기계적으로 움직이는 것 같았다.

"여기로 나오지 않으셨나요?"

다른 사람들은 아니라고 대답할 필요도 느끼지 못했다. 사람들의 마음은 창 밖으로 보이는 창고의 빈 벽에 부딪히기라도 한 듯 막막했다. 오후가 지나자, 땅거미가 내려 벽은 흰색에서 회색으로 서서히 바뀌어가고 있었다. 밴덤은 30분 전에 기대고 서 있었던 창턱으로 다가가 창 밖을 내다보았다. 파이프나 비상 계단은 없었고 발을 디딜 만한 선반도, 조금이라도 내려갈 만한 발판도 없었다. 몇 층 더 높이 서 있는 벽에도 그런 유사한 장치는 없었다. 그 길의 다른 쪽에도 눈에 띄는 것은 없었고, 따분하게 칠해놓은 하얀 벽만 보였다. 그는 길 위에 처참하게 자살하여 누워 있는 사라진 자선 사업가를 찾아보려는 듯 아래쪽을 뚫어져라 쳐다보았다. 너무 멀어 희미하게 보이긴 했지만 신부가 길에서 보았다던 권총으로 짐작되는 조그맣고 검은 물체 외에는 아무것도 발견하지 못했다.

그 동안 페너는 다른 창 쪽으로 갔다. 역시 접근하기 어려운 하얀 벽이 내다보이지만, 뒷골목 대신 공원이 보였다. 내려다보니 나무들에 가려 땅은 보이지 않았지만 실제로는 거대한 건물에 조금 위로 올라와 있을 뿐이었다. 모두들 방에 모여 책상 위로 비치는 마지막 은빛 햇살이 재빨리 회색 빛으로 변해가는 해질녘 황혼 속에서 서로의 얼굴만 쳐다보고 있었다. 해질녘이 짜증스럽다는 듯 페너가 스위치를 켜자 주변이 전깃불 아래 선명하게 드러났다.

"조금 전에 말했지만 총을 장전했더라도 저 아래서 여기 있는 사람을 맞출 수는 없소. 혹 윈드 씨가 총에 맞았다 하더라도 거품처럼 흔적 없이 죽지는 않았을 거고."

밴덤이 엄숙히 말했다.

더욱 창백해진 비서는 까다로운 용모의 백만장자를 과민하게 쳐다보았다.

"왜 그런 소름 끼치는 생각을 하는 겁니까? 도대체 누가 총알이나 거품에 대해 말한 겁니까? 왜 그가 꼭 살아 있지 않을 거라고 생각하는 건가요?"

340

"사실 말이 안 될 것도 없잖습니까?"

밴덤이 부드럽게 대답했다.

"윈드 씨가 어디 있는지 말해준다면 어떻게 그곳에 있게 되었는지는 제가 말씀드리죠."

비서는 잠시 망설인 후 투덜거리듯 말했다.

"맞습니다. 말씀하신 모든 내용이 맞는 것 같습니다. 우리는 방금 우리가 말하고 있었던 바로 그 일에 부딪힌 셈입니다. 저 주가 이 사건을 만들었다고 한다면 이상한 일이겠지만, 도대체 누가 이 닫힌 공간에서 윈드 씨에게 해를 입힐 수 있었을까요?"

오클라호마 출신의 앨보인은 방 한가운데 다리를 벌리고 서 있었는데 후광 같은 그의 백발과 둥근 눈에는 놀란 기색이 역력했다. 이때 그는 떼쓰는 아이마냥 무례하고 경솔하게 한마디 내던졌다.

"밴덤 씨, 윈드 씨와 사이가 좋지 않았죠?"

불길한 조짐이 커질수록 밴덤의 길고 누르스름한 얼굴이 더 우울해졌다. 그는 웃음을 띠며 조용히 답했다.

"우연의 일치지만, 서부의 바람이 최고 권위자들을 혹 날려 버린다고 말한 사람은 당신이잖소."

"그렇소. 그렇게 말했죠. 하지만 실제로 어떻게 그렇게 할 수 있었겠소?"

서부 출신의 사나이가 정직하게 말했다.

"이 사건에 대해 할 수 있는 말은 한 가지밖에 없습니다. 간단히 말해 이 사건은 일어나지 않았으며, 일어날 수도 없는 일입니다."

페너가 갑자기 강력하게 말했다.

"아뇨. 일어났죠. 이 사건은 일어나고 말았습니다."

브라운 신부가 구석에서 일어서며 말했다.

문을 열어달라고 설득하던 보잘것없고 작달막한 사람의 입을 통해 잊고 있던 진실을 듣게 되자 모두들 소스라치게 놀랐다. 그리고 기억이 되살아나자 분위기가 반전되었다. 그들은 지금 눈앞에서 발생한 모든 것을 암시해주었던 신부에 대해 미신을 믿는 몽상가로 몰아세웠던 점이 떠올랐다.

"사악한 뱀 같으니라구! 분명 뭔가 있을 거야!"

과격한 서부 사람이 참을 수 없다는 듯 소리쳤다.

"신부님의 존경스러운 예측이 근거가 있었다는 사실은 인정하지 않을 수 없습니다. 더 알려주실 게 있으시면 말씀해주시죠."

페너가 난색을 표하며 말했다.

"이제 우리가 뭘 해야 할지 말해주시겠죠."

밴덤이 냉소적으로 말했다.

작달막한 신부는 겸손하게 말 그대로 그들의 제안을 수용하는 듯한 말투로 말했다.

"가장 먼저 생각할 수 있는 것은 이 장소를 증거로 보존하고 권총을 두고 간 광인의 행적을 더 찾을 수 있느냐는 것입니다. 그는 작은 정원이 있는 문크레센트의 다른 모퉁이를 돌아 사라졌습니다. 거기에는 의자가 있었고 사람들이 즐겨 찾는 산책로가 있었어요."

아파트 관리인과 상의하다 보니 결국 경찰에까지 연락하게 되었고, 그러다 보니 상당한 시간이 흘렀다. 그들이 가로수가 길게 늘어선 길로 나왔을 때는 이미 해가 진 후였다. 밖에서 바라보니 문크레센트는 그 이름을 딴 초승달과 같이 싸늘하고 공허하게 보였다. 달은 나름대로 빛을 발하고 있었지만 그들이 작은 공원 옆 모퉁이를 돌 때는 검은 나무 위에 유령이 숨어 있는 것처럼 느껴졌다. 밤의 어두움이 도시의 인위적인 공간을 덮었다. 나무 그림자 속으로 들어가자 집에서 수백 킬로미터 떨어진 낯선 곳을 여행하는 듯한 낯선 느낌에 빠졌다. 그들이 잠시 침묵 속에서 걷고 있을 때, 단순소박한 데가 있는 앨보인이 갑자기 소리쳤다.

"내가 졌소. 완전 기권이오. 내게 이런 일이 일어나리라고는 생각지도 못했소. 정작 사건이 발생했을 때 우린 어떻게 했죠? 브라운 신부님, 정말 죄송합니다. 신부님과 신부님의 동화 같은 이야기만 곰곰이 생각했더라도 이해할 수 있었을 텐데…… 거짓말 같은 이야기를 한 것은 신부님이 아니라 바로 저였습니다. 밴덤 씨, 당신은 왜 무신론자가 되었고 눈으로 직접 보는 것만 믿죠? 그렇다면 당신이 직접 본 것은 뭐고, 직접 보지 못한 것은 무엇이오?"

"나도 알고 있소."

밴덤이 침울하게 말하고 고개를 끄덕였다.

"오! 저 달과 나무가 더 신경을 곤두서게 만드는군요. 달빛 아래서 나무를 보면 마치 나뭇가지가 기어가는 것처럼 기이하게 보이죠. 저길 보세요……."

페너가 고집스럽게 말했다.

얽혀 있는 나뭇가지 사이로 달을 뚫어지게 쳐다보고 있던 브라운 신부가 말했다.

"네. 저기 저 나뭇가지는 정말 이상하군요. 부러진 나뭇가지인 줄 알았는데……."

그의 목소리가 탁 막혀 듣는 이들을 소름 끼치게 했다. 죽은 나뭇가지처럼 보이는 형체가 달빛을 뒤로 받아 그림자 진 나무에 축 늘어져서 매달려 있었다. 그렇지만 그건 죽은 나뭇가지가 아니었다. 그들이 그 형체를 확인하러 가까이 갔을 때 페너는 귓가에 저주라도 울린 것처럼 펄쩍 뛰었다. 그는 달려가 회색 머리칼이 처진 깃털처럼 뒤엉켜 있는 작은 시체의 목에서 밧줄을 풀었다. 나무에서 내리기도 전에 이미 이 세상 사람이 아니라는 사실을 알 수 있었다. 긴 밧줄이 나뭇가지에 여러 번 감겨 있었고 잔가지에서 시체가 매달린 길이는 비교적 짧았다. 자살한 사람이 발로 차버린 발판인 양 긴 정원 물통이 발 아래서 1미터 정도 멀리 굴러 떨어져 있었다.

"세상에! 그 남자가 뭐라고 했었죠? '그에 대해 말하는 것을 들으면 목매달아 죽겠지……' 브라운 신부님, 그가 그렇게 저주를 퍼부었죠?"

앨보인이 마치 기도하듯이 외쳤다.

"네."

"글쎄 그런 것은 상상도 못한 일이에요. 하지만 저주 때문이 아니라면 윈드 씨가 어떻게 죽었을까요?"

페너는 손으로 얼굴을 가리고 서 있었다. 신부가 그의 팔에 손을 얹으며 친절하게 말했다.

"그를 좋아했나요?"

비서가 손을 내렸다. 그의 흰 얼굴은 달빛에 비쳐 더욱 창백해 보였다.

"전 그를 정말 싫어했어요. 그가 누군가의 저주 때문에 죽었
다면 그건 바로 저일 겁니다."

비서가 말했다. 신부가 팔에 올려놓은 손에 힘을 주었다. 그
리고 전에 없이 진지하게 말했다.

"그건 당신의 저주가 아니었어요. 기도를 통해 위안을 받으
세요."

지역 경찰은 이 사건에 연루된 네 명의 증인을 처리하는 데
어려움을 겪고 있었다. 네 명 모두 일반적인 견지에서 보면 존
경받고 신뢰할 수 있는 인물들이었고, 그 중 특히 석유 재벌인
사일러스 밴덤은 영향력이 큰 사람이었다. 그의 이야기에 대해
회의론을 피력하려고 했던 첫번째 경관은 거물급 인사의 강한
반발을 견뎌내야 했다.

"내게 사실을 강요하지 마시오."

백만장자가 매몰차게 말했다.

"난 당신이 태어나기도 전에 수많은 사실을 받아들였고, 그
중 어떤 사실들은 내게 달라붙어 있지. 당신이 제대로 처리할
수 있다고 생각될 때 사실을 말해주겠소."

젊고 지위가 낮았던 경관은 이 백만장자가 일반 시민처럼 다
루기에는 너무 정치적이라는 막연한 생각에 상관인 콜린스 경

감에게 이 사건을 인계했다. 경감은 머리가 희끗희끗 했고, 더 편안하게 엄숙히 말하는 법을 아는 사람이었다. 그는 상냥하기는 했지만 허튼소리는 한치도 용납하지 않는 사람이었다.

"글쎄요. 흥미로운 사건 같군요."

경감은 반짝이는 눈으로 세 사람을 쳐다보며 말했다.

브라운 신부는 벌써 자신의 일상 업무를 처리하러 떠났지만 사일러스 밴덤은 한 시간 이상 중요한 일을 잠시 미루고 그가 목격한 놀라운 사건을 증언했다. 페너는 자신이 모시는 분의 죽음으로 자연스럽게 업무를 중단할 수밖에 없었다. 그리고 아트 앨보인은 오로지 위대한 영혼 운동이나 삶의 호흡을 전파하는 일에만 전념하고 있었기 때문에 뉴욕뿐만 아니라 어느 도시에서도 별다른 업무가 있는 것은 아니었다. 더군다나 이런 예기치 못한 사건을 목격한 마당에, 설혹 어떤 중요한 일이 있더라도 그는 현장을 떠나지 않았을 것이다.

"먼저 말해둘 것이 있습니다. 여러분이 제게 말한 기적과 같은 일들은 어느 누구에게도 전혀 도움이 되지 않습니다. 저는 현실적인 사람이고 경찰입니다. 그런 말들은 성직자에게나 환영받을 겁니다. 아마도 신부님께서 끔찍한 죽음과 심판에 대한 얘기로 여러분을 자극한 것 같은데 저는 신부님이나 신부님의 신앙은 이 사건에서 배제할 것입니다. 윈드 씨가 그 방에서 나왔다면 그건 누군가가 나오도록 만든 것이고, 나무에 매달려 사체로 발견되었다면 그것 또한 누군가가 그렇게 만든 겁니다."

경감이 명쾌하게 말했다.

"물론 그렇겠죠. 하지만 저희가 아는 한 어느 누구도 그분을 불러내지 않았다는 겁니다. 문제는 도대체 누가 어떻게 윈드 씨를 그렇게 나무에 매달 수 있었냐는 거죠."

페너가 말했다.

"어떻게 모든 사람이 같은 생각을 할 수 있겠습니까? 피살자의 목에는 밧줄이 감겨 있었다. 그것이 바로 사실입니다. 하지만 이미 말씀드린 대로 전 현실적인 사람이고 사실에 입각해 조사할 겁니다. 이번 사건은 결코 기적 같은 초자연적인 힘 때문에 발생한 것이 아니라 사람이 저지른 일입니다."

경감이 말했다.

앨보인은 약간 뒤에 서 있었다. 그래선지 그의 큰 덩치는 마치 자연스런 배경처럼 보였고 그 앞에 선 사람들에 비해 좀 침울해 보였다. 그는 머리를 숙이고 상념에 빠져 있었다. 그러다가 경감이 내뱉은 마지막 말에 고개를 들고 반백의 머리를 절레절레 흔들며 뭔가 깨달았다는 듯 그를 쳐다봤다. 그가 앞으로 걸어나와 사람들 가운데로 들어오자 그의 덩치가 이전보다 더 크게 느껴졌다. 하지만 그들은 앨보인을 바보나 사기꾼으로 비난할 배짱이 없었다. 그렇다고 앨보인이 아주 틀린 것도 아니었다. 사실 서부의 바람이 힘을 얻듯 가벼운 모든 것을 날려 버릴 수 있는 폐활량과 삶의 깊이가 있다고 열변을 토할 때는 그럴듯하게 들리기도 했다.

"그래요, 콜린스 씨, 당신은 현실적인 사람입니다."

앨보인이 가볍고도 무거운 목소리로 말했다.

"지금껏 그 짧은 말 안에서 당신이 현실적인 사람이라는 말을 두세 번은 더한 것 같소. 그러니 그 사실만은 확실히 이해하겠소. 당신이 현실적인 사람이라는 사실은 당신이 살아온 삶, 써왔던 서신, 그리고 사사롭게 해왔던 말들을 기록하려는 사람에게는 정말 중요한 내용이겠지요. 당신의 전기 작가는 당신의 다섯 살 때 모습을 담은 초상화나 할머니의 사진과 오래된 고향 전경을 자료로 사용하여 글을 쓰겠죠. 그리고 당신이 현실적인 사람이란 사실도 잊지 않고 기록하겠지요. 물론 당신의 코가 여드름 난 들창코라는 사실과 함께 말이지요. 참, 걸을 수 없을 만큼 뚱뚱하다는 사실도 잊을 뻔했군요. 당신이 그렇게 현실적인 사람이라니 워렌 윈드 씨를 되살릴 때까지 계속 노력해보시구려. 그리고 현실적인 사람이니, 닫힌 문을 어떻게 통과했는지도 알아내겠군요. 내 생각엔 당신은 뭔가 잘못 알고 있는 것 같소. 당신은 현실적인 사람이 아니라 현실적인 웃음 거리에 불과하오. 그것이 바로 당신의 참모습이오. 전능하신 하느님께서 당신을 만드실 때 아마 우리를 즐겁게 하려는 뜻이 계셨던 것 같소."

갑작스러운 공격에 놀란 경감이 반박할 틈도 주지 않은 채 앨보인이 문 앞으로 미끄러지듯 걸어나갔다. 경감이 아무리 반박하거나 비난한들 그의 의기양양한 태도를 꺾을 수는 없었다.

"옳으신 말씀입니다. 당신 같은 사람이 현실적이라면 난 차라리 신부님을 택하겠습니다."

페너가 말했다.

한편 경찰에서는 사건의 배후 인물들과 진상을 파악한 뒤 사건에 대한 공식 발표를 했다. 이 사건은 이미 파렴치한 심령학적 사건으로 각종 언론을 장식하고 있었다. 불가사의한 사건에 대한 밴덤과의 인터뷰, 브라운 신부와 그의 신비한 행적에 대한 기사 등은 대중의 이목을 잡아끌려는 각종 매체의 관심을 끌었다. 또한 거물급 증인들에게 간접적이고 약삭빠른 방법으로 접근하여, 베어 교수라는 사람이 괴이한 사건에 특별히 관심이 많은데, 이 사건에도 관심을 보이고 있다고 전했다. 베어 교수는 명성이 자자한 심리학자로 범죄학에도 조예가 깊었다. 경찰과 관련이 있다는 것이 알려진 건 이후의 일이었다.

베어 교수는 매끈하게 잘 다듬은 턱수염에 근사한 넥타이를 매고 연한 회색 정장을 말쑥하게 차려입은 신사였다. 전형적인 스페인 신사처럼 차려입은 그의 스타일을 보면 잘 모르는 사람 눈에는 풍경화가처럼 보였다. 그의 자태에서 점잖고 솔직한 사람임을 한눈에 알 수 있었다.

"예, 예. 잘 알고 있습니다. 어떤 일을 겪으셨는지 알 만합니다. 경찰이 심령학적인 측면에 대해서는 그다지 큰 비중을 두지 않았을 겁니다. 그렇죠? 물론 불쌍하고 고루한 콜린스 경감은 있는 그대로의 사실만 알고 싶다고 했겠죠. 정말 어리석은 실수죠! 이번에 발생한 사건과 같은 경우, 우리는 사실만을 알아서는 절대 안 됩니다. 상상력을 가지는 것이 더욱 중요하지요."

베어 교수가 웃으며 말했다.

"그러니까 소위 우리가 말하는 사실이라는 것이 단지 상상에 불과하다는 말씀이신가요?"

밴덤이 차분하게 말했다.

"그렇지는 않습니다. 다만 이번 사건에서 경찰이 심리적 요인을 배제할 수 있다고 생각하는 사실이 어리석다는 점을 말씀 드리는 겁니다. 물론 심리적 요인은 이제 겨우 이해를 얻어가는 단계입니다만, 실제로 이 부분만 제대로 파악한다면 모든 것을 이해할 수 있습니다. 심리적 요인을 이해하려면 먼저 성격부터 이해해야 합니다. 예전부터 브라운 신부님의 명성은 익히 들어 잘 알고 있습니다. 그분은 이 시대의 귀인이시죠. 브라운 신부님과 같은 분들은 그 특유의 분위기를 가지고 있습니다. 사람들은 자신들의 정신이 이런 분위기에 얼마나 많은 영향을 받는지 잘 모릅니다. 하지만 시간이 지남에 따라 마치 최면에 걸린 듯 확실하게 매료되죠. 그리고는 이런 부분이 점차 일상적인 대화에 녹아들게 됩니다. 근사한 홀에서 정장을 차려입은 신사들의 고급스러운 대화뿐만 아니라 모든 사람들의 생활에 말이죠. 브라운 신부님의 신앙은 항상 심리학적인 배경에 대한 이해를 수반하고 모든 것을 포용합니다. 심지어 사람이나 동물이 내는 소리로 생성된 이상한 현상에 대해서도 이해하죠. 그리고……."

"잠시만요. 브라운 신부님께서 교회 오르간이라도 들고 복도를 걸어오셨다고 생각하는 건 아니겠죠."

페너가 반박했다.

"그분은 그보다 더 분별력 있으신 분이지요."

베어 교수가 웃으며 말했다.

"브라운 신부님은 모든 영적인 소리, 광경, 냄새의 본질을 절제된 예술적인 동작으로 집중할 줄 아는 분입니다. 그리고 존

352

재만으로도 여러분의 마음을 초자연적인 것으로 끄집어낼 수 있습니다. 그러면 여러분이 눈치채지 못한 사이에 자연적인 것이 어느새 마음속 깊이 자리잡게 됩니다."

그는 어조를 바꿔 명료하게 말했다.

"여러분들도 왜 증인이 되었나에 대해 깊이 생각할수록 더 이상하고 괴상한 생각만 든다는 사실을 경험을 통해 알게 되었을 겁니다. 스무 명 중 한 사람도 제대로 사물을 관찰하지 못합니다. 백 명 중 한 사람도 사물을 정확하게 관찰하지는 못합니다. 그리고 백 명 중 어느 누구도 먼저 관찰하고 기억한 후 제대로 묘사하지 못합니다. 수없이 많은 과학적인 실험을 통해 밝혀진 바에 의하면, 과로로 지친 사람은 문이 열려 있는데 닫혀 있다고 생각하고, 닫혀 있는데 열려 있다고 생각하는 경우가 허다했습니다. 또한 자신들 바로 앞에 있는 문과 창문 숫자도 각기 다르게 기억했습니다. 그리고 밝은 햇빛에서 착시현상을 일으키기도 했습니다. 최면 상태가 아니었는데도요. 게다가 아주 강력하고 설득력 있는 분이 나타나 당신들의 마음속에 하나의 광경을 심어주신 거지요. 거친 아일랜드인이 허공에다 권총을 쏘아댔고, 그 소리가 천둥 소리처럼 울리는 광경 말이지요."

"교수님, 제가 목숨을 걸고 맹세컨대 그 문은 정말 닫혀 있었습니다."

페너가 소리치며 말했다.

"최근 연구에서 우리의 의식은 연속되는 것이 아니라 영화처럼 인상이 빠르게 이어진다는 것이 밝혀졌습니다."

교수가 조용히 말했다.

"말하자면 어떤 사물이나 사람이 장면 사이에 들어왔다 나갔을 수 있다는 거죠. 그러니까 막이 내렸던 순간에만 왔다갔다 했을 가능성이 있다는 말입니다. 아마도 마술의 성패는 이 짧은 어둠의 순간 동안 마술사가 주문과 재빠른 손놀림을 잘 사용하느냐에 달려 있겠죠. 여기서도 마찬가지로 초월적인 사상을 지닌 브라운 신부님이 여러분의 마음에 초월적인 이미지를 심어놓으신 것 같습니다. 마치 저주로 탑을 혼란에 빠뜨린 티탄과 같이 아일랜드인의 이미지를 심어놓으셨겠죠. 아마 그분은 알아챌 수는 없지만 저항할 수 없는 손짓으로 여러분의 눈과 마음을 아래 있던 정체불명의 파괴자에게 향하도록 만들었을 수도 있습니다. 그리고 어쩌면 그때 사건이 발생했거나 누군가가 지나갔을 수도 있죠."

"하인인 윌슨이 복도를 지나 의자에 앉아 있었어요. 하지만 그자가 우리 주의를 다른 데로 돌리지는 않았던 것 같은데요."

"신부님이 마술 같은 괴상한 말씀을 하실 때 아마도 그분의 손동작에 정신을 잃었을 수도 있죠. 그건 아무도 장담할 수 없는 일입니다. 그때가 바로 워렌 윈드 씨가 문을 열고 나와 죽게된 순간인지도 모르죠. 이것이 가장 그럴 듯한 설명입니다. 그리고 과학을 통해 입증된 사실이기도 하고요. 사람의 마음은 실선이 아니라 점선과 같습니다."

"정말 띄엄띄엄 떨어져 있는 점선이죠. 그렇게 덜떨어지게 말하지 마십시오."

페너가 힘없이 말했다.

"사실 당신은 윈드 씨가 상자 같은 방에서 죽었다는 사실을 아직도 믿지 않고 있죠?"

베어가 말했다.

"차라리 제가 감옥 같은 방에서 갇혀 죽어야 한다고 생각하는 편이 훨씬 편하죠."

페너가 말했다.

"교수님의 설명에서 바로 그 점이 불만입니다. 저희는 사실만을 믿는 사람을 신뢰할 수 없게 되자 기적과 같은 것을 믿는 신부님을 믿게 되었습니다. 그분은 고귀한 심판으로 그에게 복수하도록 신에게 호소할 수 있다고 말합니다. 제가 말씀드릴 수 있는 거라곤 전 그러한 심판도 신도 전혀 모른다는 사실뿐입니다. 하지만 더 높은 어떤 세계가 있어 그 아일랜드인의 기도와 권총 소리를 듣도록 저희가 보기엔 이상한 방식으로 그

존귀한 세계가 조처해준 건지도 모릅니다. 그런데 교수님은 제 감각이 느낀 그대로의 세계를 부정하라고만 합니다. 교수님 말씀이 맞다면 저희가 얘기하고 있는 사이에 아일랜드인이 권총을 들고 이 방에 걸어 들어왔겠지요. 그러니까 저희가 인식하지 못한 한순간을 노려서 들어왔다는 얘기겠지요. 하지만 악어를 만들거나 햇빛에 망토를 펼친 신부의 기적이 저에겐 더 그럴듯하게 들리는군요."

"당신이 그 신부와 그 신부가 지껄여댄 기괴한 아일랜드인 이야기를 믿는다면 저로서는 더이상 드릴 말씀이 없습니다. 아마도 심리학을 공부할 기회가 없으셨나 봅니다."

베어 교수가 퉁명스럽게 말했다.

"네. 없었죠. 하지만 심리학자들에 대해서는 좀 알죠."

페너가 냉담하게 말했다. 그리고 정중하게 인사하고 교수를 방 밖으로 인도한 후 아무 말도 없이 거리까지 안내했다. 그런 다음 다른 사람들에게 거의 폭발하듯 말했다.

"미친 망나니 같으니! 도대체 사람들이 무엇을 보든 안 보든 관계 없이 기억하지 못한다는 게 말이나 되나요? 공포탄으로 저 멍청한 머리를 날려버리고 내가 인식하지 못한 순간에 저지른 일이라고 말해버리겠어요. 브라운 신부님의 이상한 이야기가 미신이든 아니든, 기적이든 아니든, 일어날 거라고 했던 사건이 실제로 일어났잖아요. 하지만 저 괘씸한 자식이 할 수 있는 거라곤 일어난 일을 보고 일어나지 않았다고 우기는 것뿐이에요. 우리, 신부님께 이번 사건을 해결해달라고 부탁합시다. 우린 모두 멀쩡하고 신뢰할 수 있는 사람들입니다. 아무거나 믿어버리는 그런 사람은 아닙니다. 사건이 일어날 당시 우린 술에 취하거나 다른 일을 하고 있었던 것도 아니었어요. 그 사건은 신부님께서 말씀하신 대로 발생했을 뿐이에요."

페너가 분을 삭이지 못하고 소리쳤다.

"동감이오. 이 사건을 해결하려면 먼저 영적인 선상에서 시작해야 할 것 같소. 어쨌든 그 신부님은 바로 그 영적인 선상에 계신 분이니 이 사건을 잘 해결해주시리라 믿소."

백만장자가 말했다.

며칠 후 브라운 신부는 밴덤이 쓴 아주 정중한 서신을 받았다. 그 서신의 내용은 워렌 윈드가 사라졌던 그 시간에 아파트에 오셔서 그 이상한 사건이 일어나게 된 정황을 살펴봐달라는 것이었다. 이 사건 자체는 이미 신문지상을 장식하고 있었고 광신적인 신비주의자들의 관심을 끌었다. 브라운 신부는 문크레센트를 향해 걸어오면서 '사라진 사람의 자살', '저주를 받아 죽은 자선 사업가'라고 쓰여진 너풀거리는 포스터를 볼 수 있었다. 그가 엘리베이터를 타고 올라오자 며칠 전에 모여 있던 사람들이 눈에 들어왔다. 밴덤, 앨보인, 비서가 그곳에 서 있었다. 하지만 이들의 태도는 이전과 완전히 달랐다. 이들은 브라운 신부를 존경하는 태도로 정중히 맞이했다. 그들은 종이뭉치와 필기도구가 잔뜩 널려 있는 윈드의 책상 옆에 서 있다가 신부를 환영하기 위해 돌아섰다.

"신부님."

반백의 서부 사나이가 차분하게 말했다.

"이렇게 찾아오시게 해서 정말 죄송합니다. 신부님을 여기까지 모시게 된 이유는, 다름이 아니라 신부님께서는 영적인 현상을 눈치채셨다는 사실을 이제서야 깨닫게 되었기 때문입니다. 저희는 그저 고집불통의 무신론자들이었습니다. 하지만 지금은 또 다른 세계에서 발생하는 일에 대해서도 이해할 수 있어야 한다는 것을 깨우쳤습니다. 그리고 신부님께서는 이런 분야의 일들을 잘 알고 계십니다. 초자연적인 현상도 잘 알고 계시고요. 그래서 신부님께 이번 사건을 맡기고 싶습니다. 그리고 두번째로는 신부님의 서명 없이는 이 서류가 완성될 수가 없습니다. 저희는 신문 기사가 사실을 왜곡하기 때문에 심령연구 협회에 정확한 사실을 알려주고 있습니다. 지금까지 거리에서 저주를 듣게 된 경위, 윈드 씨가 이 상자 같은 방에 혼자 있었던 이유, 저주가 윈드 씨를 살해하고 상상조차 할 수 없는 방식으로 윈드 씨의 죽음을 자살로 위장한 방법 등을 진술했습니다. 하지만 저희가 눈으로 확인한 사실만 기록했을 뿐입니다. 저희들 생각에, 신부님은 그 기적에 대해 가장 먼저 믿으셨으니 가장 먼저 서명하셔야 할 것 같습니다."

"전, 그렇게 하고 싶지 않군요."

신부가 당황하여 말했다.

"먼저 서명하고 싶지 않다는 말씀이신가요?"

"아뇨. 서명 자체를 하고 싶지 않다는 말입니다. 제 입장에서 사람들에게 기적이라는 말을 그렇게 농담처럼 쉽게 말하는 것은 바람직하지 않은 것 같습니다."

브라운 신부가 겸손하게 말했다.

"하지만 기적이라고 말하지 않으셨습니까?"

앨보인이 노려보며 말했다.

"뭔가 오해가 있는 것 같군요. 제 기억에 전 기적이라는 말을 직접적으로 한 적이 없습니다. 저는 일어날 수 있는 일이라고만 말씀드렸지요. 그러자 여러분이 일어날 수 없는 일이라고 말했고, 만약 그런 일이 일어난다면 그건 기적이라고 말했죠. 그런데 그런 사건이 발생한 것입니다. 그러니 기적이라고 말한 것은 제가 아니라 여러분이죠. 전 기적이니 마술이니 따위의 말을 한 적이 없습니다."

"하지만 신부님은 기적을 믿고 계신 줄 알았는데요."

비서가 갑자기 말했다.

"맞아요. 전 기적을 믿습니다."

브라운 신부가 답했다.

"전 사람을 잡아먹는 호랑이를 믿지만 모든 사람이 그렇게 믿는 건 아니더군요. 만약 제가 기적이 일어나길 원했다면 어디서 기적을 찾아야 하는지 잘 알고 있습니다."

"브라운 신부님, 왜 그런 말씀을 하시는지 이해할 수가 없습니다. 너무 편협한 사고 같습니다. 신부님은 성직자이긴 하지만, 제가 보기에 편협한 사람은 아닌 것 같습니다. 이번 사건과 같은 기적이 모든 유물론을 잠재울 수 있다고 생각하지 않으십니까? 이 사건은 영적인 힘을 대서특필하여 온 세상에 영적인 힘의 위력을 말해줄 겁니다."

밴덤이 솔직히 말했다.

작달막한 신부는 약간 긴장하더니 평소와 달리 위엄 있게 말했다.

"지금 거짓인 줄 알면서도 제 신앙을 팔아먹으려는 말씀이신가요? 정확하게 무슨 의도인지 모르겠습니다. 좀더 솔직히 말해 말씀하시는 의중을 전혀 이해할 수가 없습니다. 거짓말은 종교를 받들 수는 있지만 신을 받들지는 않습니다. 당신은 지금 제 믿음에 대해 집요하게 투덜대고 있군요. 믿음에 대한 일말의 소신이라도 있는 분이라면 그렇게 말씀하지는 않을 겁니다."

"정말 이해가 안 됩니다."

백만장자가 이상하다는 듯 말했다.

"이해하리라 기대하지도 않습니다. 영적인 힘으로 일어난 일이라고 하셨는데 무슨 영적인 힘을 말하는 겁니까? 천사가 윈드 씨를 데려가 나무 위에 걸쳐놓는 걸 보기라도 했다는 말입니까? 그래서 악마가…… 아니오, 아니오. 그만둡시다. 이 일을 저지른 사람들은 사악한 일을 하기는 했지만 자기들의 사악함에서 우러나서 했을 뿐이지 영적인 힘까지 다룰 정도로 사악하진 않습니다.

저는 악마주의의 실체에 대해 좀 알고 있습니다. 악마주의에서는 교활함을 미덕으로 여기죠. 그리고 교만함을 존중하고 순진무구한 아이를 겁줘서 설설 기게 만들기를 좋아합니다. 바로 이것이 악마주의가 미스터리, 비밀 조직 등에 관심을 가지는 이유이기도 합니다. 언뜻 보기에는 멋지고 훌륭하게 보일 수 있지만 그 안을 들여다보면 미친 듯한 조소가 숨겨져 있다는 걸 알게 될 겁니다."

신부가 갑자기 몸서리치며 말했다.

"이 사건은 악마주의와는 관계가 없으니 걱정하지 마십시오. 절 믿으셔도 좋습니다. 여러분은 그 거친 아일랜드인이 거리를 미친 듯이 뛰어가다가 제 얼굴을 확인하고 비밀을 불쑥 털어놓은 뒤에 말하지 않은 비밀까지 모조리 말하게 될까 두려워 달아났다고 생각하시는 겁니까? 사탄이 그에게 비밀을 말해줬다고 생각하시는 건가요? 그가 그 음모에 참여한 것은 사실 같습니다. 하지만 그 음모 뒤에는 그보다 더 나쁜 두 사람이 있습니다. 그러나 그럼에도 불구하고, 그 아일랜드인이 총을 뽑고 저주를 내뿜었을 때는 진짜 분노에 사로잡혀 있었습니다."

"그게 무슨 말씀이십니까? 그 사건과 관련 없는 장난감 총과 값싼 저주 따위에 대해서는 그만 이야기합시다. 그런 것은 윈드 씨를 사라지게 하지도 않았고, 수백 미터 밖에서 목에 밧줄을 감은 채 다시 나타나게 하지도 않았을 겁니다."

밴덤이 말했다.

"그건 그렇죠. 그렇다면 어떻게 된 걸까요?"

브라운 신부가 날카롭게 말했다.

"그래도 이해할 수가 없습니다."

백만장자가 침착하게 말했다.

"전 어떻게 된 거냐고 물었을 뿐입니다. 당신은 장전하지 않은 권총을 발사한 것은 이 사건과 전혀 관계가 없다고 계속 주장하고 있군요. 그렇다면 살인사건도 일어나지 않았고, 기적도 일어나지 않았다는 말밖에 안 됩니다. 제 질문을 제대로 이해하지 못한 것 같으니 좀더 쉽게 설명하겠습니다. 만약 미치광이가 권총을 들고 이유도 없이 당신 창문 아래서 서성인다면 어떻게 하겠습니까? 무슨 일을 제일 먼저 하겠습니까?"

화가 난 듯한 목소리로 신부가 말했다.

"창 밖을 내다보겠죠."

밴덤이 고민하더니 대답했다.

"그렇겠지요. 창 밖을 내다볼 겁니다. 그게 얘기의 전말이죠. 슬픈 이야기지만 이제는 끝났습니다. 거기에는 정상 참작할 만한 사정이 있었습니다."

브라운 신부가 말했다.

"창 밖을 내다본 게 죽음과 연관이 있습니까?"

앨보인이 물었다.

"윈드 씨는 창 밖으로 떨어져 죽은 게 아닙니다. 만약 그랬다면 그의 사체가 길에서 발견되었겠지요. 그렇습니다. 그는 떨어져 죽은 것이 아닙니다. 그 와중에도 그는 정신을 차렸던 겁니다."

신부가 낮은 목소리로 말했다. 그의 목소리에는 파멸의 전조로 징이 신음하는 듯했지만 차분하게 계속 말했다.

"윈드 씨는 천사의 날개를 타고 날아간 게 아니라 정신을 차린 겁니다. 정원에서 봤던 모습처럼, 창문 밖으로 고개를 내밀었을 때 올가미가 창문으로 들어와 그의 머리에 씌워진 겁니다. 그대로 떨어졌지만 밧줄 끝에서 정신을 차렸습니다. 윌슨을 기억하죠? 그 덩치 크고 괴력의 힘을 가진 사환 말입니다. 그에 비하면 윈드 씨는 새우에 불과하죠. 윌슨이 밧줄로 묶여 있는 팜플렛을 가져오려고 밧줄 더미가 가득한 창고에 갔을까요? 그날 윌슨을 본 적이 있나요? 그는 화물 보관소에 가지도 않았고 그를 본 사람도 없을 겁니다."

"그렇다면 윌슨이 윈드 씨를 낚싯줄에 걸린 송아지처럼 창문 밖으로 날려버렸다는 건가요?"

비서가 물었다.

"그렇습니다. 그리고 다른 창 밖에서 그를 잡아 공원으로 떨어뜨렸죠. 공원에는 또 다른 공범이 기다리고 있다가 나무에 그의 목을 매달았단 말입니다. 기억하시겠지만 길과 반대편 벽에는 아무런 흔적도 없었습니다. 아일랜드인이 권총으로 신호를 보낸 후 불과 오 분 내에 모든 일이 끝난 겁니다. 짐작하실지 모르겠지만 범인은 세 명입니다."

그들은 모두 창과 그 건너편에 있는 흰 벽을 괴로운 표정으로 쳐다볼 뿐 아무 말도 하지 않았다.

"어쨌든, 여러분이 너무 성급하게 초자연적인 결론을 내렸다고 비난하는 건 아닙니다. 여러분이 그렇게 결론 내린 이유는 아주 간단합니다. 여러분은 모두 스스로를 철저한 유물론자라고 주장했지만, 사실 믿음과의 경계선에 아슬아슬하게 걸쳐 있었던 겁니다. 오늘날은 수천 명의 사람들이 그 경계선에 걸쳐 있죠. 그러나 그 경계선에 걸쳐 앉아 있으면 좁기도 하고 불편하기도 합니다. 무언가를 믿기 전까지는 마음이 놓이지 않을 겁니다. 밴덤 씨가 새로운 종교를 속속들이 살펴본 것도, 앨보인 씨가 호흡에 대한 자신의 믿음을 설명하기 위해 성경 구절을 인용하는 것도, 페너 씨가 자신이 거부하는 신에게 불평하는 것도 그런 이유겠지요. 자연적인 사실을 있는 그대로 받아들이기란 결코 쉽지 않지요. 오히려 자연적인 사실에 대해 초자연적인 견해를 가지도록 만들기도 하지요. 사실은 자연적인 사실에 불과한 것들인데도 말입니다. 이번 사건이야말로 정말 가공하지 않은 있는 그대로의 사실이고, 더군다나 간단명료하기까지 합니다. 이번 사건처럼 간단명료한 것은 아마 세상에 없을 겁니다."

페너가 웃음을 보이다가 이내 도무지 모르겠다는 표정을 지으며 말했다.

"한 가지 아직 이해되지 않는 부분이 있습니다. 범인이 윌슨이라고 하셨는데, 윈드 씨는 어떻게 그런 짓을 한 사람과 가깝게 되었을까요? 어떻게 몇 년 동안 하루도 빠짐없이 매일 얼굴을 대한 사람에게 살해당할 수 있냔 말입니다. 더군다나 윈드씨는 사람을 잘 판단하기로 유명했는데 말이죠."

"바로 그거예요."

브라운 신부가 전에 없는 모습으로, 강조라도 하듯 우산으로 바닥을 세게 내리치며 말했다.

"그래서 그가 살해당한 겁니다. 바로 그 이유 때문에 살해당한 거죠. 사람을 판단했기 때문에 말입니다."

그들은 모두 신부를 응시했다. 그러나 신부는 그들이 그 자리에 없는 것처럼 말을 이었다.

"누가 누구를 판단할 수 있습니까?"

신부가 물었다.

"이번 사건을 저지른 세 사람이 윈드 씨와 처음 만난 것은 그들이 노숙자 생활을 할 때였습니다. 그후 그들은 권리 따위란 찾아볼 수도 없었고, 윈드 씨의 지시에 따라 이곳저곳을 떠돌아다녀야 했습니다. 거짓으로라도 이들에게 정중하거나 친절하게 대해주는 사람은 아무도 없었고, 자유롭게 벗을 사귀는 것까지도 허용되지 않았죠. 이십 년이라는 세월이 지난 지금도 윈드 씨로부터 받은 상처는 퇴색되지 않고, 오히려 시간이 흐

를수록 모멸감은 더욱 깊어갔죠."

"그렇군요. 알겠습니다. 이제야 신부님께서 말씀하신 내용을 모두 이해하겠습니다."

비서가 말했다.

"이해했다고 말하기도 무섭소. 내가 보기엔, 그 윌슨이란 작자와 아일랜드인은 은인을 죽인 잔인한 살인마에 불과하오. 그게 일종의 신앙이든 아니든, 내가 가진 도덕성으로는 이런 인간들을 악의에 찬 잔인한 살인마라고밖에는 말할 수가 없소."

활달한 서부 신사의 거친 비난에 페너가 조용히 제동을 걸었다.

"그는 두말할 나위 없이 악의에 찬 잔인한 살인마였습니다. 그들을 두둔할 생각은 추호도 없지만 브라운 신부님은 성직자이시니, 그런 사람들을 위해서도 기도해주시는 것이……"

"물론입니다. 모든 사람을 위해 기도하는 게 바로 제 일인걸요. 워렌 윈드 씨 같은 사람을 위해서도 말입니다."

추리소설의 오류들

성공하지 못한 사람들이 결국 성공하는 법에 대한 책을 쓰는 경우가 종종 있다. 그러나 왜 그런 원칙이 추리소설의 성공 여부에도 적용되는지 알 수 없는 노릇이다.

추리소설의 문제점을 비판하기 전에 먼저 나 자신이 최악의 추리소설을 쓴 적이 있음을 고백해야 할 것 같다. 그러나 나는 비록 최악의 결과를 얻었더라도, 최고의 동기를 지녔노라고 단언할 수 있다. 왜냐하면, 무엇이든지 남에게 대접을 받고자 하는 대로 너희도 남을 대접하라는 황금률의 신성한 원리에 따라 행동했기 때문이다. 나는, 사람들이 내게 범죄에 대한 더 많은 이야기들을 제공해줄지도 모른다는 아련한 희망 속에서 추리소설들을 썼던 것이다. 다시 말하자면, 오랜 세월이 흐른 뒤 완전히 다른 제목으로 훨씬 더 나은 이야기가 되어 돌아올 것이라는 희망을 걸고 나는 내 추리소설을 그저 물 위에 띄운 것이다.

추리소설은 본질적으로 작가와 독자 사이의 구분이 명확히 존재한다. 추리소설에서는 작가보다 독자에게 더욱 큰 무게가 실리게 된다. 추리소설 작가는 추리소설을 읽을 수는 없다. 추리소설을 읽고 싶다면, 그것을 직접 쓸 정도로 경솔해서는 안 된다. 그렇게 되면, 작가 본인은 처음에 글을 쓸 때부터 계획되어 있던 마지막의 충격적인 폭로 장면에서 놀랄 수 없는 것이 당연하다. 작가가 감추려고 애쓰는 어떤 것을 숨기는 방법에 대해 독자처럼 의문을 가지고 당황할 수도 없다. 즉, 만일 내가 강도를 주교로 공들여 위장시킨 소설을 썼는데, 마지막에 주교가 강도였다는 사실이 밝혀져도 나는 전혀 놀라거나 당황할 수 없는 것이다. 시인은 자신이 지은 시를 읊을 수 있으나, 감각적인 작가는 자신이 쓴 이야기에 충격을 받을 수 없다.

그럼에도 불구하고 나는 추리소설에 대한 이론을 만들고 싶다. 최근에 최고의 추리소설 중 하나인 〈노란 방〉이 연극으로 개막했다는 광고를 가는 곳마다 보았고, 그 훌륭한 프랑스 추리소설을 다시 읽어본 직후여서 뭔가 얘기하고 싶었다. 더군다나 나는 그 연극을 본 적은 없지만, 그 연극이 큰 성공을 거두었다는 소식을 들었다.

좋은 추리소설이 좋은 연극을 만드는 것은 아니다. 왜냐하면, 일반적인 의미에서 추리소설과 연극은 거의 상반되기 때문이다. 두 예술 형태의 숨기는 방법은 완전히 상반된다. 왜냐하면 연극은 '그리스적 아이러니'라 불리는 것, 즉 관객의 무지가 아닌 관객의 앎에 의지하기 때문이다. 추리소설에서 알고 있는 사람은 주인공(혹은 악당)이며, 속고 있는 사람은 제3자(독자)이다. 그러나 연극에서는 반대로, 알고 있는 사람은 제3자(관객)이며, 속고 있는 사람은 주인공(배우)이다. 한쪽은 배우에게 비밀을, 다른 한쪽은 독자에게 비밀을 가진다. 그럼에도 불구하고 몇몇 경우에 성공적으로 맞아떨어지는 일이 있고, 아마도 이번에도 그런 경우였을 것이다.

하지만 〈노란 방〉을 다시 읽고 나니 이보다 못한 수많은 추리소설들뿐 아니라 대중 예술 형식의 원칙에 대해 일반적으로 몇 가지 제안을 하고 싶다. 그렇다고 2류 소설들이 뛰어나다고 말하려는 것은 아니다. 나는 졸작을 아주 좋아하기는 한다. 실제로 그런 작품들을 많이 읽었으며, 나 자신이 수많은 졸작을 써오기도 했다. 하지만 이 분야에서도 졸작 중의 졸작이 있다. 만일 가장 게으른 작가조차 우리를 즐겁게 하는 방법을 알게 된다면, 우리는 더 쉽게 즐길 수 있을 것이다. 독자는 물론 그 작가들까지도 일반적이라고 받아들이는 추리소설의 특성에 확실한 오류들이 있다. 하지만 그러한 오류는 추리소설을 쓰는 작가의 주체성 없는 역량에 있는 것이 아니라 그것을 읽는 독자들 탓도 크다고 생각한다. 그리하여 나는 여기서 그러한 오류들을 감히 지적해보고자 한다.

무엇보다도 추리소설 작가의 목적은 독자를 당황하게 하는 것이라는 생각은 너무나 일반적이다. 그렇다면, 독자를 실망시키는 것은 독자를 당황하게 하는 가장 손쉬운 방법이 될 것이다. 큰 성공을 거둔 소설 중에서 우발적인 사건으로 독자가 알고 있던 정보를 모두 쓸모없게 만들어버리는 단순한 원칙을 사용하는 소설들이 있다. 불가리아인 가정교사가 이제 막 그랜드 피아노 안에 장전된 권총을 숨기고 있는 진짜 이유를 이야기하려는 찰나 창문으로 중국인이 들어와 칼로 그녀를 죽여버린다. 이 작은 사건이 개입함으로써 전체 이야기의 설명은 훨씬 뒤로 미뤄지게 된다. 독자가 사건의 해결점을 도저히 짐작하지 못하게 만들면서 책 몇 권을 이런 스릴 넘치는 모험들로 채우기란 무척 쉽다. 소설 형식의 기본 원칙에 따르면, 이런 방법은 '변칙'에 해당한다. 이것은 예술성이 없을 뿐만 아니라 논리적이지도 않다. 재미있지도 않은 데다 독자의 흥미를 거의 유발시킬 수 없다. 다시 말해서, 아무것도 모르는 상태에서는 독자가 흥미를 느낄 수 없다는 것이다. 사람들은 무언가 아는 것에 흥미를 느끼나, 이런 변칙은 독자들이 전혀 아무것도 알 수 없게 한다. 지적인 추리소설의 진짜 목적은 독자를 당황하게 하는 것이 아니라 알게 하는 것이다. 그것도 일련의 진실들이 충격적으로 독자들에게 폭로되는 방법으로 알게 만드는 것이다. 마찬가지로, 훨씬 더 고상한 추리물에서도 진실을 가리는 목적은 단순히 신비적으로 만드는 것이 아니라 설명하기 위한 것이다. 다시 말해서 그 목적이 애매함에 있는 것이 아니라는 걸 분명히 밝히는 데 있다. 그것도 섬광처럼 깜짝 놀랄 만한 형식으로.

또 모든 인물들을 막대기나 통나무처럼 전형적으로 설정하는 오류는 너무나 일반적이다. 이는 작가들이 현실적인 인물을 묘사할 만큼 지적이지 않기 때문이다. 이는 작가 스스로 자신의 영역을 파괴하는 것으로 자신이 하고 있는 일을 스스로 경멸하는 것과 다름없다. 이 방법은 기술적인 목적만을 고려한다 할지라도 그 목적에 치명적이다. 우리는 죽는 것이 더 나을 것 같은 암울한 전망의 사람의 죽음에 결정적인 영향을 끼치는 비밀 암살 조직에 별 흥미를 느끼지는 않는다. 소설가는 사람들을 죽이기 위해서라도 그 사람들을 우선은 살려두는 것이 필요하다.

사실, 훌륭한 추리소설의 가장 큰 흥미는 우발적인 사건으로 이루어지지 않는다는 걸 일반론에 추가해야 한다. 〈셜록 홈스〉 이야기는 장인 기질을 다분히 지니고 있는 솜씨 좋은 대중 추리소설이다. 이 소설의 핵심은 이야기가 아니다. 홈스 시리즈의 가장 훌륭한 부분은 홈스와 왓슨 사이의 기지 넘치는 대화에 있다. 그리고 그 대화는 건전한 심리적인 판단을 담고 있기 때문에, 아무런 사건이 없더라도 이 두 사람이 항상 실제적인 인물로 남을 수 있도록 하는 장치가 된다.

　그러나 만일 내가 대중적으로 추리소설을 쓰는 작가를 과감하게 질책했다면, 심리적인 데 중심을 맞추는 추리소설 작가에게도 그와 비슷한, 어쩌면 그보다 더 심한 질책을 해야 할 것이다. 선정적인 이야기를 쓰는 작가는 정말이지 재미없는 인물들을 만들어내고 그들을 죽임으로써 흥미를 유발시키려 한다. 그러나 지적이며 심리적인 배경을 활용하는 소설가는 불행히도 자신의 재능을 이용하지 못한다. 왜냐하면 이런 작가는 흥미 있는 인물을 만들어내고는 죽이지 않기 때문이다. 내가 진보적이고 분석적인 추리소설을 쓰는 작가에게 불평하는 것은 등장인물의 성격이 너무 미묘하거나, 분위기와 의심들이 너무 현대적이기 때문이다. 작가는 상상력을 모든 미묘한 감정의 음영과 회의주의 철학 또는 자유연애를 현실화시키는 데만 사용하려 한다. 그래서 작가는 의문에 차 있는 주인공이 살해될 수밖에 없는 순간에도 결국 그 주인공을 살해하지 않는다. 이것이야말로 좋은 기회를 아주 심각하게 낭비하는 것이다.

앞으로는 이러한 오류들이 고쳐지기를 간절히 바랄 뿐이다.

이 글은 체스터튼이 쓴 칼럼으로 「The Illustrated London News」(1920. 8. 28)에 게재되었다.

장유미
서강대학교 영어영문학과를 졸업하였다.

브라운 신부 전집 3 — 의심

1판 1쇄   2002년 7월 24일
1판 5쇄   2020년 8월 7일

지은이   G. K. 체스터튼
옮긴이   장유미
펴낸이   김정순
책임편집   이승희 김라현 변지영
펴낸곳   (주)북하우스 퍼블리셔스
출판등록   1997년 9월 23일 제406-2003-055호

주소   04043 서울시 마포구 양화로 12길 16-9(서교동 북앤빌딩)
전자우편   editor@bookhouse.co.kr
홈페이지   www.bookhouse.co.kr
전화   02-3144-3123
팩스   02-3144-3121

ISBN   978-89-5605-017-1 04840
ISBN   978-89-5605-014-7 (세트)

이 도서의 국립중앙도서관 출판시도서목록(CIP)은 서지정보유통지원시스템 홈페이지
(http://seoji.nl.go.kr)와 국가자료공동목록시스템(http://www.nl.go.kr/kolisnet)에서
이용하실 수 있습니다. (CIP제어번호 : CIP2007004034)

캐드펠 시리즈

역사와 추리가 절묘하게 조화된 고급 추리소설

캐드펠 시리즈는 한권 한권이 각각 독립된 추리소설입니다.